## ハーレクイン社シリーズロマ

### 愛の激しさを知る　ハーレクイン・ロ

| | | |
|---|---|---|
| 裏切りの夜明け | ロー | |
| 楽園の嵐 | ロビン | |
| 無邪気なかけひき（砂漠の恋人Ⅰ） | ♥ ペニー | |
| 愛を旋律にのせて | スーザ | |
| 愛しあう理由（恋する男たちⅣ） | ♥ ミシェ | R-1957 |
| 追憶のローマ | キャスリン・ロス／原　淳子 訳 | R-1958 |
| 断れないプロポーズ | キャサリン・スペンサー／苅谷京子 訳 | R-1959 |
| 誘惑は危険な香り | キャシー・ウィリアムズ／青海まこ 訳 | R-1960 |

### 最もセクシー　ハーレクイン・テンプテーション

| | | | |
|---|---|---|---|
| 雨宿りのファンタジー | ♥ ジュリー・E・リート／睦月　愛 訳 | T-485 | 定価693円 |
| はじまりは嵐に似て（カリフォルニア・ドリーム） | ジル・シャルヴィス／白槻小枝 訳 | T-486 | 定価693円 |
| 禁断のカクテル | クリスティン・ハーディ／伊坂奈々 訳 | T-487 | 定価725円 |
| 復讐は恋へといざなう | レスリー・ケリー／駒月雅子 訳 | T-488 | 定価725円 |

### 人気作家の名作ミニシリーズ　ハーレクイン・プレゼンツ 作家シリーズ

| | | | |
|---|---|---|---|
| 結婚の心得（ミスター・ミリオネアⅠ） | リアン・バンクス／山口西夏 訳 | P-218 | 定価683円 |
| 結婚なんてしたくない（ミスター・ミリオネアⅡ） | リアン・バンクス／三浦万里 訳 | P-219 | 定価683円 |
| あなたの記憶（ミスター・ミリオネアⅢ） | リアン・バンクス／寺尾なつ子 訳 | P-220 | 定価683円 |

### キュートでさわやか　シルエット・ロマンス　各定価641円

| | | |
|---|---|---|
| ためらいがちな誘惑 | カーラ・キャシディ／山口絵夢 訳 | L-1085 |
| 恋に落ちた司書（マリッジ・メイカーズⅢ） | キャシー・リンツ／泉　智子 訳 | L-1086 |
| 無邪気なプリンセス（失われた王冠Ⅰ） | レイ・モーガン／山田沙羅 訳 | L-1087 |
| はかない初恋 | ♥ ダイアナ・パーマー／森山りつ子 訳 | L-1088 |

### ロマンティック・サスペンスの決定版　シルエット・ラブ ストリーム　毎月4作品！表紙リニューアル！　各定価704円

| | | |
|---|---|---|
| 光と闇のウエディング | | LS-187 |
| 暗闇のヴィーナス（宿命のバンパイア） | マギー・シェイン／佐藤たかみ 訳 | |
| 暁の花嫁 | マリリン・トレイシー／佐藤たかみ 訳 | |
| 天使と野獣（狼たちの休息Ⅱ） | ♥ ビバリー・バートン／辻　早苗 訳 | LS-188 |
| 仮面舞踏会の謎 | B・J・ダニエルズ／藤峰みちか 訳 | LS-189 |
| 呪われた城（よみがえる魔女伝説Ⅳ） | ジョアンナ・ウェイン／氏家真智子 訳 | LS-190 |



♥マークは、今月のおすすめ
（定価は税込み価格です）

*Lady Polly*

*by Nicola Cornick*



*Published by Harlequin K.K., Tokyo, 2004*

# 後悔と真実

ニコラ・コーニック 作

鈴木たえ子 訳

ハーレクイン・ヒストリカル・ロマンス
東京・ロンドン・トロント・パリ・ニューヨーク・アテネ・アムステルダム
ハンブルク・ストックホルム・ミラノ・シドニー・マドリッド
ワルシャワ・ブダペスト・プラハ

## 主要登場人物

ポリー・シーグレイブ……………伯爵家の令嬢。
セシリア・シーグレイブ…………伯爵未亡人。ポリーの母。
ニコラス・シーグレイブ…………伯爵。ポリーの兄。
ルシール・シーグレイブ…………ニコラスの妻。
ピーター・シーグレイブ…………ポリーの兄。
ヘンリー・マーチナイト卿………公爵家の放蕩息子。
ローラ・マーチナイト……………ヘンリーの妹。
サイモン・ヴェリー………………ヘンリーの友人。
テレーズ・ヴェリー………………サイモンの妻。
スザンナ・ボルト…………………ルシールの双子の姉。
ゴドフリー・オービソン…………ポリーの名づけ親。
ヘッティ・マーカム………………ピーターの婚約者。
トリスタン・ディットン…………シーグレイブ家の隣人。
サライア・ディットン……………トリスタンの妹。

# プロローグ

一八一二年

「ヘンリー、きみは大ばか者だ！」サイモン・ヴェリーはテーブルに身を乗り出し、激しい口調で友を罵《ののし》った。事情が事情でなかったら、ヘンリー・マーチナイトは彼に決闘を申し込んでいただろう。「二、三週間、いやひと月は、おとなしくしているんだ。世間がミス・ジャックの流したひどい噂《うわさ》に興味を失うまで！　今夜レディ・ポーラーズベリーの夜会に出たら、きみはみんなに袋叩《ふくろだた》きにされるぞ！」

ヘンリー卿《きょう》はただ唇をゆがめてにやりとしただけだった。そして、首をかしげ、鏡に映った複雑な結び方をした紫の幅の広いタイ《クラヴァット》を眺めた。

「ナポレオン・スタイルだ」彼はつぶやいた。「なかなかいいだろう、サイモン？　やるせない感じでロマンティックで、今夜にぴったりだ！　なんだかフランスの運が味方してくれそうじゃないか」

「恋愛に？　それとも戦争に？」サイモン・ヴェリーはそっけなく尋ねた。

ヘンリー卿はまたにやりとした。「きみの忠告に従えないのは残念だよ、サイモン。だが、今夜はどうしてもレディ・ポリー・シーグレイブに会わないと。ぼくはまだ、彼女を説得して妻にする希望を捨ててないんだ」

サイモン・ヴェリーは唇を固く結んだ。彼は以前にも、友の灰色の瞳がこんなふうに向こう見ずな輝きを帯びるのを見たことがあった。すると必ずやっかいなことになるのだ。優美ないでたちのヘンリー卿にはどことなく緊張と警戒がないまぜになったような気配があって、それをさりげなく抑えようとしている感じだ。ヴェリーにはヘンリーの切実な思いも理解できたが、友の判断は甘いと思った。

「彼女のそばへなんか行けるものか」ヴェリーは渋い顔で言った。「きみがミス・ジャックをもてあそんで捨てたなんとその翌日に、今度は財産目当てでレディ・ポリーに求婚したと、ロンドンじゅうが思うぞ。ヘンリー、きみは八つ裂きにされてしまうよ!」

ヘンリー卿は肩をすくめた。「レディ・ポリーがぼくをそんなふうに思うわけがないさ、サイモン。それに伯爵の反対がなければ、彼女はとうにぼくのプロポーズを承諾してるんだ!」

ヴェリーはやれやれと頭を振った。たとえ真実ではないとはいえ、こんなひどい噂が広まっているときに、格式張った老シーグレイブ伯爵に彼の娘を妻にしたいと申し出ようなんて、ヘンリーはどうかしている。あの気位の高い伯爵が、世間から女たらしの放蕩者《ほうとうもの》として知られた男と大事なひとり娘との結婚など、認めるはずがないではないか。

例によってスキャンダル好きの社交界は、ヘンリー・マーチナイトが結婚を餌《えさ》に自分を誘惑したというミス・サリー・ジャックの告発に飛びついた。彼女は平民の娘で、なんとか上流社会で身を立てようとヘンリーにねらいを定めたのだが相手にされず、なりふりかまわぬ復讐《ふくしゅう》に打って出たのだということを、ヴェリーは知っていた。社交界の大半がミス・ジャックは育ちの悪い成金の娘だと知っていて、すぐにこんな噂には興味を示さなくなることもわかっている。ヘンリーさえ、いつものように超然としていてくれれば! しかし、レディ・ポリー・シーグレイブに夢中の彼は、事態が沈静化するまでのわずか数日が待てないというのだ。ヴェリーには友を支える覚悟はできていたが、今夜がひどく不愉快な夜になることは確実に思えた。

レディ・ポーラーズベリーの夜会での反応は、ヴェリーが予想した以上にひどかった。ヘンリー・マーチナイト卿の到着が告げられると、広間は静まり返った。ヘンリーが友人だと思っていた男たちが、あてつけがましく背を向けた。何人かの女たちは扇の背後で意地悪くなにかささやき、そのほかの者は嫌悪の表情で彼から遠ざかった。ヘンリーは到着当初はポーラーズベリー卿に屋敷から叩き出されることも覚悟したが、節度を心得た夫人がなんとか夫を説き伏せてくれた。それでもヘンリーは無視され、あるいは嘲笑《ちょうしょう》を浴び、社会ののけ者のように扱われて、ひどく不快な居心地の悪い思いをした。

レディ・ポリー・シーグレイブは長身のヘンリー卿が舞踏会場を横切ってくるのを見て、即座に自分に会いに来たのだと確信した。ポリーは息をのんだ。世間の激しい非難をものともせず、わたしに会うためだけにここへやってくるなんて。父から彼に会うことを禁じられていることも、ロンドンじゅうがミス・ジャックとのスキャンダルで彼を攻撃していることも、知っているはずなのに。

サリー・ジャックのヘンリー卿への仕打ちを思うと、ポリーの胸は怒りに煮えたぎった。サリーとポリーはかつては友人だったのだが、ヘンリー卿のポリーへの思いにサリーが嫉妬《しっと》し、女の友情にひびが入った。サリーはヘンリー卿の館《やかた》のあるルースフォード近くで自分の馬車が故障するように細工をし、ヘンリー卿が一夜の宿を提供するしかないように仕向けて、彼を誘惑しようとしたのだ。ヘンリー卿の反論は、サリー・ジャックの連れと館の使用人たちは、十分監視役を果たし、なにもやましいことは起こらなかった、というものだったが誰も耳を貸さなかった。世間は、サリー・ジャックと彼女の付き添いの、結婚を餌に誘惑されそうになったというほのめかしを鵜呑《うの》みにした。さらに、ヘンリー卿は彼女に求婚すべきだと決めつけたのだ。そして、それを拒んだ彼は、紳士ではないということにされてしまった。真実とは裏腹に、ヘンリー・マーチナイトに女たらしの悪党という評判がたってしまったのだ。

数日前、ふたりの好色な貴婦人がこのひどい噂話を繰り返すのを耳にして、ポリーは思わずそんなことはでたらめだと強い口調で言ってしまった。彼女たちはきっとポリーに鋭い視線を向けたので、伯爵夫人が慌てて娘を部屋の隅へ連れていった。

「ばかなことを言うんじゃありません!」レディ・シーグレイブはポリーの耳元できつく叱《しか》った。「あなたまでヘンリー卿に汚されたと思われてしまうじゃないの!」

「ヘンリー卿は誰も汚してなどいません!」ポリーは慎重に声を落としつつも、いまいましげに言った。「彼は立派な方です!」

レディ・シーグレイブは一瞬、娘に同情したようにさえ見えた。「ヘンリー卿はあなたの思うとおりの立派な方かもしれないけれど、今は誰もそんなことは信じないし、信じたくないのよ。それは、真実より作り話のほうがずっとおもしろいからだわ。だから、あなたもおとなしくして、彼とかかわり合いにならないようにしていないと!」

ポリーはつかの間、反抗的な表情になった。ヘンリー卿は彼女に対しては、いつも完璧《かんぺき》な紳士だった。しかし、父がなぜヘンリー卿の求婚を喜べないかを彼女はすでに、やさしくかつきっぱりと、聞かされていた。それにポリーはまだ十八歳で、すべてにおいてなんの疑問も抱かず両親に従うことに慣れていて……。

そして今、レディ・シーグレイブはヘンリー卿の奇妙な磁力のあるまなざしにこれ以上惑わされないよう、娘の腕をつかんで自分のほうへ向き直らせた。「知らん顔をしていなくてはだめ」周囲の好奇の視線を意識し、うわべだけの微笑を浮かべて、レディ・シーグレイブはささやいた。

母が親心から言ってくれているのはわかっていた。若い娘の名には簡単に傷がつき、スキャンダルに染まればすっかり汚れてしまう。よからぬ評判が広まったせいで結婚できなくなってしまった娘の実例を、ポリーも知っていた。それでも、自分の中に芽生えたヘンリー卿への思いを抑えられなかった。まだ恋を知らない彼女に、ヘンリー卿は社交シーズンのあいだずっと、限りなくやさしく、細心の心配りを持って求婚し続けた。彼の行動は決して度を越すことはなく、温かく愛情に満ちたほほえみはどんな言葉よりも雄弁に彼の思いを語っていた。ポリーは、守られ慈しまれているという甘美な感覚を味わった。

母に促されるまましぶしぶ従ったものの、ポリーは最後にちらりと振り返らずにはいられなかった。ヘンリー卿はまだ、彼女を見つめていた。ポリーの体はときめきに小さく震えたが、同時に騒ぎを起こさないでほしい、あまり露骨に自分に注目しないでほしいという怯《おび》えもあった。彼の熱いまなざしはなんともロマンティックだが、ポリーには扱いかねる。恋心があおる抗議の声にどう対処すればいいのか、見当もつかなかった。

ヘンリー卿がやっとポリーとふたりきりになれたのは、夜もふけてからだった。舞踏会のあいだじゅう、さりげなさを装いながら絶えず視線を送ってくるヘンリーを、ポリーはずっと意識していたはずだ。しかし、彼女がひとりになることはなかった。ことひとり娘に関しては厳しいお目付役を自認しているレディ・シーグレイブがどこへでもついてきて、ついにポリーは母に、お手洗いぐらいひとりで行けると強い口調で告げた。

その帰り道を絶好の機会ととらえ、ヘンリー卿は人けのない廊下に現れると、ポリーに息をつく間も与えず、誰もいない部屋に引き入れた。ポリーの胸は激しくときめいたが、同時に怖くもあった。今夜のヘンリー卿にはどこか追い詰められたような、なにか覚悟を決めたようなところがあって、それが彼女をひるませた。ヘンリーがまるで別人のように見えた。彼女は強い感情に慣れていなかった。シーグレイブ家ではすべてが穏やかで、父の伯爵は決して露骨に感情を表すような下品なことを許さなかったのだ。

ポリーは愛についてほとんど知らなかった。彼女は両親を心から尊敬し、愛していた。それから、こちらは外聞の悪い話だが、兄たちがともに一時期ひそかに特定の女性を囲い、足しげく通っていたことも知っている。それは愛などとはほとんど無縁の関係だと母がある既婚夫人にそっと告げるのを、ポリーは耳にしたことがあった。そして今、ヘンリー・マーチナイト卿はまた別の種類のロマンティックな情熱に燃え上がっている。彼の熱烈さにポリーは怯えた。

「ヘンリー卿！」ポリーの声は少し震えていた。「ご存じのはずでしょう。わたしは父にあなたとお話しすることを禁じられていて――」

ヘンリーは彼女の両手を握り、灰色の瞳でじっと顔を見つめた。「知っているとも！　でも、どうしてもあなたに会いたかった。父上に結婚を許してもらえなかったことはあなたも知っているだろうが、引き裂かれるなんて耐えられない！　ぼくと一緒に来てくれ！　あなたがぼくを信じてついてきてくれれば――」

ポリーはさっとあとずさりし、ヘンリーの手を振りほどいた。彼女はみるみる青ざめた。「あなたと一緒に逃げる？　でも――」

「ぼくがあなたを愛していることはわかっているだろう！　ぼくと結婚すると言ってくれ！」

一瞬、ポリーの心は揺れた。ヘンリーは熱く激しい嵐《あらし》のように彼女を襲い、心を惑わせた。しかし、彼女の感情はまだ目覚めたばかりだったし、これまで受けてきた教育のすべてが彼を避けろと告げていた。彼の熱意そのものが、ポリーを尻込みさせた。彼女があとずさりする前に、ヘンリーは拒絶されることを悟っていた。

「そんなこと、とても無理だわ。父が……スキャンダルが……そう考えただけでもう……」ポリーは恐怖に大きく目を見開いた。ヘンリー卿の表情を見て、突然自分は少々早とちりをしていたのかもしれないと気づき、言葉を切った。以前はあんなに温かくやさしかった灰色の瞳が、今はとても冷たくよそよそしくなって、ポリーは唇を噛《か》んだ。

ポリーの目に涙があふれた。彼女はふいに確信したのだ。限りなく貴重なものを、本当にそれがなにかを理解しないまま、無造作に捨ててしまったことを。ポリーはおずおずと片手を差し出したが、ヘンリー卿はすでに顔を背けていた。

「ポリー！」威厳に満ちた声の主はレディ・シーグレイブで、暗がりに立つ彼女の目は怒りに燃えていた。「すぐこちらへいらっしゃい！　信用するんじゃなかったわ！　あなたもですよ」

レディ・シーグレイブがヘンリーのほうに向き直ったときには、彼はすでに部屋を出ていた。最初に伯爵夫人、そしてポリーに、彼はいとも優雅にお辞儀をした。

「お嬢様のことならご心配なく」ヘンリー卿は礼儀正しく、よそよそしい口調で言った。「二度とお嬢様に近づくことはないとお約束します」そして彼は行ってしまい、ポリーは慣れ親しんだ居心地のよい世界に置き去りにされた。心に生まれて初めて芽生えたみじめさを抱えて。

# 1

一八一七年

サー・ゴドフリー・オービソンには女が理解できなかった。夫婦の契りを結んだこともなく、相談にのってくれる親しい女性の親戚《しんせき》もいなかったので、彼は愚かで恩知らずな名づけ娘《ご》を扱いかねていた。

「彼を愛していないから断っただと？」

サー・ゴドフリーは黒い眉をひそめ、レディ・ポリー・シーグレイブをにらみつけて、信じられないという口調で言った。

「いったいどういうつもりなんだ？　別に結婚相手を愛さなきゃならんという法があるわけでもあるま

いし！　重要なのは彼がベラーズ公爵の跡継ぎだってことじゃないか。一文無しのオールドミスで終わるより、よっぽどましな将来だろう。おまえもこれからどんどん老けていく一方なんだから！」

シーグレイブ伯爵未亡人はいやな顔をして手を振ったが、レディ・ポリーはえくぼを浮かべて小さくほほえんだ。名づけ親がいつまでも怒っていないことはわかっている。根っからのお人よしの上にポリーがかわいくてたまらないサー・ゴドフリーは、たいていこの名づけ娘に丸め込まれてしまうのだ。しかし、彼女が今年の社交シーズン五人目の求婚者、生涯で十九度目の正式なプロポーズを断っただけに、寛大な名づけ親もがまんの限界に来ていた。サー・ゴドフリーはポリーの兄と同じく彼女の管財人でもある。彼女が自らの財産を使えないようにしてしまうこともできる立場だ。あと十八カ月すればポリーは二十五歳になり、自分で財産を管理できるようになるが、それまでにサー・ゴドフリーが文字どおり彼女を一文無しのオールドミスにしてしまうことも法的に可能なのだ。ポリーは大いに魅力を発揮して、うまくこの場を乗りきらなくてはならなかった。

彼女は軽く膝を曲げてお辞儀をすると、とびきりの笑顔を名づけ親に向けた。「大好きなサー・ゴドフリー、あなたは父が亡くなって以来、わたしにとっては父親のような存在で、いつもいろいろ忠告してくださったり指導してくださったり、本当に感謝しています。でも、まさか本気でわたしがジョン・ベラーズと結婚すればいいなんて思ってはいらっしゃらないでしょう！　彼は猛烈に退屈だけれど、それなりにいい人だわ。でも、年老いたレディ・ベラーズが問題なんです。ジョンは完全に母親の言いなりだし、彼女ときたらとびきりの意地悪で――」

「ふん！」サー・ゴドフリーは納得しなかった。

「その上すごくけちなの！」シーグレイブ伯爵未亡

人も急いで娘に加勢した。「息子のジョンの首根っこをしっかり押さえつけているそうよ。彼の財産の使い道をあれこれ言う権利なんて、彼女にはないというのに」伯爵未亡人は褐色の瞳を光らせ、巧みにつけ加えた。「それに、若いころ、あなたをなんとか誘惑しようとしていたのが、そのオーガスタ・ベラーズでしょう、ゴドフリー？　わたくしの記憶だと、ずいぶんしつこく追い回していたじゃない！彼女があなたをつかまえられるかどうか、いろんなクラブでみんなが賭《かけ》をしていたわ！」

サー・ゴドフリーの目にふたたび怒りの炎が上がった。「ガッシー・グラントリーか！　いやはや、すっかり忘れていた。退屈な女だったが、なにかと口実をつけてはしつこくわたしを追い回してな。ふたりのあいだに約束があるようなことを、みんなに言いふらしたんだ！　いやあ……」彼は深いため息をついた。「さすがにあの女と親類になるわけにはいかんな。いい機会だと、またわたしをつけねらってくるかもしれないし！」

「とんでもないわね！」伯爵未亡人はほっとすると同時にほほえんだ。ベラーズ公爵未亡人が初老のサー・ゴドフリーを追い回すだなんて、内心おかしくてたまらない。男というものは往々にして、自分の魅力を大いに買いかぶっているものだ。

サー・ゴドフリーは、ほほえみながら頬杖《ほおづえ》をついて上品に座っているポリーに、ふたたび視線を戻した。この名づけ娘はお気に入りだが、それでもやはり、女という始末に負えない種族のひとりであることに間違いない。

「とはいっても、ポリー、いつまでもこんなことを続けてはいられないぞ！　これまで十九人も求婚者がいて、みんな立派な若者だったというのに、誰ひとり気に入らないなんて！」サー・ゴドフリーは咳《せき》払《ばら》いをし、本格的に説教をする体勢に入った。「今年の社交シーズンにジュリアン・モリッシュから求婚されたときに、承諾すべきだったんだ……まったく。断るなんて、愚かにもほどがある！　ロンドンじゅう探したって、あれ以上の男がいるものか。おまえがモリッシュを拒絶したことで、シーグレイブ家の家族仲まで険悪になって……」

シーグレイブ伯爵未亡人がそっと咳払いした。ポリーの象牙《ぞうげ》色の肌が気まずい思いに赤く染まるのがわかった。でもそのせいで、ポリーは急に生き生きとし、普段よりずっとかわいく見えた。以前はいつもこんなふうだったのに。五年前社交界にデビューしたころの明るく溌剌《はつらつ》とした娘の姿を思い出し、伯爵未亡人の胸は痛んだ。

それが今ではプライドの高いことで有名な、醒《さ》めた引っ込み思案な娘になってしまった。それでもポリーは十分魅力的で、つややかな褐色の髪と表情豊かな茶色の瞳で多くの崇拝者を集めた。求婚には事欠かなかったが、誰ひとり彼女の厳しい要求水準を満たす者はいなかった。彼女が求婚を受ける気になる相手は、五年のあいだにひとりとして現れなかったのだ。

ジュリアン・モリッシュの求婚も実際残念な結果に終わり、数週間にわたってシーグレイブ家は険悪な雰囲気に包まれた。長男である現シーグレイブ伯爵ニコラスの嫁のルシールが、なんとか夫がポリーを許すよう仲裁に入った。ニコラス・シーグレイブは、自分の親しい友人のジュリアン・モリッシュを妹が拒絶したことに激怒したのだ。モリッシュは家柄も地位も財産も人柄も、文句のつけようのない人物だった。

ポリーの態度はシーグレイブ家とモリッシュ家のあいだに並々ならぬ緊張をもたらし、さらに深刻な緊張をシーグレイブ家内に生み出した。ポリーの次兄のピーターはある朝、朝食室へ入ってくるなり、機嫌の悪い兄と妹に八つ当たりされるよりはワーテルローでフランス人と戦うほうがましだとつぶやいた。

「ポリーはもうそろそろ部屋へ下がったほうがいいんじゃないかしら、サー・ゴドフリー」

娘の顔がまだ真っ赤なのを見て、伯爵未亡人は慌てて言った。

「今夜はレディ・フィリップスの仮面舞踏会に出席する予定だし、最近ポリーがひどく疲れやすいのはあなたもご存じでしょう！　さあ、ポリー」

母に促され、ポリーは立ち上がってサー・ゴドフリーのひげ面にキスすると、静かに部屋を出ていった。彼女の心はひどく乱れていた。ジュリアン・モリッシュの件を持ち出されたのがこたえたのだ。

人けのない玄関ホールに出ると、ポリーは大理石の柱に寄りかかり、ほてった頰を冷たい石で冷やした。ベラーズの求婚を断れば、サー・ゴドフリーが怒ることはわかっていた。ジュリアン・モリッシュとの騒動の直後だからなおさらだ。兄ニコラスとモリッシュとの関係にひびが入るとわかっていただけに、モリッシュの求婚を断らなくてはならないことにポリーも周囲に劣らずひどく困惑した。それでも、モリッシュの求婚を受けるわけにはいかなかった。どんな立派な男性に出会っても、ヘンリー・マーチナイト卿《きょう》の亡霊が目の前にいつも立ちはだかる。そんな状態では結婚などできない。閉じたまぶたから涙が流れ落ちて、ポリーは喉をふさぐ大きなかたまりをのみ下した。

五年前のヘンリー卿との別れの直後から、ポリーは意気消沈してしまった。彼と一緒に逃げる勇気のなかった自分、彼を信じきれなかった自分を、激しく責めた。なにかかけがえのないもの、取り戻すことのできないものを捨ててしまったような、奇妙な喪失感に襲われた。あの夜、去っていったときの冷たくよそよそしいヘンリー卿の表情、ポリーの弱さに対する軽蔑《けいべつ》が、長いあいだつきまとい彼女を苦しめた。

　年を重ね、自分が失ったものの重さがいっそう理解できるようになって初めて、ポリーは悟った。ヘンリー卿の愛は、わたしが抱いていた子供っぽい情熱などとは違い、もっとずっと成熟したものだったのだ。当時のポリーはまだ、愛に伴うすべての責任を受け入れる準備も、家族に反抗して彼と逃げる準備も整っていなかったのだ。

　時とともに激しい苦悩もしだいに癒《い》えていった。その後数年間、ヘンリー卿はほとんどロンドンにはおらず、ふたりが出会うこともめったになかったからなおさらだった。ポリーが耳にする彼の噂《うわさ》はいつも、派手な色恋沙汰《ざた》だった。彼は本当に手のつけられない放蕩者《ほうとうもの》になってしまったようだ。そんな話を聞かされると、ポリーの心は痛んだ。まるで心のどこかで永遠に彼をあきらめきれずにいるように。そして、去年の夏、眠っていた思いにふたたび火がついた。

　その夏、ヘンリー卿はサフォークに滞在していて、母や兄たちと一緒にディリンガムにいたポリーが彼と顔を合わさずにいるのは不可能だった。過去のいきさつがあるだけに、互いにできるだけ相手を避けようとし、出会ったときには気まずい雰囲気になった。

　恐ろしいことに、かつての子供っぽいあこがれが年月を経るうちにいつの間にか怖いほど強烈な思慕へと変化していることに、ポリーは気づいてしまった。この五年のあいだ、彼女がすべての求婚を断ってきたのは、ヘンリー卿が無意識のうちに影響を及ぼしていたからだ。その彼と結婚できない以上、ポリーは誰とも結婚できないのだ。

　そう気づくとポリーはますますヘンリー卿の前で

自意識過剰になってしまい、彼のように平然とよそよそしい態度のとれない自分が恨めしかった。かつてヘンリー卿と逃げることを拒んだという事実が、今やふたりのあいだに巨大な壁となって立ちはだかっていた。心地よい関係もしくは少なくとも礼儀にかなった関係を再建することは、ほとんど不可能だった。あの運命の夜、ヘンリー卿が二度とポリーには近づかないと言ったのは本気だったのだ。公の場で顔を合わせたときには、しかたなく挨拶《あいさつ》ぐらいは交わしたが、彼のほうからポリーを見つけ出すことはめったになかった。

それに、彼が放蕩者だという評判は鳴り渡っていたので、当然あらゆる付き添い役が彼を避けようとした。色恋沙汰の噂の大半は誇張されたものだろうが、派手に遊び回っていたのは間違いないのだから、未婚女性のエスコート役にはふさわしからぬ人物だ。ヘンリー卿が以前にも増して評判を落とした今、ポリーが彼の愛を願うことなど許されるはずもなく……。

玄関に響く声に、ポリーははっとわれに返った。顔を上げると、義姉のルシールが戸口の上がり段のところでひと組の男女に別れを告げ、手袋を脱ぎながら足早に玄関ホールへ入ってくるのが見えた。屋内の暗さにルシールの目が慣れたころ、ポリーは進み出て声をかけた。

「ルシール、おかえりなさい！」洞察力に富んだ義姉にじっと見つめられ、ポリーは慌てて言った。「さっきの方たちはどなたなの？　ちょっと変わった風貌《ふうぼう》の方たちだったわね！」

ルシールは笑った。「女性はミセス・ゴライトリー。ミス・ハンナ・モアの友人で、社会改革協会の活動についていろいろ話してくださったの！　貧しい人たちの生活の改善のために活動している協会なのよ！　男性は詩人のミスター・クレイモア。みんなから好人物だと思われているはずだけど、彼の作品はどうも理解できなくて！　ふたりともとても個性的な方だけど、上流階級の人ではないの！」

「そんなのどうでもいいことだわ」ポリーはきっぱりと言った。ルシールが世間の思惑に無頓着《むとんじやく》なところが特に好きだった。彼女はその人を好きになれば友だちになり、正しいと信じればその活動を支持する。そして、最高の身分の貴婦人としては妙なことに関心を抱くと非難されても、ひるむことなく穏やかに反論した。ニコラスと結婚して以来、ルシールは落ち着きと自信を深めてきた。だが、あらゆる人、あらゆるものに対する好奇心はずっと失わずにいるのだと、ポリーは思った。

それは常に新鮮な楽しみを求めている上流社会の目には、もの珍しく映る。ルシールの少々風変わりな生き方は、彼らには格好の観賞物なのだ。そして決定的な刺激はもちろん、不愉快で恥知らずな性悪女だった。彼女はルシールの双子の姉で、妹を困らせることに全精力を費やし、公の場で妹を見つけては、しつこくつきまとう。でも、ルシールはそんな危機の数々をなんとも見事に切り抜けているわ。ポリーはひとりほほえんで義姉の腕を取り、サー・ゴドフリーと母を避けて緑の客間へと促した。

「わたしとお茶を飲む時間はある？」ポリーが期待をこめて尋ねると、ルシールは洞察力に富む青い瞳をもう一度ポリーの顔に向けた。

「もちろん！　メドリン、緑の客間にお茶をふたつお願い！」ルシールはポリーを振り返った。「なにかあったの、ポリー？　ひどく憂鬱《ゆううつ》そうな顔をして！　ああ、わかった……」彼女は鼻に皺《しわ》を寄せた。「ジョン・ベラーズに求婚されて断った件ね！　それで……」彼女は青の客間の閉じたドアに目を向けた。「お義母《かあ》様とサー・ゴドフリーがあなたの態度に腹をたてているんでしょう！」

「サー・ゴドフリーにはさんざんお説教をされたわ」緑の客間に入ると、ポリーは悲しげに認めた。「ベラーズがわたしを婚約発表に追い込もうとしたことをどうして知っていたの、ルシール？」

「それぐらい察しがつくわよ」ルシールは穏やかに言った。「そして、あなたは断るだろうと思っていた。唯一あなたが承諾するかもしれないと思ったのは、ジュリアン・モリッシュのときだったけど……」

ポリーはため息をついた。「わたしも承諾しようかと思ったの」彼女はしぶしぶつぶやいた。「ジュリアンのことは大好きだし、わたしが互いの尊敬と好意に基づいた結婚を求めているのなら、うまくいったと思う。でも……」彼女は首を振った。「わたしにはできなかった。だって――」

「まだハリー・マーチナイトに恋をしているから」ルシールが代わりに言葉を結んだ。彼女は袖《そで》つき椅子に優雅に腰を下ろし、憐《あわ》れみつつもおもしろがるような目で義妹を見つめていた。

ヘンリー卿を名前で呼んだルシールにちくりと嫉《しっ》妬《と》を感じつつ、ポリーは自己弁護に走った。「彼に恋しているというわけじゃなくて――」

ドアが開き、メドリンがお茶を持ってきた。ルシールはていねいにお茶を注《つ》ぎ、ポリーにカップを手渡した。

執事に礼を言って、ふたたびドアが閉まると、ルシールはポリーのほうへ向き直った。

「いいかげんにして、ポリー。わたしをだませるとでも思っているの？　確かに、ヘンリー卿へのあなたの気持ちも最初は女学生が熱を上げるようなものだったかもしれない。けれど、今はもっとずっと深いものになっていることは自分でも気づいているはずよ」

「わたしが秋にディリンガムで言ったことをまだ忘れたわ」

れていなかったのね」ポリーは悲しげにつぶやいた。

「あのときのわたしは愚かな自己憐憫《れんびん》に浸っていたの！　あなたの幸せいっぱいの結婚式を見て自分がかわいそうになって、結婚の機会をふいにしたことを後悔したのよ！　でも、そんなのずっと昔に終わったのよ！　たいしたことじゃないの！」

ルシールはカップ越しに義妹をじっと見つめた。

「わたしはあなたの幸せを思って言っているのよ、ポリー！　あなたが求婚を断った紳士たちは全員立派な人ばかりで、拒絶されたことを軽く考えてはいないわ！　あなたのプライドの高さが評判になってきていることは、自分でもわかっているでしょう！もし結婚しないとしたら、この先どうするつもりなの？」

ポリーは肩をすくめた。母が嫌うしぐさだった。

「学問に身を捧《ささ》げて、立派な論文を書き上げるわ！そして、社交界の興奮が恋しくなったら、玉の輿《こし》をねらう裕福な市民の娘の付き添い役を務めるつもりよ」

ルシールは賢明にもポリーの言葉をほとんど無視した。「そもそもあなたは」彼女は慎重に言った。「ヘンリー卿と結ばれる見込みが少しでもあると思っているの？　彼はわたしに、今でもあなたに深い敬意を寄せていると――」

ポリーは激しく首を振った。「なに言ってるの、ルシール、そんなことあり得ないわ！　五年前、一緒に逃げることを拒んだわたしの意気地のなさを、彼はきっと軽蔑している。それ以外、わたしのことなんてなんとも思っていないわよ！」

ポリーは言葉を切り、ルシールから目をそらした。ヘンリー卿がもはやポリーになんの興味も抱いていないのは、ルシールに恋心を抱いているからだなんて、とても言えない。それにしても、ルシールはなんと無邪気なことか。この恋がヘンリー卿の一方的なもので、肉欲ではなく完全に精神的なものであることは、ポリーも疑っていなかった。しかし、ヘンリー卿が常にルシールのそばにいて、彼女の見解や忠告を求め、その意見を尊重するというのに、どうしてルシールは相手の思いに気づかずにいられるのだろう。ニコラスでさえおどけて、ハリー・マーチナイトは自分の妻のルシールに常につきまとっている子犬のようだと言ったのに。

ポリーはなんとか話題を変えようとした。「あなたは社会改革協会に参加するつもりなの、ルシール？」

「たぶん入らないと思うわ」義姉は答えた。「ニコラスが社交シーズンの終わりにちょっとした旅行をしようって言ってたし、わたしはちゃんとした新婚旅行もしたいと思っているから、せがむつもりでいたんだけど……」ルシールは世に知られた持ち前の頑固さで、話題を引き戻した。「今はわたしのことじゃなくて、ポリー、あなたの話でしょう！　本当にヘンリー卿に対するわだかまりはもう過去のことだと感じているなら、どうしてふたりともいつも木や柱の陰にこそこそ隠れて互いを避けようとするの？　おかげで周囲のわたしたちまでいい迷惑じゃない！　ニコラスもついこのあいだ、例の葦毛《あしげ》の馬の購入の件でハリーの意見を聞きたいけれど、彼とあなたがばったり出会うことになってもいけないからと言っていたのよ！　あなたとヘンリー卿で話し合って、もうこんなことは終わりにしてくれない、ポリー？」

ポリーは信じられないという顔で義姉を見つめた。「彼と話す？」ポリーは力ない声でつぶやいた。「どういう意味なの、ルシール？　まさか、そんなことできないわ！」

情けない答えにルシールは眉をつり上げた。レディ・アポロニア・グレイス・シーグレイブが育ちのいい典型的な貴族の娘だということは心得ているが、かわいいだけのおばかさんだとは思っていない。

「わたしはただ、あなたが彼と話し合うべきだと言っているだけ。そして、わだかまりを解消するのよ!」ルシールは忍耐強く繰り返した。「ふたりとももう大人なんだし、いつまでもこんなばかなまねは続けていられないでしょう! あなた自身、もうすっかり過去のことだって言ったじゃない! 気に障ったら謝るけれど、この先わだかまりなくやっていけるのなら、少々気まずい思いをしても一度きちんと話し合ったほうがいいはずよ! ふたりが結ばれる望みはいっさいないと本気で思っていて、ヘンリー卿の気を引く気持ちはさらさらないのなら、ばかげた避け合いはよそう、過去は水に流そうって彼を説得すべきよ! そうすればもう一度、友人としてやり直せるかもしれないじゃない!」

ポリーはため息をつき、ティーポットに手を伸ばした。ルシールに説明してもむだだろうが、上流階級の女性は、紳士を呼び出して個人的で微妙な問題を話し合ったりはしないものだ。ポリーとヘンリー卿とのあいだにあるような問題は、無視するか耐え忍ぶかなのだ。兄のシーグレイブ伯爵と結婚する以前は教師として自活していたルシールは、そういうやり方を上流社会の無意味なごまかしと嫌うだろう。だが、ポリーからヘンリー卿に接近するなんて、月へ飛ぶより不可能だった。

「あなたはハリー・マーチナイトの親しい友人じゃない」ポリーは努めて嫉妬を見せないようにして、軽い口調で言った。「あなた以上に彼と親しくはなれそうにないわ!」

「そうね。でも、わたしは夫のある身で――」ポリーがたまらず笑い出すと、ルシールは言葉を切り、眉をつり上げた。「なにがそんなにおかしいの?」

「人妻こそまさにヘンリー卿のタイプだって聞いた

「それは……」ルシールは一瞬とまどったようだったが、すぐに落ち着きを取り戻した。「そういうのとはまるで違うわ！　ハリーに認めてもらっているのはうれしいけれど、それだけのことよ！　妙に勘ぐってとやかく言うなんて、まったくばかげてるわ！」

ポリーは納得しないままほほえんだ。なにかと密通の噂を立てたがる社交界でさえ、ルシールとヘンリー卿の仲を疑うようなことはなかったが、だからといって、ヘンリー卿がそれを願っていないとは限らない。ただ夫に夢中のルシールが気づかないだけなのだ。ルシールと兄のあいだに流れる激しい情熱を思い、ポリーは椅子の中で身じろぎした。ふたりは人前では常にきちんとした態度を崩さなかったが、それでもひと目見ただけで……。ポリーはときどき、もし自分が男性からあんなふうにやさしさと欲望の入り混じった目で見られたら、即座に気絶してしまうだろうと思った。

たぶんルシールは運がいいのだ。そして、表向きの冷静さを保つことがなにより大切とされる家で、因習的な教育にがんじがらめにされて育ったポリーは、運が悪いのだろう。

ヘンリー卿の問題がまた、ポリーの心をうずかせた。もちろん、ルシールの言っていることは正しい。ヘンリー卿ともう一度やり直せるチャンスがあるなどと、自分をごまかすつもりはない。だとしたら、いつまでも過去にこだわっているのはばかばかしいし、意味がない。少なくとも、状況を改善する努力はできるだろう。お互い若く愚かだったことをきちんと受け入れよう、という気持ちを伝える適切な言葉を見つけられれば……。それでもう、気まずい思いをせずにすむのかもしれない。

「機会があったらヘンリー卿に話してみるわ」ポリーがさらりと言った。

ーはためらいがちに言った。「あなたの言うことはわかるのよ、ルシール。でも、そう簡単にはいかなくて……」彼女は自分の勇気のなさが腹立たしかった。そんな個人的なことを今やほとんど見知らぬ他人同然の人物に切り出すなんて、考えただけでも体がすくんでしまう。だが、ルシールの言うとおり、社交界は狭く、誰かを避けようとするのはたいへんなのだ。友人たちとは幾重にも共通の友人や知人が重なり合っている感じで、避けたい相手がいると招待だの偶然の出会いだので気まずい思いをすることになる。

ルシールはビスケットを取り、二杯目のお茶を注いだ。「その件が解決したら、わたしもほっとするわ」彼女は心からの笑みを浮かべた。「そうしたらもうあなたのことを心配するのはやめて、ピーターとヘッティの問題に専念できるわ。ふたりのことが心配でたまらないのよ」

「ミセス・マーカムの病気で結婚式が延期になったのは、ヘッティには大きなショックだったでしょうね」ルシールが話題を変えたことをひそかに喜びつつ、ポリーは言った。「でも、よくわからないわ、ルシール。ピーターがあなたを心配させるって、どういうこと？」

ルシールは顔をしかめた。ポリーのもうひとりの兄ピーターと、ポリーの乳姉妹のヘッティがこの春結婚する予定だったのだが、ヘッティの母が水腫症《すいしゅ》に倒れ、結婚は無期延期になっていた。

「社交シーズンの初めごろ、ヘッティはずいぶんばかなことをしでかしたでしょう」ルシールは少々腹立たしげに言った。「なんといってもまだ子供みたいなものだし、あれだけ注目されて、彼女ものぼせ上がってしまったのだろうと思っていたの。でも、田舎へ帰れば少しは正気を取り戻すだろうって！ところがきょう彼女から手紙が届いたのだけれど、エセックスにグラントリー卿が来ていて、自分に熱を上げているって自慢しているの！　それに、あなたのお兄様も負けず劣らず困ったものなのよ。ヘッティに会いに急いでキングズマートンへ行ってなにもかもすっきりさせればいいものを、どうしてもロンドンに残るって言い張るし、昨夜のレディ・クームズ邸の舞踏会ではマリア・レヴァストークに露骨に言い寄って……」

「でも、彼女はヘンリー卿の相手じゃないの？」ポリーは、有名店の最新作の菓子からついてもいない糸くずをそっと取るふりをした。レディ・レヴァストークについて、もっと適切だが慎みのない説明をするのはうまく避けた。

ルシールは軽く手を振った。「そうかもしれないけれど、昨夜の彼女はもうすっかりピーターに夢中という感じだったわ！　彼はすでに最悪の放蕩者になっているわよ。あなたも今夜、レディ・フィリップスの仮面舞踏会に出るんでしょう？　まあ、見ててごらんなさい。わたしの言ったとおりだってわかるから！」

# 2

レディ・フィリップス邸の仮面舞踏会は社交シーズン中の、特に大きな催しのひとつだ。だが、今年の六月はすでに暑く、上流階級の中にはすでにロンドンを離れ、田舎の領地や涼しい海辺に滞在している者もいた。それでもバークリー・スクエアの館《やかた》はたいへんなにぎわいで、両開きの窓はすべて開け放たれているというのに、舞踏会場の熱気に客たちは汗だくだった。

　ポリーが込み合った応接室に入ってほとんど最初に目をとめたのは、ヘンリー・マーチナイト卿《きょう》だった。彼は鮮やかな深紅のサテンのドレスのレディにひどくぶしつけな視線を送っていた。不義の象徴の緋色《ひいろ》なんてあの夫人にぴったりすぎるわ、などと考え、ポリーは胸がちくりと痛むのをなんとか無視しようとした。

「レディ・メルトンは」シーグレイブ伯爵未亡人は声をひそめて娘に言った。「一年前に結婚したばかりなのに、ひどい浪費と浮気で、もうご主人を墓場送りにしてしまったのよ。それなのに、レディ・フィリップスはあんな高級娼婦《しょうふ》まがいの人を自分が主催する舞踏会の常連にして！　もう少し分別があると思っていたのに！」

　ポリーは眉をつり上げた。ポリーの母は非常に見識が高く、自ら主催する催しには決してそういう客を招くことはなかったが、上流階級の夫人たちがすべて人を見る目をそなえているわけではなかった。ほどなく、ポリーは母親がなにか痛みにでも襲われたように、叫びともうめきともつかない押し殺した声をあげるのを聞いた。伯爵未亡人は大理石の床の真ん中で立ちすくんでいた。

ポリーも足を止め、問いかけるように母のほうに顔を向けた。「お母様、どうかなさったの？」

「ええ、見てごらんなさい！　そっちじゃなくて……あの柱のそば！　あの娼婦よ！」

ポリーは驚いて振り返り、部屋を見回した。知り合いの顔はたくさんあったが、伯爵未亡人の胸にこんな激しい感情をかき立てる人物は見当たらない。母はショック、怒り、不快感のいずれのせいかは定かでないが、顔面蒼白《そうはく》になっている。とそのときやっと、ポリーにも理由がわかった。

「ああ、神様……」彼女は思わずつぶやいてしまった。

「ポリー、そんなふうに軽々しく主の名を口にするものではありません！」伯爵未亡人はきつい口調でたしなめた。だが、かえって娘の軽率さのせいで、わずかながら落ち着きを取り戻したようだ。


「はい、お母様、ごめんなさい。でも、あれはピーターと――」

「わたくしだってあなたの兄の顔ぐらいわかります」伯爵未亡人はぴしゃりと言った。「でも、気づいていないふりをしないと！　こっちへいらっしゃい！　ああ、今夜ニコラスとルシールが来ていなくて本当によかった。あの身のほど知らずのあばずれは、いつもわたくしたちに恥をかかせようとするんだから」

「ピーターはレディ・レヴァストークに夢中だと思っていたのに」ポリーは一度だけ兄のほうを振り返ってから、母に言われるままに歩き出した。

「ふん！　マリア・レヴァストークだって、あの女に劣らぬ性悪……」伯爵未亡人は言葉を切り、知り合いに無言のまま笑みを向けた。「決してピーターをそばへ近づけてはだめよ」母娘《おやこ》はオーケストラの前の人込みをかき分けるように進み、人目につきにくい一角の席についた。「あんなこと、絶対に許せないわ！」

「それならもう館へ帰ったほうがいいんじゃないかしら」ポリーは弱々しい声で言った。ひと晩じゅう、ヘンリー卿がどこかの尻軽な夫人とべたべたしているのを眺める、と思うだけでうんざりなのに、その上、自分の兄を避けなくてはいけないなんてまったくばかげている。だが、伯爵未亡人は頑固に言い張った。

「館へ帰るですって！　そんなことをしたらみんなが、わたくしたちはあのあばずれに追い出されたんだって噂《うわさ》するわよ。そんなふうに言われてたまるもんですか！　それに……」伯爵未亡人はこっそり周囲を見回した。「今夜はぜひアガサ・カルヴァートに会いたいの！　彼女はずっとロンドンに来ていなかったから、いろいろ話したいことがあるのよ！」

「それならレディ・カルヴァートに、あすうちへ来ていただけば――」

伯爵未亡人はげんなりした顔をした。「あなたには誇りってものがないの、ポリー？　わたくしは性悪女の前で尻尾《しっぽ》を巻いて逃げたりはしないわ！」

ポリーがやれやれと苦笑したそのとき、兄が母の忍耐の限界をおびやかすかのように舞踏会場へ入ってきた。ピーターが急にいかがわしい相手とつき合うようになったと義姉《あね》のルシールから聞いてはいたが、その義姉でさえまさかここまでひどいことになっているとは気づいていないだろう。ピーターと一緒に会場に入ってきたのは、鵞鳥《がちょう》の羽根で飾り立て、胸の谷間もあらわにした、黒のシルクのドレス姿のルシールの実姉、悪名高き性悪女、レディ・スザンナ・ボルトだったのだ。

「ピーター、いったいなにをしているの！」

「自分の妹に話しかけているんじゃないか！」なにを言っているんだとピーターが問い返す。「それのどこがいけないんだ？」

「そういう意味じゃないのはわかっているでしょう！」ポリーはきつい目で兄を見上げたものの、褐色の澄んだ無邪気な瞳を前にすると、不快感がすっと引いていくのを感じた。ピーターに対して怒りを持続させるのはとても難しい。ポリーとニコラスが父親の生まじめさを受け継いでいるのに対して、ピーターは快活で無頓着《むとんじゃく》で、どうにも憎めない魅力があった。「レディ・ボルトをエスコートして、お母様をあんなに怒らせるなんて、よくもそんなことができたわね」

ピーターは心外といった顔をする。「母上は別に怒ってなんかいないさ！　アガサ・カルヴァートとのおしゃべりに夢中で、ぼくのことなんてほとんど眼中にないじゃないか！」

「それはレディ・カルヴァートと会うのが一年ぶりだからよ！」ポリーはさかんにおしゃべりしているふたりのほうへ目を向けた。「言っておきますけどね、お母様はわたしがお兄様と口をきくことすら禁じられたのよ。それなのに、レディ・ボルトがわたしたちに近づいてきたらどうなると思うの？」

「レディ・ボルトは家族の一員みたいなもんじゃないか」ピーターは澄ました顔で言ったものの、瞳がきらりと輝くのは抑えられなかった。「母上は身内の者を侮辱したりはなさらないはずさ！」

「なにをばかなことを！」ポリーもなんとか笑いをこらえた。「本当に質《たち》が悪いわよ、ピーター。彼女にくっついているのは、親類にあたるからじゃないでしょう！」

「言葉に気をつけて、ポリー！」

「お兄様がもし、レディ・ボルトを愛人にするつもりなら――」

「ポリー！」

「そう、紳士にはそういう存在が認められても、淑女はそれを口にすることすら認められないというわけ？」ポリーは兄に向かって顔をしかめた。「そして、レディ・ボルトも結婚してまともになったなんて言い出すのなら、お兄様はわたしが思っていた以上の大ばか者ね！　ヘッティとのことはどうなってしまったの？」

ろうそくの炎が吹き消されたように、ピーターの顔がさっと曇った。彼はふいに舞踏会場の踊り手たちをじっと見つめた。「ミス・ヘッティ・マーカムとぼくはもう……つまり、うまくいかないってことで意見が一致したんだ」

「まあ、ピーター！」ポリーは心底ショックを受けて、兄を見上げた。ピーターはなにげなさを装って、椅子の背に寄りかかった。「去年の夏、お兄様はヘッティに夢中だったのに」ポリーはとがめるようにつけ加えた。

「ヘッティはもう去年の夏とは別人だ」ピーターは今やいらだち、怒っているように見えた。「すれたところのない、気立てのいい娘だったのに……ロンドンへ来てたった数週間で、ぼくの嫌いな愚かで軽薄な社交界の女に変身してしまった！　それに」彼は苦々しげにつけ加えた。「今じゃ、ぼくなんかよりもっと大きな獲物をねらっているのさ！」

ポリーは黙り込んだ。ヘッティがひどく愚かな態度をとったのは確かだった。地位の高い男性や容姿のいい男性が自分に興味を示せば、彼女はだれかれかまわずべたべたしたし、ピーターをなんともぞんざいに扱ったのだ。ポリーは兄の腕に手を置いた。

「ちょっと有頂天になってしまっただけよ」彼女は兄を諭した。「お願いだからもう一度――」

「ピーター！」

スザンナ・ボルトが手袋をはめた手をさりげなく

ピーターの肩に置くと、彼は少年のように頬を赤く染めて立ち上がった。性悪女は値踏みするような目でポリーを見て、狡猾《こうかつ》そうな笑みを浮かべた。「こんばんは、レディ・ポリー……」

「こんばんは、レディ・ボルト」ポリーは冷ややかに挨拶した。双子の姉妹でもこうも違うものかと、彼女は改めて驚いた。ルシール・シーグレイブの無垢《むく》な透明感と、双子の姉の獲物に襲いかかるような好色さは、きわだった対照をなしている。最近結婚したことで、レディ・ボルトもわずかながらの尊敬は得られるようになったかもしれないが、品行はいっこうに改まらず、むしろ夫のサー・エドウィン・ボルトがあおっているという噂もあった。スザンナは青い瞳からダイヤモンドさながらの硬く鋭い視線をポリーに放ち、ライバル視する価値なしと切り捨てた。

「ピーター……」レディ・ボルトは今度はピーターのシャツの胸へとそっと指を滑らせていく。「今夜は遅くまで遊ぶって約束してくれたでしょう……」なんとも意味深長な言葉にピーターはひどく決まりが悪そうで、ポリーは自分でも意外なことにくすくす笑ってしまった。本当ならショックを受けるはずなのだが、レディ・ボルトの態度があまりに大仰で芝居がかっているので、とてもまともには受け止められなかった。

「わたしのことは気にせず楽しんできて、ピーター」ポリーはやさしく言って、気の弱い兄がレディ・ボルトにカードルームへ連れられていくのを見送った。

舞踏会場では今、カドリーユが繰り広げられていたが、ポリーは幾多のダンスの申し込みを断った。ただでさえ暑いのに、これ以上動き回って汗をかく気にはなれなかった。シーグレイブ伯爵未亡人はレディ・カルヴァートやほかの同年代の夫人たちとおしゃべりするために、しばし娘のそばを離れていた。ピーターが妹に近づくのに気づいたときも、伯爵未亡人は先ほどの言葉とは裏腹に、割って入ろうとはしなかった。ポリーはすでに社交界での経験も豊富だから、ぴったりそばに付き添っている必要はない。結局のところ、五年前の残念な事件を別にすれば、娘が伯爵未亡人を心配させたことはなかった。それでも彼女は、しっかりと娘の振る舞いを見守っていた。

ピーターの席があいてほどなく、愛想のいい声が響いた。「レディ・ポリー！　いつも愛らしい方！　退屈の救いの手はわたしが差し伸べましょう！」

ポリーはため息が出そうになるのを抑えた。

「サー・マーマデューク、ごきげんよう」

サー・マーマデューク・シップリーはやるせない目でポリーを見つめた。彼は中年を迎えた放蕩者《ほうとうもの》で、危険な男気取りで裕福な貴婦人の財産をねらう人物と言われている。だが、伯爵未亡人が娘のほうへ目をやって平然とほほえんでいるのを見ても、この男の危険さの程度が知れた。サー・マーマデュークはポリーに飲み物のグラスを手渡し、大げさに夜会服の裾《すそ》を跳ね上げて席についた。

会場はどんどん湿気を増していたので、喉を潤せるのはありがたかった。ポリーは好色なサー・マーマデュークには思いきり冷ややかに接するつもりだったのに、つい感謝の微笑を浮かべてしまった。

「今夜のあなたはまた格別に美しい」サー・マーマデュークの熱い息がポリーのうなじにかかった。「わたしの思いに応《こた》えてくださると、期待してもいいのかな？」

「それはあり得ないと思いますわ！」ポリーはさらりとかわして、飲み物をひと口飲んだ。レモネードでないのは確かだが、口当たりがよく、軽くさわやかで夏の夜にぴったりだ。彼女はさらにひと口飲んだ。

「またそんな残酷なことを言うのですか、美しい人よ」サー・マーマデュークの汚れた視線がなれなれしくポリーの全身を走った。レディ・ポリー・シーグレイブは誰もが認める美人というのとは違うが、どこか強烈に男心をそそるところがあると、彼は思った。社交界にデビューして何年もたつとはいえ、未婚の娘にしては大胆な深いアクアマリン色のドレスに身を包んだポリーは、いつにも増して魅力的だ。濃い褐色の髪は結い上げて、ダイヤモンドをちりばめた髪留めで留めてある。それ以外に宝石といえば、彼女の肌と同じ透き通った輝きを放つ真珠のネックレスだけだ。彼女は飾り立てる必要などなかった。

サー・マーマデュークはからみつくような好色な視線をポリーに注いだ。厳格な伯爵未亡人がおしゃべりに夢中になっているあいだに、この思いがけないふたりきりの時間を最大限活用するつもりだった。

ポリーはまたため息をつきそうになった。サー・マーマデュークの下心たっぷりの誘惑など別に怖くもない。込み合った舞踏会場では、彼がそばにいてもなんら危険はないが、しらじらしいお世辞は死ぬほど退屈だ。

「兄上は誘惑の罠《わな》にはまってしまったわけですな」サー・マーマデュークはお世辞からスキャンダルへと話題を変えた。「あんなに喜んで屠殺所《とさつじょ》へ向かう羊も珍しい！　噂では、麗しのレディ・ボルトは乳姉妹から彼を奪うつもりらしいですよ。そうなったら自らの魅力もまだ明かしていないミス・マーカムが、あの男性経験の宝庫に太刀打ちできるはずもない」

ポリーはショックだったが、それを顔には出さないように努めた。ピーターがレディ・ボルトとべたべたしているのは、偶然のなりゆきからだと思っていたのに。ポリーもレディ・ボルトの行状については、実のところ伯爵未亡人が聞いたらいやがるほど知っていた。思えば、レディ・ボルトがカップルの仲を引き裂いたという話も、一度ならず耳にしていた。でも、自分の乳姉妹の相手まで？　もしそうだとしたら、彼女はなんと冷酷で嫉妬《しっと》深い性格なのだろう。

「本当かしら？」ポリーはサー・マーマデュークのまいた餌《えさ》につられるのを拒否した。「わたし、そういう話には興味がありませんの」

「ほう？」サー・マーマデュークはからになったポリーのグラスにすかさず目を向け、通りかかった給仕のトレーから別のグラスを取った。「それは失礼。ただ、レディ・ボルトのよこしまな性格について、ひと言警告しておきたくて」

「わたしは彼女の気まぐれのとばっちりを受けないことを願うのみですわ」

「ほう？」サー・マーマデュークはまたつぶやいた。彼の目が邪悪な喜びに光り、それがポリーを心底不快にさせた。「おそらく大丈夫でしょう。それにあなたはきっと、この話のいちばん辛辣《しんらつ》な部分にも興味はないでしょうが、実は若きピーターはレディ・ボルトの第二候補でね。彼女が最初に目をつけたのはヘンリー・マーチナイト卿で……」

一瞬、ポリーはサー・マーマデュークと視線を合わせたが、すぐに目をそらした。彼女は無意識のうちにまたフルーツ・パンチを口に運んでいた。いやな話題を避けるのには、グラスの飲み物へと逃げるのがいちばんだった。それに、この飲み物はとてもさわやかで、今まで知らなかった味がする。いつもはレモネードしか飲むことを許されておらず、今考えてみると、彼女の年齢と経験にしてはばかげていた。母がうるさすぎるのだ。そろそろ自立を主張するべき時期に来ているのかもしれない。

「汚いゴシップには関心がありません」ポリーはよ

そよそしく言って、もっと楽しい話し相手が現れてくれないものかと思った。不運にもシーグレイブ伯爵未亡人はまだおしゃべり中で、よりにもよってぃつになく満足げな目を娘に向けている。今やどっしりと腰を据えたサー・マーマデュークを追い払うにはかなりの勇気が必要だろうと、ポリーはあきらめの心境になった。さらに追い討ちをかけるように、中年の准男爵はポリーの椅子の背に腕をかけ、体を寄せてきた。彼の息はワインくさかった。

「お気に召さなかったかな?」サー・マーマデュークはつぶやいた。「わたしの願いはただひとつ、あなたを喜ばせることだというのに、美しい人――」

「こんばんは、レディ・ポリー。どうも、シップリー……」

ポリーは跳び上がりそうになった。ヘンリー・マーチナイト卿に手を取られる前にすでに、全身の神経が逆立っていた。一瞬飲み物のせいかとも思ったが、やはりヘンリー卿の存在が原因だろう。急に頭がくらくらしてきた。

「勧められたんですよ、レディ・ポリー」ヘンリー卿はやさしく言った。「とてもお上手だから、あなたにダンスを申し込んでこいとね。受けていただけますか?」

一瞬、ポリーの驚いた褐色の瞳がヘンリー卿のもの憂げなまなざしに釘《くぎ》づけになった。彼女は、ヘンリー卿のことを考えていたのを見透かされていたのではないかという奇妙な感覚に襲われた。さまざまな思いが胸の中でひしめき合った。最初に思い当たったのは、今までヘンリー卿にダンスを申し込まれたことがないということだった。それも当然だ。めったに話しかけられたことすらなかったのだから。

次に、今はワルツだから母がいい顔をしないと思った。三番目には、なんだか少し妙な気分だと感じた。不快なのではなくて、どこか足が地につかないというか……。そんなわけでポリーは考える間もなく、ヘンリー卿の腕の中でワルツを踊っていた。

音楽の調べはとても誘惑的で、ヘンリー卿はたぐいまれなダンスの名手だった。フロアを一周したのち、ポリーは自分でも信じられないことに、空中を漂うあざみの冠毛のように、楽しく奔放な気分になっていた。ヘンリー卿はきちんと距離をとって彼女を支えていたが、それでも彼の腕の力強さ、つるつるしたドレスの生地に触れる彼の腿の初めての感触は、なんとも言えず刺激的だった。ポリーはちょっとまばたきをして、今の自分が普通ではないことを悟ったが、そんな思いはすぐに手の届かないところへ遠ざかっていった。普通じゃない？　だって最高の気分だもの。

「今夜は危険な相手をそばに置いていたね、レディ・ポリー」ヘンリー卿が耳元で言った。彼の唇が感じやすいうなじの肌のすぐそばにあると思っただけで、ポリーの体は甘く震えた。彼女はなんとか気を取り直そうとした。今夜のわたしはどうしてしまったの？「シーグレイブ家全員が恋愛スキャンダル？」ヘンリー卿は続けた。「最初はあなたの兄上がレディ・ボルトの新しい……」彼は口ごもった。「遊び相手に名乗り出て、次はあなたがサー・マーマデューク・シップリーとふたりきりで過ごし、さらに大胆にも、ぼくとダンスをしている！」

ポリーは目を上げ、初めてしっかりとヘンリー卿の顔を見た。彼がポリーをサー・マーマデュークの鼻先からさらったときに頭の中に浮かんだものが、今の言葉ではっきりした。サー・マーマデュークはいっぱしの放蕩者気取りでいるが、本当に危険なのはヘンリー卿だ。彼こそが、社交界にデビューした無垢な少女たちの中に放たれた凶暴な虎《とら》なのだ。そんな彼と奔放にダンスに興じるなんて、わたしはどうしてしまったの？　ダンスフロアの向こうでは、やっとおしゃべりを終えた伯爵未亡人が言いたいことが山ほどあるという顔で娘をにらみつけていた。ポリーがおぞましいサー・マーマデュークにつきまとわれていたときには見過ごしておいて、ヘンリー卿が現れると即座に気づくとは。ポリーはわざと母から顔を背けた。

ルシールがかつて、まったくのえこひいきなしに、ヘンリー・マーチナイト卿ほどハンサムな男性は見たことがないと言ったことがあった。ポリーには彼女の言った意味がよくわかる。ヘンリー卿はすべての彫刻家や画家に愛される、古典的で端整な顔立ちをしていた。豊かなブロンドの髪はちょっと風に乱されたようなスタイルにさりげなくも完璧《かんぺき》に整えてあって、女たちは思わず手を差し入れてみたくなる。彼のもの憂げな灰色の瞳でじっと見つめられたら、あるのぼせ上がった少女が言い放ったように、気絶してしまいそうだ。そして、スポーツで鍛え上げられた肉体は、同性までが羨《うらや》む。

「あなたはそんなに危険なの？」ポリーは自分がそう問いかけるのを聞いた。軽やかな、からかうような口調は、自分の声とも思えない。男性の気を引くような振る舞いなどしたことがないのに！

「確かに危険だと思われているだろうね」ヘンリー卿はいぶかしげな顔をした。ポリー同様、誘うような言葉に驚いているに違いない。

「じゃあ、本物の虎ね。単なる臆病者《おくびょうもの》の猫じゃなくて」

今度はヘンリー卿はむしろ探るような目になった。

「アラック・パンチを飲んだのかい、レディ・ポリー？」

「とんでもない」ポリーは落ち着き払って言った。「おいしいフルーツ・パンチみたいなものは何杯か飲んだけれど、あれはなんだったのかしら」

「ああ、フルーツ・パンチね」ヘンリー卿は微笑した。「とてもさわやかな味がしたろう？　伯爵未亡人がぼくたちをにらみつけている。早く彼女に対して名誉挽回《めいよばんかい》をしないと。それにはまず、あなたを無傷で返さないとね！」

「あら、だめよ！」重要な件でヘンリー卿と話をするとルシールに約束したことを、ポリーは急に思い出した。顔をしかめて意識を集中し、どんな用件だったかを思い出そうとする。なにか難しい話で……決まりの悪いことで……でも、今のポリーは決まりが悪いどころか、最高に解放された気分だ。どこかぼんやりしているところもあるみたいだが、こんなに自信を感じるのは久しぶりだった！　ふと気がつくと、ヘンリー卿がおもしろそうにポリーを見ていた。

「なんだって、レディ・ポリー？」

「まだわたしを返さないで！」ポリーは適切な言葉を見つけようとした。「わたしは……やらなければならないことが……あなたと話し合わなくてはいけないの！」

「なるほど！」ヘンリー卿のきりりとした口元の端にふたたび、かすかな笑みが浮かんだ。「好奇心をそそられるね！　もちろん、あなたのお望みどおりに！」

音楽がやんだ。ヘンリー卿はおどけてお辞儀をすると、ポリーの腕を取り、人のあいだを抜けて、シルクのカーテンのかかったアルコーブのひとつへと導いた。母からは十分離れたところで、ポリーはますます自信を深めた。母の存在抜きでこの件を片づけてみせる！

ヘンリー卿はポリーが座るのを待っていたが、彼女が動く気配はない。彼は眉をつり上げた。「レディ・ポリー、ふたりで直立不動でいなくてはならない緊急事態でもないだろう？　座ってくれないかな。そうすればわたしも腰を下ろせるから」

ポリーは急に頭がさえ渡るのを感じた。

「つまり」彼女は慎重に切り出した。「わたしはあなたとふたりきりで話す必要があるの。ここじゃなくて。ここは人が多すぎるわ！」

今度は、ヘンリー卿は驚きを隠して平然と言った。「ずいぶん思わせぶりな言葉だな！」皮肉な口調だった。「本気で言ってるのかな？　なんとも突飛な申し出だが」

ポリーは顔をしかめた。言い争っている時間はない。彼女はただひたすら、目的を果たすことしか頭になかった。

「テラスで十分です」ポリーはぶっきらぼうに言うと、ヘンリー卿がついてきてくれますようにと祈りつつ、ドアへと向かった。伯爵未亡人が重々しく立ち上がる姿が目の隅に入った。ダンスフロアをぐるりと回るのはかなりの距離だし、部屋は込み合っているが、なんとしても娘を救うと意を決した母親ならすぐに追いついてくるだろう。知り合いのひとりが母に近づき話しかけるのを見て、ポリーは安堵《あんど》のため息をついた。年老いたレディ・オドジャズは悪名高いおしゃべりで、簡単に追い払える相手ではない。これで十分な時間が稼げますようにとポリーは祈った。

テラスはとても暗かったが、ポリーはさらに舞踏会場からいちばん離れた隅まで行って、これなら人目につかないと確信してからヘンリー卿を振り返った。涼しい夜風が彼女を少ししらふに戻してくれたが、それでもまだ驚くほど楽天的で自信満々でいられた。ところが口を開いた瞬間、言葉が出なくなってしまった。

「わたしは……つまり、できれば……わたしが言いたいのは……」突然、うまい言い方をするのがとてつもなく難しくなった。いとも優雅にやすやすと、五年間のわだかまりを解消するつもりでいたのに。

この調子では、さらに五年分のわだかまりができてしまう！ヘンリー卿は助け船を出そうともせず、欄干にもたれてさっきからの考え深げな表情で彼女を見つめていた。

「それで？なにか大切なことをぼくに言いたいっていうのはもう聞いたよ。だからここへ来たんじゃないか」

パンチのせいでいつになく赤くなっていたポリーの頬が、さらに真っ赤になった。「あなたって本当にいやな人ね！わたしはただお友だちになりたいって言いたかっただけよ！」記憶がよみがえってきて、ポリーを助けてくれた。「これからはお友だちになって、あなたと気楽に過ごせたらって思ったの！」彼女は勝ち誇ったように言い放った。ヘンリー卿がそばにいるととても気楽な気持ちになどなれないが、とにかく力強い口調で言えた。「あなたも同じ気持ちなら、別に問題は――」

「でも、ぼくはそんなことは望んでいないかもしれない」ヘンリー卿はかすかにほほえんでいた。やはり思ったとおり、ポリーはしらふではないと確信したからだ。酔っぱらうところまではいっていないが、完全にしらふでもない。そして、無邪気な彼女は明らかに、そんな自分の状態に気づいていなかった。自分が危機に瀕《ひん》していることにも。

「まあ！」てっきりヘンリー卿に同意してもらえるものと思っていたのに拒絶され、ポリーの計画は根底から覆された。どうすればいいのかと慌てる彼女を、ヘンリー卿はおもしろそうに眺めていた。おくれ毛のカールにピンクの頬、輝く瞳の彼女はなんとも魅力的だ。自分の中にわき上がってくる衝動を、ヘンリー卿は投げやりにだが抑えようとしてみた。しかしすぐに、体を起こして一歩ポリーに近づいた。彼女は気づいていないようすだ。「あなたがわたしと気楽に過ごすことに興味がないなら――」

「ないな」ヘンリー卿はこれからどうするかを冷静に計算しつつも、依然として礼儀正しい態度は崩さなかった。「ぼくたちのあいだに気楽なんて言葉は決して入り込めない」

「じゃあ……」ポリーは困ってしまった。「友だちになることも望まないなら、あなたはいったい……」

「おあつらえ向きの人けのないテラスで、放蕩者がレディに望むことといえば？」

「まあ！」

最後にやっとポリーも気づいたが、彼女の頭はまだ毛糸でも詰め込まれたようだった。時間が非常にゆっくりと過ぎていくように思える。実際、親戚《しんせき》以外の紳士とは決してふたりきりにならないようにいつもしっかり注意していたから、まだ男性にキスされたこともない、などと考える時間があった。そして、あこがれに駆られていたあのころには、強引に迫られるのではなくそっとやさしくなら、ヘンリー卿にキスされたいと胸を焦がしたことを思い出した。清らかだが情熱のこもった挨拶《あいさつ》というのが、ポリーの理想の極致だった。

このキスは情熱はこもっていたかもしれないが、清らかという言葉からはほど遠かった。ヘンリー卿はポリーの腰に腕を回し、いきなりぐっと抱き寄せて体を密着させた。彼の唇がポリーの唇をとらえ、容赦なく巧みな技を繰り広げて唇を開かせ、怒りのあえぎも吸い取ってしまった。それはそれは長く感じられた魅惑の数秒間、ポリーは複雑で欲張りな情熱に翻弄《ほんろう》され、抵抗することさえできなかった。

ヘンリー卿がそっとポリーを放すと、彼女は黙って彼を見つめた。慣れない酒と激しい感情が重なり合ってひどく動揺したポリーは、欄干に手を置き体を支えた。手の下の石は冷たく、すでに夜露で湿っていた。ポリーは混乱し、少し顔をしかめた。いったいどうしてこんなことになってしまったのだろう。そもそもこんなつもりではなかったのに。そのとき意外なことに、ヘンリー卿が彼女の手を取り、てのひらにキスした。

「そんな責めるような目でぼくを見ないで、レディ・ポリー」彼は静かに言った。「ぼくがこんなふうになったのには、あなたもひと役買っているんだから」

立ち去ろうと踵《きびす》を返したヘンリー卿はまたしても、娘を救おうと大慌てで駆けつけたシーグレイブ伯爵未亡人と鉢合わせした。彼は伯爵未亡人に皮肉たっぷりの完璧なお辞儀をした。

「レディ・シーグレイブ！　お元気ですか？　かつてあなたに二度とお嬢様には近づかないとお約束したことは、ぼくも覚えています。約束を破るようなことになって申し訳ありませんが、お嬢様と旧交を温めなくてはならない、差し迫った必要がありましてね！　では、失礼！」

そしてヘンリー卿は、怒りの言葉をまくし立てる伯爵未亡人を置き去りにした。

# 3

目を覚ましたポリーは、すぐさまひどいことになっているのに気づいた。頭がずきずき痛み、舌にはまるで苔《こけ》が生えたようだ。彼女はあおむけになった。カーテン越しに日差しが差し込み、外の通りから車輪の音が響いてくる。もう朝も遅い時間なのだ。

頭はぼんやりしていたが、ポリーは、まるで無害に見えて実はとても危険なフルーツ・パンチのことを思い出した。あれから五年もたつというのに、わたしはまたなんてばかなことをしでかしてしまったの！　お酒を飲んで、うわついた気分になり、あげくの果てに酔っぱらってテラスでヘンリー・マーチナイト卿《きょう》と対決だなんて！　彼はわたしのことをとんでもなく愚かな女だと思ったに違いない！　ポリーは身もだえし、一気に鮮明によみがえってきた記憶をかき消そうと、ほてった顔をひんやりしたリネンの枕《まくら》にうずめた。

「さっきも一度起こしに来たのよ」声が響くと、ポリーは母がやってきたのかと怯《おび》えて、さっと体を起こした。しかし、部屋に入ってきたのはルシールで、彼女はポリーの頭に響くいやな音をたててベッドの天蓋《てんがい》のカーテンを開けた。

「ああ！　やめて！」ポリーは心から嘆願した。めまいがして、彼女はまた枕に身を沈めた。義姉は驚いて手を止めた。

「ポリー？　ぐあいでも悪いの？　わたしと一緒にレディ・ラウトレッジのピクニックへ行くんじゃなかったの？」

日差しがポリーの目をくらませた。彼女はまぶしさに目を細め、ルシールを見た。目下、この家のどこかを改築しているということはないはずなのだが、ポリーの耳の中ではリズミカルになにかの音が響いていた。「それが……ちょっと気分が悪くて……」

「あなたじゃなかったら、二日酔いかと思うわよ」ルシールは義妹をじっと見て、真剣な口調で言った。「レディ・フィリップスの仮面舞踏会がそんな悪の温床だとは思わなかった！　それとも、その前に食べたえびのパイのせい？　そう、そのほうがずっとましよ。お義母《かあ》様にもそう言っておきましょう。またあとでようすを見に来るから……」

ポリーは答えるどころではなかった。彼女は寝返りを打つと、ただちにまた眠りに落ちた。

午後になって目を覚ましたときには、ポリーの気分も少しはましになっていた。

「レディ・シーグレイブが、お嬢様のぐあいがそんなに悪いのならそっとしておくようにとおっしゃいました」ポリーの小間使いは気の毒そうに言った。「なにか持ってまいりましょうか？　なにか召し上がります？」

ポリーは一瞬いやな顔をした。「いらないわ、ジェシー。とびきり大きなコップに水を一杯持ってきてくれればいいの。こんなに喉が乾くことってめったにないわ！　それに、もう起きないとね」

ジェシーは疑わしげな顔だ。「本当にもう大丈夫だとお思いなら！　わたしの兄はたいてい丸一日寝てますけどね、飲みすぎた――」ポリーの怒った顔に気づき、小間使いはさっとお辞儀をした。シーグレイブ家のサフォークにある領地出身の田舎娘、ジェシーは、気はやさしいが機転がきかなかった。

「どうぞ、お気の召すように！」彼女は慌てて言った。「お出かけになるんですか？」

「ええ！」ポリーはきっぱりと言った。ジェシーの兄と同じくらい大酒を飲んだような言い方をされたのを、しっかり否定しておかなくてはいけない気がしてきたのだ。「巡回図書館へ出かけるわ！　ライラック色の散歩服を出してちょうだい！」

三十分後、ポリーはライラック色のレースのドレスに、カールした褐色の髪にとてもよく似合う黒の麦藁《むぎわら》のボンネットといういでたちで、ジェシーを従えさっそうと外に出た。ルシールと伯爵未亡人はまだピクニックから帰っていなかったが、図書館のような人畜無害のところへ行くのに母が反対することもないだろうとポリーは思った。まさかそんな場所で危険な目に遭うはずはないのだし。

図書館の中は涼しく快適で、ポリーは書棚を眺めて本を選ぶ時間を楽しんだ。ほの暗く静かな図書館にはなにか心なごませる雰囲気があって、心身ともにまだ少し乱れた感じのポリーを癒《いや》してくれた。年配の紳士が隅の椅子で居眠りをし、ルイーザ・シドニー・スタノップの『ヴァロンブルの懺悔《ざんげ》』を前に婦人がふたりささやきを交わしている。棚から一冊の本を抜き出そうと前かがみになったポリーは、同時に棚の反対側の本を選んだ誰かの眠たげな灰色の瞳と向き合うことになった。

「まあ！」ポリーは今まで選んだ本をすべて落として一歩あとずさりし、ふたりの婦人に、しいっときつくたしなめられた。向かいの紳士は書棚のこちら側に回ってくると、かがんでポリーの選んだ本を拾い、うやうやしく手渡した。

「こんにちは、レディ・ポリー」ヘンリー・マーチナイト卿が言った。

「いったいここでなにをしてらっしゃるの？」ポリーはほんの一時間前に、もう二度と彼とは口をきかないとひそかに決意したことも忘れ、いまいましげに言った。ヘンリー卿はその心惑わす灰色の瞳によく映える紫がかった灰色の上着の完璧《かんぺき》な装いだ。不意打ちを食った思いのポリーは不愉快だった。こんなことなら家にいればよかった！　レディ・フィリップスの館《やかた》のテラスでの場面がまたよみがえってきて、彼女はさらに混乱した。こんなにすぐまた彼と顔を合わせなくてはならないなんて、なんと運が悪いんだろう。

ヘンリー卿は脇《わき》に抱えた二冊の薄い本を手で示した。「あなたと同じように本を選んでいたんだよ」彼は穏やかに言った。「紳士だって気が向けば巡回図書館へ足を運ぶだろう！」

「確かに。ただ、わたしはまさかあなたが読書好きだとは……」ポリーはうろたえているせいで失礼なことを言ってしまったのに気づいて唇を噛《か》んだ。「ごめんなさい。わたしはただ、あなたはもっと別のことにいろいろ関心が……」彼女はまたも口ごもった。失敗を取り繕おうとして、さらに失敗を重ねてしまったではないか！

ヘンリー卿はほほえんで、彼女に選んだ本を見せた。「それは驚かせて悪かった！　ぼくが持っているのはコールリッジの『文学的自叙伝』とホメーロスの著作だが、読むのは子供のころ以来かな！　言っておくが、ぼくはあなたが思っているよりずっと博学なんだ！」

ポリーは目の前の証拠に反論もできず、まばたきした。しかし、人生の目的はとことん楽しみ抜くことだと公言する男が、書物だけを友にひとり静かに過ごすなんて、なんだか奇妙に思える。

「元気になられたようでなによりだ」ヘンリー卿は滑らかに続けた。「ぼくはさっきまでレディ・ラウトレッジ主催のピクニックに出席していたんだが、あなたの義姉上《あね》が昨夜舞踏会から帰って以来、あなたのぐあいが悪いようなことをおっしゃっていたんでね。なにか食べたもの……あるいは飲んだもののせいかな？」

ポリーはかっとして頰が赤くなるのを感じた。きのうの夜のこと、ヘンリー卿のけしからぬ振る舞いについては、もう思い出したくない。

「すっかり元気になりましたわ、ありがとうございます」彼女は憮然《ぶぜん》として言った。「では、ごきげんよう。わたしは今夜劇場へ行く予定なので、もう館へ帰らないと」

「じゃあブルック・ストリートまでお送りしよう」ヘンリー卿は礼儀正しく申し出た。

彼がドアを開けてくれ、ポリーは明るい通りへ出た。彼の申し出を受けたい気もしたが、ポリーはまだ昨夜の自分の態度が恥ずかしくてたまらず、彼にそばにいられてはついそのことを思い出してしまう。彼女はヘンリー卿にほほえみかけたが、複雑な思いは隠しきれなかった。

「ありがとうございます。でも、けっこうですわ。小間使いがついていますし、館まではさほど遠くもありませんから」

「がっかりだな」ヘンリー卿はポリーの言葉など聞こえなかったかのように、彼女の隣へ来た。「もっとお互いを理解しようと約束したのに。一緒にいることを拒まれたのでは、どうやって理解に達すればいいのかな？」

「お互いを理解しようと約束した？」ポリーは立ち止まってヘンリー卿を見上げた。夏の風が彼の豊かなブロンドの髪を乱し、ポリーはふいにその髪に触れたいという衝動に駆られた。自分がじっと彼を見つめていたことに気づき、ポリーは慌ててまた歩き出した。

「そうだとも」いつの間にかヘンリー卿はポリーの腕を取っていた。ここで彼の手を振りほどくのは、不作法な気がした。「ぼくたちは友だちになるんだろう？　きのうの夜、あなたがそう提案したんじゃないか！」

「友だち！」ポリーがショックによろめきそうになると、彼女の腕を支えるヘンリー卿の手に一瞬力がこもり、いまだ知らぬ甘美な感覚が彼女の体を走り抜けた。

「そうさ、あなただってもちろん覚えているだろう！　ぼくたちはテラスで――」

「ええ！」ポリーはかん高い声で答えた。ヘンリー卿はあの恥ずかしい場面のすべてを彼女に思い出させようとしているに違いない。彼女は深いため息をついた。「もちろん、あのときの会話は覚えていいます。でも、あなたはわたしの提案に興味を示さなかったという、はっきりした印象が残っているんですけれど！」

ヘンリー卿は振り返ってポリーを見た。彼はなんとも思わせぶりな表情を浮かべていた。「あなたに対するぼくの反応が……好意的でなかったと？」

ポリーは怒りに赤くなった。「ええ、そのとおりよ！　強引で無礼で、好意的というのにはほど遠かったわ！」

ヘンリー卿は肩を震わせ、笑いをこらえている。「なんとまあ、情け容赦のない言い方だ！　ぼくと一緒にいるのがそんなにいやかな？」

ポリーの心はふたつに引き裂かれた。慎《つつ》ましくあるためにはここで嘘《うそ》をつくべきだが、彼女は珍しいほど正直な娘に育てられていた。

「あなたの態度は紳士にふさわしくなかったわ！」

「本当にそうだ！」ヘンリー卿はほほえんだ。「でも、あのときはあなたの提案にびっくりしたんだよ、レディ・ポリー。ぼくはぜひあなたとの友情を深めたいと願っている。昨夜の出会いでますますその気持ちが高まったんだ！」

ふたりはブルック・ストリートにたどり着き、なんと答えていいかわからずにいたポリーはほっとした。ヘンリー卿は彼女の手にキスした。

「ぼくの学識をさらに確かめたいと思うなら、セントジェームズ・スクエアのわが家へ訪ねてきてほしい。自慢の美術品のコレクションを、ぜひあなたにも見てもらいたいと……」彼はいたずらっぽい目になった。「それとも、ぼくの博識と趣味のよさはもう納得してもらえたかな？」

「それは納得しました」ポリーは吹き出しそうになりながらも、なんとか真顔を保った。「では、ごきげんよう！」

美術品のコレクションですって！　ヘンリー卿の冗談交じりの招待の意味を考え、ポリーは少し赤くなった。わたしのことを、そんな手にまんまと引っかかるうぶな娘だと思っているのね！　ヘンリー卿は一度挑発的な目で振り返っただけで、にやにやしながら通りを去っていった。ポリーは彼の後ろ姿を見つめていたことに気づかれてしまっただろうかと気になった。

「魅力的な紳士ですね」ジェシーがポリーの肩越しにヘンリー卿を見て言った。「そして危険な人！　お嬢様もお気をつけにならないと！」

まったく同じことを考えていたポリーは、なに食わぬ顔で振り返った。「あら、ばかなことを言わないで、ジェシー！　ヘンリー卿なんてただの浮気男よ！」

「浮気男！」ジェシーは怒った顔だ。「はっきり言って名うての放蕩者《ほうとうもの》でしょう！　そんな方がお好みなんですか！」

ポリーはあえて答えなかった。

その夜、劇場へ出かける身支度を整えたポリーは、またヘンリー卿に会えるのではないかという、ときめきと不安に体が震えそうになるのを抑えていた。まったく意外なことに、昨夜の彼女の態度がヘンリー卿の興味を引いたらしい。もっともそれは単によこしまな思いでしかなく、ポリーの軽率な行動の結果、彼はなりふりかまわず彼女を追い回すようになったのだ。

その夜の芝居は『のちの災い』という喜劇で、連れも陽気な人たちだった。ニコラスとルシールのシーグレイブ伯爵夫妻、シーグレイブ伯爵未亡人、ポリーに、サー・ゴドフリー・オービソンと彼の親類のデイカー一家だ。その夜、王立劇場にはたくさんの知り合いが来ていて、伯爵未亡人はボックス席から身を乗り出し、華やかに着飾った人の群れの中に知った顔を探して楽しんでいた。ルシールの双子の姉、レディ・スザンナ・ボルトが、軍服姿の上品な紳士にエスコートされているのを見つけると、伯爵未亡人はレディ・デイカーの脇腹をつついた。

「見てごらんなさい、マリアン！　ガーストン公爵が性悪女にかかわり合って恥をさらしているわ。ほら、あの女の得意満面のようすを見てごらんなさい。まったくどうしてああいう立派な紳士が、簡単にあんな女の餌食《えじき》になってしまうのか」

運よく、ルシールはニコラスとデイカー卿との話に夢中で聞いていなかったが、ポリーは好奇心に駆られて身を乗り出した。レディ・ボルトは大胆かつ派手な装いで、またしてもひときわ目立っていた。髪には宝石がきらめき、獲物を仕留めて勝利の微笑を浮かべる唇は真っ赤に彩られている。周囲の人々を値踏みするように見回している瞳の、サファイア・ブルーの輝きはルシールとまったく同じだが、似ているのはそこだけだった。シーグレイブ伯爵夫人の性格と物腰の限りないやさしさがその容貌《ようぼう》のすべてをやわらげているのに対して、レディ・ボルトの強欲さは彼女のすべてをとげとげしいものにしていた。

彼女の挑発的な美貌が少しうらやましくて、ポリーはため息をついた。自分の容貌も絶世の美女というわけにはいかなくても、悪くはないことはわかっている。シーグレイブ家の栗色《くりいろ》の髪に、金色の斑点《はんてん》の散る濃い褐色の瞳は、兄たちのほうが似合っている感じだが、ポリーのクリームのように美しい肌は羨望《せんぼう》の的だった。体型は肉感的というよりはほっそりしている。紳士方はたぶん、豊満なほうが好みなのだろう。レディ・ボルトがガーストンのエスコートで現れたのは、もはや兄のピーターには興味がないということなのかと、ポリーは思いをめぐらせた。それとも、性悪女が一度にひとりの男で満足していると思うほうが愚かなのか。

「ポリー！」ひとりの若者が単眼鏡を差し上げてポリーに色目を使ってくると、伯爵未亡人が強い口調でたしなめた。「ちゃんと座ってなさい。下々の者の注目など引きたくないでしょう！」

ポリーは胸をどきどきさせながら、ゆっくりと椅子に座り直した。ヘンリー・マーチナイト卿が向かい側のボックス席にいるのに気づいたからだ。彼はサイモン・ヴェリーと妻のテレーズ、何人かの友人たちの快活なグループと一緒で、レディ・ヴェリーがなにか言っては、全員がさかんに笑っていた。ポリーは羨《うらや》ましい気持ちを急いで押し殺した。自分の連れが退屈というわけではない。ルシールと一緒にいるのはいつも楽しいし、デイカー家の娘たちも少々おしゃべりだがいい人たちだ。でも、一度くらいは、才気煥発《さいきかんぱつ》な人たちの輪に加わってみたかった。ポリーにはいつも母か年配の親類の婦人の付き添いがついている。社交界にデビューしたばかりの娘ならそれも当然だが、二十三にもなってあまりに過保護ではないか。彼女がもう一度思いきって向かいのボックス席を見てみると、ヘンリー卿がじっとこちらを見つめていて、ますます胸がどきどきしてしまった。

芝居が始まったが、ポリーはどうがんばっても舞台に気持ちを集中させることができなかった。もともと芝居見物は好きなので、普段ならすぐ夢中になるのだが、今夜はヘンリー卿が本気で自分に言い寄っているのか、彼の誘惑に反応すべきなのかということしか考えられない。彼にまじめな気持ちがあるはずもないし、自分はすでに気持ちの整理がついている——この五年間ずっとそうだった——のだから、忘れるべき古い感情をかき立ててみても、むだだとも思った。だが一方で、彼と一緒にいるととても楽しいことも否定できない。うまく対処すればたぶん……。しかし、ポリーにヘンリー卿をうまくあしらうことなどできるのだろうか？　それはひどく危険な……じゃあ、挑戦してみたら？　いや、運任せの危険な賭《かけ》になる。彼の評判を知りながら、そんなことを考えるだけでも愚か者だ。でも……ポリーは身震いした。危険を冒す価値はある？　今年の社交シーズンは変化に乏しく退屈だ。ポリーはなにか刺激が欲しかった。彼女の性格の生まじめな面、保守的な一面は、悪名高い放蕩者の誘惑をあおろうとするなんて、いったいなにを考えているのとあきれていた。

いっせいに拍手が起こり、ポリーは気づかないうちに第一幕が終わってしまったのを知ってぎょっとした。観客はおしゃべりを始め、二幕が始まる前にロビーをうろついて脚を伸ばしている。ルシールがポリーの腕を取り、みんなと一緒にロビーへ出た。

「ヴェンの演技をどう思う、ポリー？　彼はエドマンド・キーンの域に達したと思う？」

ポリーはしどろもどろになった。「そうねえ……いや、そうでもないかしら……もっと考えてみないと——」ヘンリー卿とヴェリー夫妻が近づいてきて、ポリーは言葉を切った。割り込んでこられてうれしいのか不快なのか、自分でもよくわからなかった。

ヘンリー卿はルシールに心のこもった挨拶《あいさつ》をし、ポリーはまたふたりの友情に嫉妬《しっと》を感じた。ヘンリー卿が急に自分に少々興味を示したからといって、ほかの女性に言い寄らなくなると思うほどポリーもやぼではない。ただ、ルシールはそんなたぐいの女たちとははっきりと異質で、妙な憶測は愚かだと感じさせる無垢《むく》なところがあった。それにルシールは今、ヴェリー夫妻と話し込んでいて、ポリーとヘンリー卿はふたりとも置き去りにされた形だった。

「芝居を楽しんでるかな、レディ・ポリー?」通路を進みながらヘンリー卿が月並みな質問をした。

「ええ、おかげさまで」ポリーは芝居の内容についてて細かい質問をされませんようにと、必死で祈っていた。

「昔から芝居が好きだったね?」ヘンリー卿はほほえんだ。「あなたは人を見たり人から見られたりするためだけに劇場へやってくるような人とは違う!『お気に召すまま』を見に来たときのあなたは、すっかり舞台に魅せられてしまって、芝居が終わってからたっぷり三十分は、誰もあなたから言葉を引き出せなかったのを覚えているよ!」

ポリーは赤くなった。そのときのことは彼女も覚えていて、思い出に心を乱された。それはヘンリー卿と知り合ったばかりのころの、初めての一緒の外出で、芝居のあいだじゅう、彼女は夢見心地だった。確かに舞台の上の物語にも夢中になったけれど、すぐ後ろの席に座って舞台と同じくらい、彼女にも関心を向けているヘンリー卿の存在を強烈に意識していたのだ。彼が身を乗り出してポリーの熱中ぶりにほほえむと、彼の楽しそうなようすが芝居に劣らず、ポリーの喜びを引き出した。

二幕の始まりを告げる鐘が鳴り、ポリーはヘンリー卿の言葉に答えずにすんだ。

「ちょっと待って、レディ・ポリー」ポリーが自分のボックス席に戻ると告げると、ヘンリー卿は言った。「あす、公園で一緒に馬車に乗らないか？」

　ポリーは席へと戻る人々に押されながら、その場に立ちつくした。

「別に変わった申し出でもないだろう？」ヘンリー卿はやさしく言って、ポリーの胸を騒がせる微笑を浮かべた。「あなたをエスコートしたいと願い出る紳士は山ほどいるはずだ」

「ええ、でも、まさかあなたから……」ポリーは口ごもった。「失礼。つまり、あなたは女性を自分の馬車には乗せない方だと思っていたので」

「めったにね」またもポリーをどぎまぎさせる微笑を浮かべ、ヘンリー卿は訂正した。「でも、誘うからには腕には自信があるんだ！」

　問題なのは彼の技術ではなく、彼がポリーを馬車に乗せれば大評判になるということだ。明かりが消えたので、ヘンリー卿はポリーの手を取って席へと導いた。

「では、あす五時に」彼はささやくと、ポリーが黙っているのを承諾と受け取って去っていった。向かい側のボックス席に滑り込んだ彼は、ポリーが自分を見つめているのに気づいて首をかしげた。またも芝居ではなく彼を見ていたのを見つかって、ポリーは困惑した。

# 4

「あなたとハリーが今やいいお友だちだってことは、有名だと思うけど」ポリーが朝食の席で、きょうの午後ヘンリー卿《きょう》の馬車に乗せてもらうことになったと恥ずかしそうに打ち明けると、ルシールはきっぱりと言った。

「でも、お母様があなたと同じように考えるとは思えないわ」ポリーは憂鬱《ゆううつ》な顔だ。ひとり娘がレディ・フィリップスの館《やかた》のテラスに悪名高き放蕩者《ほうとうもの》とふたりきりでいるのを見つけたとき、伯爵未亡人はほとんど卒倒しそうなようすだった。ポリーが繰り返し、ヘンリー卿とはただ話をしていただけだと弁解しても、軽く鼻であしらわれた。伯爵未亡人は娘の言葉を信じないだけでなく、自堕落な遊び人とふたりきりで話をするような若いレディたちに対して苦言を呈した。

ほどなく、伯爵未亡人が衣《きぬ》ずれの音をたて不機嫌な顔で朝食室に入ってくると、眉をひそめて娘と嫁を見た。

「ふたりでなにをこそこそ話しているの？」伯爵未亡人は怒ったような口調できいた。そして、オートミールをいかにもおいしくなさそうに食べ始めた。

ポリーの心は沈んだ。母はきのう遅くまで劇場にいたせいで頭痛がして、機嫌が悪いに違いない。

「きょうの午後、ヘンリー・マーチナイト卿の馬車に乗せてもらうことになったと、ルシールに話していたの」ポリーは少々挑戦的に言った。「彼は五時に迎えに来るわ」

伯爵未亡人の顔が怒りに染まった。「馬車に乗せてもらう？　あなたどうかしているんじゃないの？

あんな危険な男と！」

「それは馬車の乗り手として？　それとも男としてかな？」ニコラスが新聞をがさごそいわせながら、のんびりした口調で尋ねた。彼はこれまで女たちの会話を聞いていないような顔をしていたが、その褐色の瞳を見るとおもしろがっているのがわかり、ポリーの心はますます沈んだ。ニコラスまで反対したら、ヘンリー卿と出かけるのは無理だ。ルシールは叱《しか》るような目を夫に向けた。

「公園を走るんですから、そんなにひどいことが起こるはずはないでしょう、お義母様《かあ》」彼女は義母に穏やかに言った。「周囲にはたくさんの人がいるんですから」

伯爵未亡人は険悪な目で嫁を見た。「あなたにはあの男の恐ろしさがわかっていないのよ、ルシール！　それに、ポリーの身が危険にさらされるだけじゃなく、評判も損なわれるでしょう！　彼と一緒のところを見られたら、もう世間から一切敬意など払われなくなって――」

「いいかげんにしてください、母上。大騒ぎしすぎですよ」ニコラスが口をはさんだ。「ハリー・マーチナイトは別に悪人じゃない！　ポリーの名前に傷をつけるようなことはしませんよ！　行かせてやりなさい！」

彼はちょっといらだたしげに新聞を折りたたんで立ち上がると、かがんで妻にキスし、書斎に避難するとつぶやいた。

「紅茶に蜂蜜《はちみつ》をお入れになったら、お義母様？」義母が部屋を出ていくニコラスの背中をにらみつけているのに気づいて、ルシールが慌てて言った。「頭痛にはとてもよく効きますから」

伯爵未亡人はしぶしぶほほえんだ。彼女は実は型破りなこの嫁が大好きなのだ。

「ありがとう、ルシール。あなたがそんなにわたくしの健康を気づかってくれるのはうれしいわ。なにしろ実の子供たちが頭痛の種なんだから！　さて、きょうの午後は一緒にミセス・マンベリーのお宅へ行ってくれるかしら？　ポリーは……」伯爵未亡人はまた娘をにらみつけた。「ほかに用があるようだから！」

ヘンリー卿の二頭立て四輪馬車の座席に座り、木立の下を駆け抜けていきながら、ポリーは兄がいつになく味方についてくれたことや母のしぶしぶの黙認を思い出していた。この馬車は外の空気を吸いに出てきた上流階級の人々の注目を大いに集め、彼女はやはり母の忠告に従えばよかったと後悔し始めていた。たくさんの人の好奇の視線にさらされて、落ち着かない気分だ。その上、ヘンリー卿は馬車を止めて知り合いと挨拶《あいさつ》を交わすこともなく、ひたすらポリーにだけ注意を向けている。それをうれしく思うのが普通なのかもしれないが、ポリーはむしろ不安になってきた。この先どうなるのか、どこへ行き着くのか、急にわからなくなってしまったのだ。

それでも、ヘンリー卿のマナーには非の打ちどころがなかった。きっとポリーはなにも怯《おび》える必要などないのだろう。

「社交シーズンを楽しんでいる？」乗り手の技術が未熟で不規則な動きをしながら近づいてくる馬車を巧みに避けつつ、ヘンリー卿は尋ねた。「ロンドンは気に入っている？」

ポリーは少しほっとした。天気もよく涼しい風が吹く中、これだけの腕の持ち主が走らせる馬車に乗るのは最高に気持ちがよかった。

「そのふたつはまったく別の質問じゃないかしら？」ポリーはほほえみながら切り返した。「今年の社交シーズンは少し退屈に思えるけれど、ええ、ロンドンは大好きだわ。美しい建物や興味深い場所がたくさんあるから。こんな答えでよろしいかしら?」

ヘンリー卿はしばし道から目を離し、おもしろそうにポリーを見た。「とてもわかりやすい答えだけれど、実際はなにも答えていないに等しいな！　どうして今年のシーズンはそんなに退屈なんだ?」

ポリーは自分の軽率さを後悔し、少し決まり悪そうに肩をすくめた。社交界ずれした女のようなことは言いたくなかった。「パーティーに舞踏会に催し物の繰り返しで、なんだか変化に乏しくて。たぶん、何年も繰り返しているうちに、少し飽きてきてしまったのでしょうけど……」

ヘンリー卿は吹き出した。「確かにね！」彼は声を落とした。「場所を変えてみたらいいんじゃないかな。今年の夏はブライトンへ?」

ポリーは気のないようすでうなずいた。「ええ。でも、いつもの顔触れでいつもの気晴らし！」彼女の表情が明るくなった。「でも、海は大好きだし、空気もとてもきれいだし。自分でもどうしてあまり気が乗らないのかよくわからなくて……」彼女は口ごもった。果てしなく続くつまらない社交界の催しにうんざりしていることを、ヘンリー卿に打ち明けたのを後悔していた。なんだか愚痴を言ってしまったみたいではないか。

「ひょっとしたら、あなたは田舎が好みなんじゃないかな」ヘンリー卿が考えながら言った。「サフォークは美しいところだね。去年、ディリンガムで会ったときのあなたはとても楽しそうだった」

「ええ……」ポリーはほほえんだ。「ディリンガムは大好き。馬に乗ったり、絵を描《か》いたり、散歩をしたり、気ままに楽しめて……」

ヘンリー卿はまたポリーに笑顔を向けた。「じゃあ、実のところあなたは反逆児なんだ、レディ・ポリー！　上流階級の慣習に従うより、自由気ままに楽しむのが好きなんだから！」

ポリーはそう言われて、悪い気はしなかった。

「その点では男性のほうが恵まれているわ」彼女はもっともな指摘をした。「あなた方は好き勝手に振る舞えるけれど、わたしたち女性は、監視され指図され、あれこれ制限されて……そして結婚すれば、支配者が両親から夫に代わるだけ！」自分でもなぜこんなことを口走ってしまったのかわからず、彼女は笑い出した。

「だからあなたは結婚しないのかな」ヘンリー卿は静かに言った。「それが理由？　窮屈な娘の立場から抜け出して、同じくらい締めつけの多い妻の立場になってもしかたがないから？」

ポリーは笑うのをやめて、黙り込んだ。馬車の車輪の音と木陰でくうくうと鳴く鳩《はと》の声だけが響いた。

「いいえ」ポリーはゆっくりと言った。「わたしが結婚しないのはそういう理由ではないわ」

「じゃあ、どんな理由なのか教えてほしい」馬車は静かな道に出ていた。ヘンリー卿は馬の速度を落とし、じっとポリーを見つめる。一瞬、ふたりの視線に緊張が走った。

「いいえ」ポリーはふたたび言った。冗談とも本気ともつかぬ口調だった。「教えません！　親しい間柄でもないあなたに、そんなことをきく権利はないでしょう！」

ヘンリー卿はほほえんで、ポリーの拒絶を受け入れたように見えた。

「それはどうかな」彼はさらりと言った。「ぼくたちが知り合ってもう何年もたつというのに、あなたはまだそんな冷たいことを言うんだ！」

「知り合ってからは何年もたっていても」ポリーも同じようにさりげなく言った。「ほとんど離れ離れに過ごしていたでしょう。あなたはいつも旅行していたり、自由気ままに過ごして……」彼女は顔をしかめた。考えてみれば、ヘンリー卿がなぜそんなにしょっちゅうロンドンを留守にしていたのか、よくわからない。社交界ではきっと女性や賭事《かけごと》や競馬といったスキャンダルのせいだとささやかれていたが、実際のところを知っている者は誰もいない……。

「確かにそのとおり」ヘンリー卿は明らかに、詳しい事情をポリーに話すつもりはないらしい。「あなた同様、ぼくも社交界に長くいると息が詰まってしまうのでね！　最近、ロンドンは変わった。まあ、上流階級は相変わらずのんきで、いろいろとんでもない遊びを発明しているが、一般大衆は以前ほど寛大ではなくなったようだ」

ポリーにはヘンリー卿がなにを言いたいのかがわかった。

通りには行き場のない人々が大勢あふれ、通りがかる裕福な上流階級の人々を恨めしげに見つめている。数多くの男性が国のために戦争に駆り出され、平和になった今は職を失っていた。現行の秩序を疑えと説き、変革をあおる者がたくさんいるし、そのために暴力に訴えようと企てている者さえいた。

「町にある種の怒りが渦巻いていることがたびたびあるわ」ポリーは涼しい風に身を震わせた。「いつまでなにも起こらずにすむのかと、ときどき不安になって……」

「こんな気持ちのいい日に暗い考えはよそう」ヘンリー卿が言った。「いやな話題を持ち出して、ぼくが悪かった。ほら、見て。あそこにいるのはあなたの名高い親類のレディ・スザンナ・ボルトだろう。彼女がガーストン公爵というもっと金持ちの愛人を見つけたせいで、あなたの兄上のピーターは捨てられてしまったようだ！」

「ああ、いやだ！」ポリーは近づいてくる二頭立て二輪馬車を見た。レディ・ボルトは午後に馬車を走らせるのにはまるで場違いな緋色《ひいろ》のシルクのドレスで着飾っている。派手な鵞鳥《がちょう》の羽根飾りのついた帽子が、彼女の顔を縁取っていた。彼女と比べると、ポリーは自分がやぼでつまらない女に感じられた。

「ヘンリー！」ポリーの神経を逆撫《さかな》でするなれなれしさでレディ・ボルトが声をかけてきた。「会えてうれしいわ！　でも……」彼女はポリーに視線を移し、嘲《あざけ》るように顔をしかめた。「いつもの趣味とはかなり違うじゃない。こんなにやさしくて、うんざりするほど退屈な人と一緒だなんて！」

ポリーは怒りと悔しさで真っ赤になった。二台の馬車はすれ違うしかないので、レディ・ボルトを避ける術《すべ》はなく、ポリーとヘンリー卿が話をするために速度を落としたすきに、性悪女がうまく近づいてきたのだ。それにしても運が悪い。この出会いを知ったら伯爵未亡人はひきつけを起こすだろうし、レディ・ボルトからひどい侮辱を受けても、元来礼儀正しいポリーは反撃もせず受け流すしかなかった。

「ごきげんいかがかな、レディ・ボルト」ヘンリー卿はすこぶる冷ややかに言った。「レディ・ポリーとの楽しいおしゃべりに夢中で、あなたが近づいてくるのに気づかないところだった！　では、さようなら！」彼は馬に合図し、馬車を走らせた。

「ああ、いやだ！」かんかんに怒った性悪女が背後に消えていくと、ポリーはまたつぶやいた。「本当に困ってしまうわ！　ルシールはあんなに魅力的なのに、姉はまるで正反対！　でもまさか知らない顔をするわけにはいかないし――」

「といってもあなたにほとんど選択の余地はない」ヘンリー卿は渋い顔で言った。「社交界はあなたのようなレディがレディ・ボルトがどういう女かを知ることすら禁じている。ましてや彼女と口をきくなんて……あなたも知ってのとおりだ！」

「ええ。でも……」ポリーはやさしい娘だった。彼女もレディ・ボルトの性格は嫌いだが、それでもどこか一方的に見下すのは心苦しく感じてしまう。

「ルシールが以前言っていたの。彼女たちはふたりとも自分で生活していく手段を見つけなくてはならなくて、スザンナはある道を、ルシールは別の道を選んだんだって！　そういう選択を強いられたことのない人間が、あれこれ言うのは簡単だわ！」

「あなたは本当に心の広い人だ、レディ・ポリー！」ヘンリー卿はどこか悲しげだったが、ポリーの意見に同意しているわけではなかった。「でも、レディ・ボルトはあれで幸せなんだから、気にすることはない。あなたが彼女に同情する必要なんてないんだ！」

「あなたは彼女をとてもよくご存じのようね」ヘンリー卿がおもしろがっているのがしゃくに障って、ポリーはつい言ってしまった。

「彼女みたいなタイプをね」ヘンリー卿は認めた。

馬車は公園の門をくぐり、ブルック・ストリートへ引き返した。「ぼくはこういうまったく不穏当な話題を続けるのも楽しいと思うけれど」彼はつけ加えた。「あなたが自分から聞きたがったと認めてくれないとね！　レディの耳によからぬことを吹き込んだと、一方的に非難されるのはごめんだ！」

「社交界って、ときにはとても愚かだわ」ポリーはいまいましげに言った。「レディはなにをするにも、聞くにも、言うにも指図されるなんて！　まったくがまんならない！」

馬車が止まるとヘンリー卿は軽やかに地面に飛び降り、片手を差し出して馬車を降りるポリーを支えた。彼はポリーを降ろすときにふたりの体が触れないようにしたし、必要以上に長く彼女の手を握っていることもなかった。ポリーはなんだかがっかりしてしまった。午後のひとときの結末がどこか不満だった。レディ・ボルトが邪魔に入ったせいにしたいところだったが、そうではないことは自分でもわかっている。ヘンリー卿が行儀よく振る舞うとポリーは不満を感じ、そうでないときは不安を感じるとでもいうのだろうか。いつも冷静沈着なヘンリー卿との恋愛遊戯など、彼女の手に負える技ではなかった。

翌朝早く、ブルック・ストリートへ花屋の荷車がやってきて、淡いピンクの美しい薔薇《ばら》の花束がポリーに届いた。ヘンリー卿からのカードには、急に所用でロンドンを離れることになったが、また近いうちに会いたいと書いてあった。喜びを隠そうともせず、やさしい香りの花束に顔をうずめているポリーに、小間使いのジェシーが立派な紳士と粋《いき》な振る舞いについて辛辣《しんらつ》な言葉を吐いた。

ヘンリー卿のいない日々はゆっくりと過ぎていった。社交シーズンも残り数週間となり、町は猛暑に襲われていた。伯爵未亡人は暑さで足首がむくみ、ひどく気難しくなっていた。彼女はポリーとデイカー家の人々と一緒にセントポール大聖堂の見物に行くのを取りやめ、娘が疲れた生気のない顔で帰ってくると、こんな厳しい暑さのときに外出するものではないと言った。伯爵未亡人はまたピーターの不在にいらだち、彼がたまに訪ねてきたときには、いまだにレディ・ボルトを追い回していることを厳しく叱責《しっせき》した。仕事中の召使いたちも全員怒りっぽくなり、ブルック・ストリートの家はなんだか居心地の悪い場所になってしまった。

「ときどき、みんなひどくぴりぴりしているときがあって」ある夜、夜会に着ていくドレスを替えたことでさんざんジェシーに愚痴を言われたあとで、ポリーはルシールに向かってため息をついた。「暑さがどれだけ人を短気にしてしまうか、あなたは気づいている？　本当に妙なものよね。今夜はダンスがなくてよかった！　こんな日に踊ったら、みんな溶けて水たまりになってしまうわ!」

ルシールは扇でせっせと顔をあおいでいる。「きのうの夜、ストランド街で暴動があったんですって」彼女は顔をしかめた。「何件かの店のガラスが割られて、商品が略奪されたそうよ。このところ、人々の不満がつのっているところへこの暑さだもの。今度の土曜日は、召使いたち全員に休みをとらせるよう、ニコラスに頼むわ。そして、わたしたちも町を出て、どこか涼しいところへ行きましょうよ。ハムステッド・ウェルズはどうかしら? ヒース公園を散歩するのはきっと気持ちがいいと思うけど」

伯爵未亡人でさえ、ロンドンよりは村のほうが空気がきれいだろうと、この小旅行の計画に賛成した。

その日は天気はよかったがさほど暑くはなく、みんなで数時間ヒース公園を散歩し、ローンボウリングをして楽しく過ごした。それから鉱泉水を飲んだのだが、ポリーがその水があまりにおいしくないので紅茶で口直しをしたいと言い出した。そこで忍冬《すいかずら》に覆われたティールームのひとつでひと休みすることになった。

「もう少しここにいましょうよ!」夕方には保養会館でコンサートがあり、その後は花火も打ち上げられることを告知した看板を見て、ルシールが熱心に言った。「まだまだいろいろな庭や岩屋があるし、夕方の催しもおもしろそうだわ!」

コンサートが終わって花火見物のためにヒース公園へ出たときには、もう日は暮れかけていた。公園は人であふれ、丘の麓《ふもと》に並んだベンチはすでにほとんど埋まっていた。

「まあ、なんて人出でしょう!」伯爵未亡人は声をあげた。「ロンドンじゅうの人間がここへ押しかけてくるなんて、思ってもみなかった。少し先まで行って、あいている席がないか探してみましょう!」

日が落ちると涼しくなってきたので、ポリーは外《がい》套《とう》の前をかき合わせ、のろのろと家族のあとをついていった。べったりと体をからみ合わせた赤ら顔の紳士と大柄な婦人がポリーとぶつかり、知らぬ顔で彼女を突き飛ばした。ポリーはよろめいた。空には最初の花火が打ち上げられて、きらめく星の尻尾《しっぽ》が飛び散った。周囲は急に真っ暗になり、ポリーは完全に家族の姿を見失った。周囲の人々が彼女をもみくちゃにする。紳士、淑女、召使いたち、商人、市民、そしていかにもいかがわしげな人々が。

声が響いた。「おひとりですか？　わたしがご一緒しましょう！」紳士の身なりをした若い男だったが、ポリーには彼がまともな人間でないことはすぐわかった。それに酔っている。彼女が必死で周囲を見回し家族を捜していると、男は勝手にポリーの腕を取った。

「あなたの助けは必要ないな」ポリーの背後から落ち着いた声が響いた。「そのレディはぼくの連れだ。あなたの気遣いには感謝するがね」

振り返る前からもう、ポリーには声の主がヘンリー・マーチナイト卿だとわかっていた。彼はポリーを守るようにすぐ近くに立っていた。彼女に言い寄ってきた男はヘンリー卿の物腰に圧倒され、別に悪気はなかったんだとつぶやきながら、人込みを縫って去っていった。ヘンリー卿はかすかな微笑を浮かべながら男の後ろ姿を見送ると、ポリーへと視線を戻した。

「教えてほしいな、レディ・ポリー」ポリーを人込みの中から道の端へと連れ出すと、ヘンリー卿は打ち解けた口調で言った。「暗がりの中、ヒース公園をひとりでさまようことも、あなたの自立を求める行為のひとつなのかな？　むしろ無謀に思えるけどね！」

「まさか！」ポリーはぴしゃりと言った。今になって改めて、ヘンリー卿がいなかったらどうなっていただろうと思ってぞっとした。「わたしは家族とははぐれてしまっただけ！　わたしたち、花火見物の席を探していて――」彼女の言葉を証明するように、また空に花火が上がった。

「見つけるのは難しそうだな」人込みを見て、ヘンリー卿はあきらめ顔で言った。「わたしがあなたを馬車まで送っていくのがいちばんいいだろう。それなら確実にみんなと合流できる。シーグレイブも一緒に来たのか？」

ポリーはうなずいた。

「よかった。彼ならみんなをなだめて、あなたを確実な方法で捜すだけの良識がある！　さあ、この道を下っていけばウェル・ウォークだ。馬車はそこに止めてあるんだろう？」

ポリーは暗い顔でうなずいた。母はひどく心配しているに違いない。せっかくの楽しい一日を最後に台なしにしてしまったのが残念でならなかった。

「とっても楽しいときを過ごしたの」ポリーは後悔の表情で言った。「それがこんなふうに終わるなんて残念だわ」

馬車が待っている通りへと続く急な下り坂の通路は、とても暗かった。あたりにはまだ忍冬の香りが漂い、満天の星がふたりを見下ろしていた。ポリーは暗がりの中をそろそろと進むうちに、ふいにヘンリー卿にまだ助けてもらった礼も言っていなかったことに気づいた。

「ごめんなさい」彼女は小さな声でつぶやいた。「もっと早くお礼を言うべきでした。本当にいいときに来てくださったわ。わたしのせいでお友だちと離れ離れになってしまったのではなくて？」

「ぼくはひとりで来ているから」ヘンリー卿はどこかうわの空の口調で言った。「あのごろつきよりはぼくと一緒のほうが安全だと思ってもらえるとは、うれしいね！」

そういう考え方もあることに、ポリーはまったく気づかずにいた。彼女はアーチ型の門のところで立ち止まった。ほの暗い明かりの中ではヘンリー卿の表情を見ることはできなかった。「まあ、そんなふうに考えるなんて、わたしにはまるで――」彼女は心もとなげに言った。

「考えておくべきだったかもしれない」ヘンリー卿はほくそえんでいるようだ。「あなたがすぐにもぼくを信じてくれたのはうれしいが、ぼくの評判を考えれば、若いレディが暗い道をぼくとふたりで歩くというのはいかがなものかな！」

「そんな！」ポリーは腹が立ってきた。「あなたを信用したことを警告するなんて、お門違いもいいところだわ。わたしはどちらかましなほうを取るしかなかったんだから！」

ヘンリー卿の笑い声が響いた。「それで正しい選択をしたつもりかい？」彼の肩が忍冬の枝をかすめ、芳《かぐわ》しい香りがぱっとあたりに漂った。彼はすぐ間近にいて、ポリーは急に彼の肉体の存在感を強烈に意識した。なんだか喉が締めつけられるような感じがする。

「それに……」ポリーはもう藁《わら》にもすがる思いだった。「この前会ったとき、あなたはとても礼儀正しかったし！　だから、これまで耳にした噂《うわさ》は、ひどく誇張されたものだったのだろうと思って――」

彼女は話しながらも慎重に足を進めていたが、ひとつ階段を踏みはずしてしまい、さっと伸びてきたヘンリー卿の腕に支えられた。

「あなたはぼくを誤解したね」ヘンリー卿は満足げに言った。「ここはね、レディ・ポリー、今夜最初にあなたを見つけて以来、連れてきたいと思っていた場所なんだ」

夜の闇《やみ》は暖かく、居心地がよかった。ポリーはなんだか自分が自分でなくなって、なにを言ってもなにをしても許されそうな、奇妙な気持ちになっていた。彼女はヘンリー卿の腕を振りほどこうとせず、彼の腕の中に立っていた。ふたりの体は軽く触れ合い、静けさの中、彼の息づかいが聞こえた。

ポリーは顔を上げてヘンリー卿を迎え、期待に身を焦がしながら、最初はやさしく誘うようなキスが情熱に深まるのを待った。自ら体を彼に押しつけ、両腕を彼の首にからませて引き寄せた。じれったいほど軽いキスを続けていたヘンリー卿だったが、ポリーが両手を彼の髪に差し入れると、彼の口からあえぎ声がもれ、強くむさぼるようなキスが返ってきた。ポリーは彼の官能的な圧力の下で唇を開き、道の柵《さく》に寄りかかって彼を引き寄せた。ポリーはまるで感覚だけの生き物になってしまったようだった。外套が後ろへ滑って、彼の体のぬくもりを感じられるようになると、甘美な誘惑の欲求がポリーの中にわき上がった。ヘンリー卿の片手が外套を押しのけ、彼女の胸をそっとやさしく愛撫《あいぶ》する。彼の唇は今や荒々しくポリーをむさぼり、彼女は快感に溺《おぼ》れながら彼の名を唇にささやきかけた。そのとき突然キスは終わり、彼女はひんやりした風の中で体を震わせた。

「もう十分だ！　ぼくもあなたを誤解していたらしい。こんなにも甘く敏感に反応されたのでは、ぼくは堕落してしまう！」ヘンリー卿の声には笑いがこもっているようだが、震えているようにも聞こえた。「無垢《むく》で頑固なレディ・ポリー……あなたは自分がなにをしているのかわかっているのかな？」

彼はゆっくりとポリーの外套の前を閉じ、彼女を横向きにした。

ポリーは取り残され寒々とした気分だった。ヘンリー卿の腕の中へ戻りたくてたまらない。けれども、彼女がこれまで叩《たた》き込まれてきた教育が、そんなはしたないことをしてはいけないと告げていた。彼女はひどく混乱していた。

「ごめんなさい……」ポリーが小さな声で言いかけると、ヘンリー卿が慰めるように彼女の腕を取った。

「謝らないで。ぼくが悪いんだ。自分がなにをしているかわかっているつもりでいたが、あなたがそれは間違いだと証明してくれた」彼はにやりとした。

「あなたはずっと礼節にがんじがらめになって生きてきたようだけど、そこから解放してあげるチャンスがありそうだ！」彼はポリーの顔を両手で包み、もう一度軽くキスした。「さあ、これ以上ぼくが自分を見失う前に、ウェル・ウォークへ行かないと」

ヘンリー卿に手を引かれ、ポリーはしぶしぶ残りの階段を下りていった。街灯の下に出る前に、彼はポリーの手を放した。ウェル・ウォークには馬車が勢ぞろいしていて、すでに馬車に乗り込み、足音のほうを期待をこめて見つめていたルシールと伯爵未亡人は、ほっと安堵《あんど》の表情になった。

「ポリー！　よかった！　いったいなにがあったの？　震えているじゃないの！」ルシールはやさしくポリーを抱きしめた。そして、彼女の頭越しにヘンリー卿に言った。「ニコラスは土手のほうへポリーを捜しに行ったの。でも、すぐに戻ってくるでしょう。ああ、彼もすごく感謝するわ、ヘンリー！　わたしたち、もう心配で心配で！」

伯爵未亡人が少々皮肉っぽい感謝の言葉をヘンリー卿に述べているあいだ、ポリーは物陰で身をすくめていた。自分が茫然《ぼうぜん》としたようすに見えることはわかっていた。事実そのとおりなのだから。

「娘が無事でよかったわ」伯爵未亡人はぶっきらぼうに言って、取り乱した表情のポリーを見たが、ポリーがほっとしたことに、それをひとりで道に迷ったショックのせいだと受け取った。「あなたのおかげね」

ヘンリー卿はほほえんだ。「レディ・ポリーは幸運にも、今夜はずっと心に残るような傷を負われることはありませんでした」彼とポリーの目が合って、彼の瞳がいたずらっぽく光った。ポリーは顔が真っ赤になったのを暗闇が隠してくれていますようにと、切に祈った。「どうぞ、あまり厳しく叱らないであげてください。ぼくがたっぷりお仕置きをしておきましたから！」

「ハリー・マーチナイトが道徳家を気取るとはね！」ごとごと揺れながら館へと向かう馬車の中で、伯爵未亡人が言った。「まったく予想外だわ！　あの人もやっと、紳士のとるべき真っ当な態度がわかったようね。絶対に自分を曲げない人だと思っていたけれど！」

ヘンリーと激しく火花を散らしたひとときを思い出し、ポリーはおののいた。あのときの彼は確かに、一歩も譲るところがなかった。「彼ってお母様が思っていらしたとおりの人よ」ポリーが言った。馬車の片隅に夢見顔で座っている彼女の口元にかすかな微笑が浮かんでいるのに、ルシールだけが気づいていた。

その夜遅くなってから、ヘンリー・マーチナイト卿はロンドンの有名な賭博《とばく》クラブ、ホワイツのカードルームへそっと入っていき、いかにも興味のなさそうな顔で進行中のゲームを見回した。ひとつのテーブルでは軍人らしき物腰の年配の紳士がワインのグラスを傍らに置き、鋭い目つきで着実にホイストでの勝ちを重ねていた。

「フィッツパトリックはつきについてるな」ヘンリー卿の耳元でサイモン・ヴェリーが言った。「どうして彼だけがあんなにうまくいく？」

「簡単なことさ」ヘンリー卿は振り向きもせず、簡潔に言った。「彼はしらふで……ほかのやつらは酔っぱらっている。対等な勝負じゃないんだよ」

ヴェリーはにやりとした。「きみなら酔っていても勝てそうだがな、ハリー！　今夜は珍しくまじめじゃないか！　そんなふうにきみをまじめにさせたのは恋かな、仕事かな？」

ヘンリー卿は苦笑いした。「どちらも少々というところだろう……ミスター・トリスタン・ディットンは大負けしてるな」彼は露骨に話題を変え、全身黄色ずくめのしゃれ者がぐったり椅子に沈み込んで、手にしたカードを険しい表情でにらんでいるテーブルを顎で示した。

ヴェリーも鈍感ではない。ヘンリー卿の心を占めているものが実はなんなのかはわかっていた。

「ディットンが度を越すのはいつものことだが……」ヴェリーは静かにつけ加えた。「最近はどうも……」

「ああ、いくらなんでも深入りしすぎて……」ヘンリー卿は言葉を切り、知人と挨拶を交わすと、カードテーブルから離れてもっと静かな一角に移った。

「もうひとり、つきのないのが来た」少々危なっかしい足取りでテーブルのあいだを縫っていくピーター・シーグレイブを眺めながら、ヴェリーが言った。「意外だよ。わたしはずっと、あの一族の中では彼がいちばんまじめだと思っていたんだ。ニコラス・シーグレイブも結婚前はギャンブルも女遊びも派手だったが、今じゃ小羊みたいにおとなしくなった。一方、弟のピーターはひと晩に五万ポンドもすっているんだから！」

ヘンリー卿は顔をしかめた。「そんなにひどいのか？」彼は問い返した。「おまけに、レディ・ボルトにいいように振り回されているのも間違いないしな！」

ヴェリーは肩をすくめた。「彼女はガーストンの財産をねらいつつ、今やしっかりピーターにも爪を食い込ませているからな！　彼もかわいいミス・マーカムと身を固めていればよかったものを！」

「結婚万歳か、サイモン？」ヘンリー卿がからかうように言った。「きみも結婚して二年ですっかり落ち着いたな！」

ヴェリーは少し照れくさそうに笑った。「確かに、テレーズと出会えてとても幸運だってことは否定しないよ」彼は少しかすれた声で言った。「今夜わたしがここへ来たのも、妹のジェーンが田舎の領地からロンドンへ出てきて、テレーズとふたりでゆっくり話に花を咲かせたいからって、館から追い出されたからなんだ！」

「公爵夫人は元気かい？」ヘンリーは軽い口調で尋ねた。ジェーン・ヴェリーにそんな重い肩書きがついたのかと思うと、いつもついほほえんでしまう。

ヴェリーは笑った。

「元気いっぱいだよ、ありがとう！　きみからよろしくと伝えておこう！　妹はロンドンに長居はしないと思うんだ。デラへイがもうすぐ大陸から帰ってくるからね。帰ったらすぐ妻に会いたがるに違いない。やれやれ、結婚賛歌みたいな話ばかりだな！　これじゃ、最近は結婚相手を溺愛《できあい》するのがはやりみたいに思われてしまうね！」

ヘンリーは通りがかったウエイターの差し出すワインのグラスを取った。「ぼくまでそんな気になりそうだよ、サイモン！」

「きみが？　牧師の仕掛ける罠《わな》にはまる？」ヴェリーは滑稽《こっけい》なほどひどく驚いている。「相手はわたしの知っているレディかな？」

「知っているとも」ヘンリーはつぶやいた。「ぼくが結婚を考えた相手は、彼女ただひとりなんだから！」

ヴェリーはワインにむせた。「だけど……つまりきみは……でも、五年も前のことだろ！　ひどい言い方かもしれないが、もう終わったことだと思っていたよ！」

「そうだったんだが、今やそうではなくなった」

「なるほど！」ヴェリーはどすんと椅子に座り込んだ。「じゃあ、わたしはきみの幸福を祈ればいいわけか？」

「まだ早い」ヘンリーはトリスタン・ディットンのだらしない姿をじっと見つめた。「今は仕事でそれどころじゃないんだ。でも、その仕事が片づいたら……」

　部屋の反対側で大きな音がした。カードテーブルにつこうとしたピーター・シーグレイブが、体を支えようとつかんだ椅子をひっくり返し、周囲の注目を集めてしまった。

「彼女が下の兄よりはしっかりした人物だといいが」ヴェリーは暗い声で言った。

　ヘンリー卿はにっこりした。「それは間違いないとも！　それに、こんなことを言うのは紳士にふさわしくないかもしれないが、彼女はめっぽう酒に強いんだ。それがまた魅力なんだよ」

# 5

「もうすぐ、またお母様に警告されるわ」ボンド・ストリートを歩いていたポリーは憂鬱《ゆううつ》な顔で言った。彼女はまだすませていないルシールの新婚旅行の買い物につき合っていた。「あら、見て、ルシール、あのサテンのダンスシューズ、なんて繊細な作りなの！　あなたあの靴を持っていったら？」

「湖水地方に行くのにあの靴では間に合わないでしょう」ルシールは穏やかに告げた。「丈夫なウォーキング・ブーツがぴったりね！」

「それに日差しを避けるパラソルも！　あなたが日焼けして帰ってきたら、お母様はもってのほかだって怒るわよ！」

ルシールは笑った。「ブーツにパラソルだなんて、なんともちぐはぐね！　その靴はあなたが買ったら？」

しかし、ポリーの視線はもう、彼女のストライプの外出用ドレスによく合いそうな刺繍《ししゅう》入り手提げ袋に向かっていた。「わたしのおこづかいの残りでは、あとなにかひとつしか買えないの」彼女は残念そうに言った。「まあ、あのきれいなシルクの手袋を見て！　ああ、本当に迷っちゃう！」

「どれかひとつでも、ぜひ必要なものはあるの？」

「いいえ！　つまり……」ポリーは鼻に皺《しわ》を寄せた。「厳密に言えば必要ってわけじゃないんだけど、持っていれば楽しいと思うの！　わたしってとんでもなく贅沢《ぜいたく》かしら？」

ルシールはポリーを特権階級の育ちでありながら驚くほどその環境に毒されていないと内心思っていたので、絶対にそんなことはないと保証した。

結局、ポリーが迷った末に手提げ袋を買い、ふたりでまた歩き出すと、突然ルシールが言った。「わたしちゃんと聞いていたのよ！　お義母様《かあ》があなたに警告するってなんのこと？」

ポリーは一瞬とまどったようすだったが、すぐにその表情が晴れた。「ああ、ヘンリー・マーチナイト卿《きょう》のことよ！　実際、お母様がまだなにもおっしゃらないことに驚いているの！　わたしにこんな気ままを許すなんて、お母様らしくもないわ！」

この二週間、ヘンリー卿は頻繁にブルック・ストリートに現れてポリーを訪ね、彼女を馬車に乗せたり、夜会やパーティーやピクニックへエスコートしたりした。ポリーは努めて彼が自分に向ける関心を軽く受け流そうとしたが、彼の気持ちは真剣なものかもしれないと考えずにいるのはどんどん難しくなっていた。そして、奇妙なことにルシールも同じようなことを言った。

「きっとお義母様も困ってらっしゃるのよ、ポリー」彼女は思いをめぐらせながらつぶやいた。「あなたにヘンリー卿を近づけてはだめと警告したいところだけれど、彼が本気かもしれないという期待も捨てきれない！　さすがのお義母様だって、マーチナイト公爵夫妻を怒らせる度胸はないでしょう。彼らの息子が自分の娘の婿にはふさわしくないといった態度をとるわけにもいかないのよ！」

ポリーは唇を噛《か》んだ。「あなたは本当に……わたしは変に希望を持たないようにしているのだけれど……」彼女は口ごもった。「やはり彼の態度をあまり重く受け止めることはできないわ。なんといっても相手は悪名高き放蕩者《ほうとうもの》なんだから！」

「あなたと真剣につき合い始めて以来、彼は誰とも浮き名を流していないわ」ルシールは静かに指摘した。

ポリーはいったん真っ赤になったと思うと、すぐにひどく青ざめた。「確かにそのとおりよ！　わたしもそれは疑ってない……でも、彼にとってはわたしもただの遊びの相手かも！」

「ヘンリー卿が本気かどうかは自分で判断したら？」ルシールは軽くほほえんだ。「ほら、ちょうど向こうからやってくるわ！」

本当だ。ヘンリー・マーチナイト卿がヴェリー夫妻と学生のような雰囲気の若い女性と一緒に、歩道をこちらへ向かってきていた。彼はポリーたちに気づくと足取りを速め、合流したふた組は心からうれしそうに挨拶《あいさつ》を交わした。

「レディ・シーグレイブ！　レディ・ポリー！」ヘンリー卿のとびきりの笑顔に、ポリーの体はふいにかっとほてった。「なんて運がいいんだろう！」彼は傍らのまだ幼さの残る女性を振り返った。「妹のローラを紹介しよう」

社交界にデビューしたばかりの娘にふさわしい、高価だがすっきりしたデザインの上品なドレスに身を包んだローラ・マーチナイトは、恥ずかしそうにお辞儀をした。彼女は兄と同じ淡黄色の髪に灰色の瞳の愛らしい少女だった。レディ・ローラは病弱で、最近母親とともにバース温泉への旅から戻ってきたばかりだと聞いたことを、ポリーは思い出した。ローラは薬効のある鉱泉水のおかげですっかり健康になったようだ。

「今、みんなでリッチモンドへ遠出をする計画を立てていたんだ」ヘンリーはなおもポリーにどぎまぎさせるような視線を注ぎ続けていた。「あす、このまま天気がよかったらね。あなたたちも一緒だとうれしいな」彼は礼儀正しくルシールのほうへ向き直った。「もちろん、先約がなければシーグレイブ卿も一緒に」

テレーズとサイモンのヴェリー夫妻と言葉を交わしていたルシールは、残念そうな顔をした。「わたしたち、あしたはあるお宅を訪問する約束があって、その予定は変えられないの」彼女はすまなそうに言った。「でも、ポリーはご一緒できるはずよ。そうでしょう、ポリー？　あなたはあすなにか予定があるの？」

ヘンリー卿がそばにいるといつもどぎまぎしてしまうポリーは、問いかけられてはっとわれに返った。「えっ、ええ……いいえ、なにもないわ！　なにも予定はないの！　喜んでご一緒させていただくわ！」

テレーズ・ヴェリーがほほえんだ。「あなたのお母様もわたしが付き添っていれば安心されるでしょう！　ローラも一緒だし、サイモンの妹のジェーン・デラヘイとあともうひとりかふたり参加するのよ。きっととても楽しい遠出になるわ！」

「馬に乗るつもりなんだ」ヘンリー卿が言った。「あなたは乗馬が大好きなんでしょう、レディ・ポリー。この計画は気に入ったかな？」

ポリーは顔を輝かせてヘンリー卿を見た。「ええ、とっても！　すごく楽しそうだわ！　ロンドンへ来て以来、ずっと馬に乗れなくてつまらなかったの！」

一同で相談ののち、ヘンリー卿が馬車でポリーを迎えに来て、リッチモンドへ連れていくということに決まった。馬はサイモン・ヴェリーの大きな厩《きゅう》舎《しゃ》で用意してくれるという。ポリーは今からもう、この遠出が楽しみでならなかった。彼女は急いで館《やかた》に帰ると衣装だんすを点検し、ヘンリー・マーチナイト卿とリッチモンドへ小旅行をするのにふさわしいドレスなど一枚もないとがっかりした。どうせ着るのは乗馬服でしょう、と文句を言うジェシーを尻目に、ありったけのドレスをベッドの上に広げ、一枚一枚、鏡の前で体に当ててみた。結局は緑、赤、ネイビーブルーの三枚の乗馬服のどれかを選ぶしかなく、ネイビーブルーに決めたものの、ポリーは夕方から家族全員で出かけた音楽会のあいだじゅう、本当にあれでよかったのだろうかと考えていた。それから、ここ数週間は晴天続きとはいえ、あす、もし雨が降ったらどうしようという不吉な考えが頭をよぎった。いずれにせよ、彼女がその夜少しでも眠れたのが不思議なくらいだった。

運よく、翌日は乗馬に最適の天気だった。ポリーはリッチモンドへの馬車の旅も大いに楽しんだ。彼女たちはロウハンプトン・ゲートでほかの面々と合流し、ペン・ポンズまで馬を走らせた。そして、これからスター・アンド・ガーターへ戻って軽食をとることになっていた。

「あなたがこれほどの乗馬の名手だとは、思ってもみなかったな」快活に笑って息を切らしていたポリーが、ふたたびゲートが見えてきたので馬の速度を落とすと、ヘンリー卿が言った。「大の乗馬好きというのは聞いていたけれど、好きなのとうまいのは必ずしも一致しないからね！　こんなことならもっと早く誘えばよかった！」彼の視線は率直にポリーの紅潮した頰や瞳の輝きを賞賛していた。「息苦しいロンドンから抜け出すのは気持ちがいいね」

その口調にポリーはハムステッド・ウェルズでヘンリーから、実のところあなたは反逆児なんだと言われた夜のことを思い出した。確かに、奔放に馬を駆るポリーの姿は、彼の言葉を裏づけている。ただ、ふたりがハムステッド・ウェルズの夜のような親密な雰囲気になることはなかった。実際、ヘンリーはきわめて慎重に、人から疑問視されるような行動をとることを避けていた。決してポリーとふたりきりにならないようにし、礼を尽くして彼女に接した。そんな彼の態度にポリーがとまどいを感じなかったといえば嘘《うそ》になる。だが、彼が意識的に自分をしっかりと抑えているのを察し、ふたりの距離を詰めようとしない姿勢に半分感謝してもいた。ポリーは自分の彼に対する気持ちをどうしていいかわからなかった。もっと彼が欲しいと思う反面、依然としてこれまで受けてきた教育に縛られていたのだ。

少し頭を冷やそうと、ポリーは振り返って川へと広がる土地を見渡した。小さな美しい森が点在し、遠くでは鹿《しか》の群れがのどかに草を食《は》んでいる。

「ジョン・ボイデルがこの川を描《か》いた銅版画を見たことがある？」みんなが追いついてこられるように馬の速度を並足まで落とし、ヘンリー卿がさりげなく尋ねた。「ぼくはなかなかいい作品だと思うんだが」

「そうね」ポリーはほほえんだ。「とても魅力的な作品だわ。それに、川沿いに彼の描いた場所をたどっていけるなんて、とってもすてき。ただ、銅版画の中の風景は実際より田舎びて描かれていると思うけれど！」

「確かにサフォーク育ちの人には、ロンドンの周辺なんて町に近すぎて本当の田舎とは感じられないんだろうね！」ヘンリー卿は言った。「言われてみればそのとおりだ。ところで、あなたはもう誰かから聞いたかな？　ぼくはこの夏、母や妹とウッドブリッジの近くでしばらく過ごすことになったんだ。母がローラの健康のためには海辺へ行くのがいいけれど、人込みや刺激は避けないと、と言ってね」

ヘンリー卿の口調にはどこか憮然《ぶぜん》としたところがあって、それがポリー同様、彼もマーチナイト公爵夫人は末娘に過保護だと思っていることを示唆していた。葦毛《あしげ》の雌馬に乗ったレディ・ローラはポリーたちの少し前を行き、かわいい顔を若いブレイクニー卿に向けている。ブレイクニー卿は彼女のエスコート役に選ばれたことがうれしくてたまらないようすだ。ローラはいかにも健康そうで、みんなとの遠出を大いに楽しんでいた。

「レディ・ローラが病弱なのはお気の毒だけれど」ポリーは慎重に言葉を選んだ。「でも、今ではかなり元気になられたようね。きっとバースの鉱泉水がすばらしい効き目を表したのね！」ヘンリーの表情から彼がおもしろがっているのに気づき、ポリーは慌ててつけ加えた。「サフォークでの滞在も同じくらい健康回復に効果があって、退屈すぎないといいけれど！」

「いやはや、田舎に飽き飽きしそうなのはぼくだよ」ヘンリーはおどけた口調で言った。「あなたがいなければことにね、レディ・ポリー。あなたはぼくに田舎生活を耐え忍ばせる唯一の救いだ！」

ポリーは思わず赤くなった。そして、母がこの夏はブライトンで過ごすつもりだと公言しているのを残念に思った。なんとかうまくディリンガムに滞在する方法はないものか。でも、今ここでいたずらにヘンリー卿に期待を抱かせるようなことはしたくない……。

「ばかなことをおっしゃらないで、ヘンリー卿」ポリーは力づけるように言った。「あなたはわたしに何度も、サフォークはとてもいいところだって言ったでしょう！　きっと向こうでもいろいろ楽しいことがあるわ！」

ヘンリー卿の口元がゆがんだ。「あなたをたたえる気持ちをうまく表現できたと思ったんだがな」彼はつぶやいた。「喜んでもらえなかったとは残念だ」

ポリーはほほえみそうになるのを抑えた。「とてもすてきな言葉だったわ」彼女は真顔でうなずいた。「ただ、どこまで本気にしていいものやら！」

ヘンリー卿はどっと吹き出した。「ぼくにはあなたをどぎまぎさせるのは無理なようだ、レディ・ポリー！　でも、本気だとわかってほしい。夏の何カ月かをあなたと離れて過ごすのはとても残念だ！」

ポリーがほっとしたことに、そのときテレーズ・

ヴェリーが彼女の傍らに馬を並べてきて、ヘンリーは下がり、サイモン・ヴェリーと話し出した。一行は蹄《ひづめ》の音もにぎやかにスター・アンド・ガーターの敷地へ入り、期待どおり庭のテーブルにおいしい軽食が並べられているのを見て喜んだ。食事のあいだ、ポリーはテレーズとジェーン・デラヘイとのおしゃべりに夢中になっていて、いよいよ出発というときに初めてヘンリー卿がいないことに気づいた。

「ヘンリーはどこ?」一行がゆっくりとアーチをくぐって宿の中庭へ入ると、レディ・ローラが無邪気に尋ねた。「ついさっきまでここにいたのに! わたしはてっきり……まあ、驚いた!」

「なんだかこれ見よがしというか」ポリーはサイモン・ヴェリーがブレイクニー卿と話しているのを耳にはさんだ。「それでいて安っぽくて……おや、なんだ!」

中庭の光景に、全員が同じ反応を示した。みんなそれぞれにおしゃべりしていたのが、一瞬のうちにぎょっとして黙り込んでしまった。

中庭にはちょうど今、ヴェリー卿がけなしていた、四頭の白馬の引くこれ見よがしに派手な馬車が止まっていた。ヘンリー・マーチナイト卿は馬車に寄りかかり、口元に賞賛の笑みを浮かべて中の人物と話している。一行が中庭へ入ってくるのに気づくと、彼はさっと体を起こした。邪魔されたくなかったというように、彼の顔に一瞬いらだちが走ったのをポリーは見逃さなかった。そのときすかさず、馬車の中のレディが身を乗り出し、驚くヘンリーの唇にたっぷりと長いキスをした。

レディ・ボルトが最大の効果をねらってやったことに違いない。馬車の中からヘンリーの連れたちがアーチを抜けてくるのを見て、彼女の邪悪な心にひらめくものがあったのだろう。ヘンリーはできるだけ早く彼女から離れたものの、すでに手遅れだった。

レディ・ボルトが両手を軽くヘンリーの肩に置き、微笑を浮かべた真っ赤な唇を数秒間しっかりと彼の唇に押しつける姿が、全員の目に焼きついた。

それからあとは、すべてが少し混乱した。レディ・ボルトの馬車は意地悪な妖精《ようせい》が無言のまま消えていくように、中庭を出ていった。サイモン・ヴェリーがなにか短い言葉をヘンリーにかけると、彼もレディ・ボルトに劣らずすばやく姿を消した。「自分の妹もいる前で」ブレイクニー卿は頬を赤くしたローラ・マーチナイトを守るように宿へと導きながら、憤慨した口調で言った。「レディ・ローラ、わたしの馬車を回してきますから、ここで待っていてください！　あんなことがあったあとで、あなたがヘンリー卿と一緒に帰るわけには――」

しかし、ローラ・マーチナイトは意外なほど頑固な一面を見せた。「はっきり申し上げておきますけれど、ブレイクニー卿、わたしが兄と一緒にバークリー・スクエアへ戻るのに、なんの問題もありません。むしろ、兄が一緒に帰ろうと言ってくれれば、うれしく思いますわ！」

兄を非難されたローラの目に強烈な不快感がよぎったのに、ブレイクニー卿が気づかなかったのがまずいと、ポリーは思った。ローラは深く兄を慕っているのだろう。

テレーズ・ヴェリーとジェーン・デラヘイが残念さと腹立ちの入り混じった表情をしているのに、ポリーは気づいた。テレーズが言った。「レディ・ポリー、あなたもレディ・ローラもわたしたちと一緒に帰るのがいちばんいいんじゃないかしら。少し窮屈かもしれないけれど、誰も文句を言う人はいないでしょうし……」

サイモン・ヴェリーは急いで馬車の準備の進みぐあいを見に行った。

ポリーはめまいがして少し気分が悪かった。すべてはレディ・ボルトが仕組んだことと頭ではわかっていても、あのキスの場面が激しい嫌悪感とともに胸いっぱいに広がった。それに、ヘンリーにまったく非がないわけではない。彼は一行が来るまであの性悪女とおしゃべりをしていて、明らかに楽しげなようすだった。ひょっとしたら、このあとの逢引《あいびき》の打ち合わせのために彼女と会っていたのかもしれない！　ポリーの打ち砕かれた希望が彼女をあざわらっていた。ヘンリーは本気なのではないかと彼を信じかけていたのに。今や彼女は自分の見当違いを悔いていた。

ブルック・ストリートまでの帰路、ポリーは茫然《ぼうぜん》と黙り込んだままで、ルシールにさえきょうの出来事を話すことを拒み、まっすぐ自分の部屋へ入った。なぜヘンリー卿は出発前に自分のところへ来て話そうとしてくれなかったのかと、ポリーは悲しかった。彼は後ろめたいところのある人間らしく、すばやく立ち去った。彼が近づいてきたらどうしていいかわからなかっただろうが、それでもポリーはそういう機会があったほうがましだった。明らかに、彼はポリーにどう思われようと平気なのだ。だから説明しようとさえしなかったのだろう。

ポリーは決然として、お気に入りのドレスに着替え、今夜のミセス・フリートウッドの舞踏会に出る準備を始めた。ヘンリー・マーチナイト卿と彼を取り巻くスキャンダルとに対面しなくてはならないのなら、彼女はできる限り美しい姿で臨みたかった。

ポリーが予想し恐れていたように、噂《うわさ》はロンドンじゅうに広まっていた。

「ハリーったらなんて愚かなの……」ポリーとともに今夜五人目のゴシップ好きをかわすと、ルシールはため息をついた。「まったく、彼らしくもない！」

「それはつまり、人に見られてしまったのが愚かだってことでしょう」ポリーはきっぱりと言うと、どすんと椅子に腰を下ろし、華奢《きゃしゃ》なダンス・シューズに締めつけられた足をさすった。まったくさんざんな夜だ。

ルシールはとがめるような目で義妹を見た。「まんまとスザンナの罠《わな》にはまってしまったことがって意味よ！　彼女はいつだっておもしろ半分に悪巧みを仕掛けるんだから！」

ポリーはたぶんルシールが正しいのだろうと思ったが、ヘンリーに同情する気持ちは少しもなかった。「だけど、レディ・ボルトがいやがる彼に無理強いしたのでないことは確かでしょう」ポリーは冷ややかに言った。「あなたは彼の愚行に甘すぎると思うわ、ルシール！」

ルシールはこの非難に眉をつり上げた。「あらあら、確かにあなたはすこぶる厳しいけれど！　スザンナは見事成功したってわけね！」

義姉の言葉がポリーの関心を引いた。「いったいどういう意味なの、ルシール？」

「あら、単に、目下スザンナはあなたとヘンリーの未来をつぶしにかかっているってことよ。彼女はすでにピーターとヘッティの仲をさらに引き裂くのに成功した。わたしが思うに……」ルシールは穏やかにほほえんだ。「いいえ、彼女がそう願っているのだとしても、ニコラスとわたしを破局させるのは無理でしょう。彼女の魅力をもってしてもね！」

ポリーはぞっとして義姉を見つめた。「あなたはすべてはレディ・ボルトの策略だと思っているの？」

「もちろんよ！　彼女は面倒を引き起こせるならどんなチャンスにでも飛びつくわ！　あなただって、もうそれくらいのことはわかっているはずでしょう、ポリー……」ルシールは口ごもり、ため息をつくと、ポリーを促すように顔の向きを変えた。ちょうどポリーとルシールの話題の的が舞踏会場に入ってくるところだった。ルシールの言葉を証明するように、レディ・スザンナ・ボルトはべったりとピーター・シーグレイブの腕にもたれかかっていた。

「ああ、もう本当に」ルシールは今までポリーが聞いたこともないようないらだった声をあげた。「こんなのうんざりだわ！」

つまらない夜だった。ポリーは何度か気の乗らないダンスをし、半分うわの空でおしゃべりに加わり、ヘンリー・マーチナイト卿が姿を現すのをむなしく待ち続けた。舞踏会場をも支配して勝ち誇るレディ・ボルトを残し、ポリーたちは早々に引き上げた。家へ帰るまでずっと、伯爵未亡人はレディ・ボルトをののしり続けていた。ポリーはその夜は断続的にしか眠れず、朝、目を覚ましたときには頭痛がした。

「きょうの午後、わたしと一緒に王立慈善協会の講演会へ行かない？」その日の昼食時、客間に静かに座っている義妹を見つけてルシールが言った。彼女はポリーがさっきまで読んでいた本に目を落とした。「それとも、その立派な本に夢中だから外出なんてしたくないかしら！　若いレディのためのエチケット集！　これはこれは！」

ポリーもつい笑ってしまった。エチケットや品行は心を高めるもので、若いレディが読むのにはぴったりだが、同時に退屈でもある。リッチモンドで目にしたひどい場面が、すべてが因習にのっとった品行方正な世界へとポリーを引き戻したようだった。彼女はもはや放蕩者を改心させる希望など抱いていなかった。その放蕩者がこちらの気持ちなどまるで気にせず、会いにも来ないだけになおさらだ。

王立慈善協会は慈愛に満ちたレディがひとときを

過ごすにはぴったりの場所のようだし、少なくともそこでなら、ヘンリー卿の存在に煩わされる心配はない。心地よく高潔な気分で、ポリーはルシールと外出することにした。

王立慈善協会の大理石の玄関ホールは、外の昼間のまぶしさに比べると、ひんやりとほの暗かった。ポリーたちはパラソルをたたみ、講演場へと向かう人々の流れに足早に加わった。そこでの知り合いの数の多さに、ポリーは驚いた。彼女は最近ルシールが興味を持っているこの協会も、例によって少々変わった世に受け入れられない道楽のようなものだと思っていたのだが、実際来てみると協会は磁石さながらに上流階級の人々を引き寄せていた。

「こういう講演がこんなに人気があるなんて思ってもみなかったわ」ふたりが席につき、近くの紳士が帽子を上げて挨拶の言葉をつぶやくと、ポリーがルシールの耳元で言った。会場はどんどん埋まっていった。通路の向こうにはハントリー夫妻にレディ・ハヴィシャムがいたし、サフォークではシーグレイブ家の隣人のミス・ディットンが手を振ってきたのでポリーも振り返した。

「この協会は慈善を行いたい人の人気の場になっているの」ルシールが静かに答えた。「もともとは蘇《そ》生術《せいじゅつ》の進歩に努めている医師ふたりによって設立されたと、前に話したのを覚えてる？　今では人の命を救うのに貢献した人たちに、メダルと報償金を贈っているの。それから、メンバーの中の小さなグループが溺死《できし》した人や首をつった人の蘇生法を研究しているはずで――」

ポリーは肩をすくめた。「なんだかすごく不快だわ！　わたしも慈善活動には大賛成だし、純粋に科学的な研究が妨げられることがあってはならないと心から思うわ。だけど、ここに来ている人たちの一部を引きつけているものはなに？　まったく、墓を暴く悪鬼じゃない！」

彼女はルシールの腕に触れた。

「たとえばミスター・ディットンを見て！　向こうの紳士と話しているときの彼はよだれを垂らさんばかりだったわよ！　目は邪悪な興奮にぎらぎらしているし！　ああ、気味の悪い人！　あなただってまさか、ミスター・ディットンとミス・ディットンが慈善活動に参加したくてここへ来たなんて言わないでしょう！　あのふたりより慈悲心の少ない人なんて、見つけるのが難しいわよ！」

ルシールは笑った。「それはそのとおりね！　協会の不気味な一面がぞっとするようなものを好む人たちを引きつけるっていうのは、悲しい事実だわ」

幸い、その午後の講演は協会の慈善活動についてで、ルシールも不気味な活動のほうにはまったく興味を持っていなかった。聴衆にさまざまな企画の説明がなされ、多くの人が喜んで経済的な支援を申し出た。講演後には豪華な食事が用意されていて、招待客はそこでおしゃべりをし、協会の活動によって救われた人にも会うことができた。ルシールとポリーはほどなくディットン家のふたりにつかまってしまい、挨拶を交わさざるを得なくなった。

ポリーはミス・サライア・ディットンと彼女の兄のトリスタン・ディットンを、物心ついたころから知っている。だがあいにく、長いつき合いの中でもふたりに対する好意は芽生えなかった。ディットン兄妹《きょうだい》はともに自らの地位と財産をかさに着て、平民を見下していた。ミス・ディットンの傍らには、不運にも彼女の婚約者となった若い紳士が所在なげに立っていた。ミスター・バンロンは貴族の称号こそ持たないが、かなりの資産家だ。うつろで人のよさそうな顔には、そもそも自分はなぜミス・ディットンなどと婚約してしまったんだろうと驚いているような表情を浮かべていた。

　しばらくしてやっとディットンたちと別れ、ドアへと向かったとき、ポリーが義姉の腕を握りしめた。

「ルシール！　見て！　よりにもよってヘンリー・マーチナイトが来ているわ！　いったいこんなところでなにをしているのかしら？　まさか彼が慈善活動に手を染めるはずもないのに！」

　言葉を発したとたん、ポリーは後悔した。ひょっとしたらルシールがここでヘンリー卿と会う約束をしていたのかもしれないと思いついたからだ。そして直後にまた、彼女はそんな邪推をした自分を叱《しか》った。ヘンリー卿に対する悪感情が彼女の判断をゆがめ、嫉妬《しっと》深くしていた。それは彼女にとって初めてのいやな経験だった。

　ルシールはポリーの視線を追って、大理石の柱のそばで協会のメンバーのひとりと熱心に話し込んでいるヘンリー卿を見た。

「まあ、あなたの言うとおりだわ、ポリー！」彼女は美しい眉をひそめた。「確かに彼らしくないように思えるけれど、彼がどういう人物か判断できるほどわたしたちはまだよくヘンリー卿を知らないわけだし」

「とにかく、お話し中のようだから邪魔をするのはよしましょう！」ポリーはリッチモンドであんなことがあったあとでヘンリー卿と顔を合わせるのが急に不安になり、慌てて言った。きのう、彼女は説明してほしいと思っていた。だが、今はこのまま静かに彼との交際を断つのがいちばんだと思った。彼のほうから接近してくる気持ちがないことがはっきりした今、むしろ彼もポリーに気まずい思いをさせまいと気を遣ってくれていると考えるべきなのかもしれない。

　ルシールはいぶかしそうな顔でポリーを見た。

「あなたはまるでなんとか彼を避けたがっているみ

たいよ、ポリー！　いつかはまた彼と顔を合わせなきゃならないことはわかっているでしょう！　ひょっとしたら、彼に説明するチャンスを与えられるかもしれないわ！」

ポリーは赤くなった。「わたしはきのうのことで当惑しているの」彼女は認めた。「だから、少し立ち直る時間が欲しいのよ。あなたも気づいていたでしょうけれど、わたしはヘンリー卿とのことで期待を抱き始めていた。でも、今はそれが間違いだったとわかったの。わたしは彼の言葉に耳を傾けるつもりでいたけれど、彼はその機会も作ってくれなかったのよ、ルシール！　彼にとってそんなことは重要ではなかったのははっきりしているわ！　だから、このままなにもなかったことにしてしまうのがいちばんいいと思うの！」

ルシールは反論したそうな顔だったが、ディットン兄妹がまた近づいてきたので、ふたりは会話を切り上げ、急いで日差しの中へ出た。

「確かに協会が有意義な活動をしていることはわかったけれど」ルシールにきょうの講演はどうだったときかれて、ポリーは答えた。「不気味な側面は評価できそうもないわ。もちろん、医学的な研究として価値があるのはわかるのよ」彼女は慌ててつけ加えた。「でも、ミスター・ディットンみたいな人が気味の悪いものを見てほくそえむのを奨励しているみたいに感じられてしかたないの！　それに、慈善の面でも……何人かの人がいかにも自分の気前のよさに満足しているようすに、なんだか違和感を感じなかった？　まったく、自尊心に光り輝いてるみたいな人もいたわ！　わたしがひねくれているのかもしれないけれど……」ルシールがほほえんでいるのを見て、ポリーは言い訳するように言った。「あなたもそう思わない、ルシール？　あなたが慈善活動をするときはいつもとても控えめだし、やたらと感謝されるなんてことは、まるで期待していないでしょう！」

ルシールは笑った。「そうね、ポリー、実のところ、わたしも賛成だわ。王立慈善協会に足を運ぶことはもうないかもしれない！　とにかく、わたしたちが協会の活動内容を調べに行ったことは、絶対お義母様には知られちゃだめよ。ちらっとでも死人をよみがえらせるなんてことを口にしたら、お義母様はきっと憂鬱症の発作を起こしてしまうから！」

## 6

その夜のミセス・エラリー邸での舞踏会は、王立慈善協会の講演とはまったく趣の異なる催しだったが、同じような顔触れが会場を埋めていた。

この夜もまたダンスなどしていられないくらい暑く、ミセス・エラリーは喉の渇きを癒《いや》すシャンパンが足りなくなるのではないか、そのせいで社交界の面々からひどいけちだと思われはしないかと、ひやひやしていた。ポリーはサイモン・ヴェリーと一曲踊ったあとしきりに扇で顔をあおぎながら、これが今年の社交シーズン最後の舞踏会で、もうすぐロンドンを離れられることにほっとしていた。

伯爵未亡人も娘に付き添って舞踏会に来ていて、

レディ・フィリップス邸のときとは違ってしっかり娘を監視していた。母に劣らずヘンリー・マーチナイト卿《きょう》を避けたいと願うポリーは、ダンスが終わるたびにきちんと母のそばに戻ってきた。ヘンリー卿は舞踏会へ妹をエスコートしてきていたので完全に無視するのは無理だったが、直接話すことは避けようと努めた。彼女の心は傷ついていた。結局彼はポリーの心をもてあそんでいただけだったのだ。

一連のカントリーダンスが終わるころ、ポリーは母がみんなが恐れるブロックスボーン公爵未亡人の隣の席にいるのに気づいた。ディットン兄妹《きょうだい》ほか何人かが、周囲で公爵未亡人の機嫌をとっていた。サイモン・ヴェリーがそれまでレディ・ローラ・マーチナイトと踊っていて、ポリーは母のもとへ戻ったときに、その夜初めてヘンリー卿が近くにいるのに気づいた。彼はさりげなく妹の椅子のほうへ体をかがめ、なにか言葉を交わしていた。彼の灰色のまなざしが思い深げに自分のほうへ漂ってくると、ポリーは頬に血が上るのを感じた。彼女はヘンリー卿の視線を避け、彼が視界に入らないように顔を背けた。それでもまだ彼に見つめられている気がして、しかも彼がおもしろがっているようで、どぎまぎしてしまう。ポリーはこんなにも彼を意識してしまう自分が憎らしかった。

「わたしたちチャップマン事件について話していたのよ」ブロックスボーン公爵未亡人はそう言って、柄つき眼鏡越しにヘンリー卿を見ると、薄い唇に冷たい笑みをかすかに浮かべた。公爵未亡人にとって彼はなぜか憎めない存在なのだ。「あのならず者が逃亡したって話を、ミスター・ディットンから聞いたところなの!」

このニュースに動揺している婦人たちの口から小さなため息がもれた。

「絞首刑場に連れられていく途中に逃げたんです

よ！」ミスター・ディットンは興奮気味につけ加えた。「悪党の一団が馬車を襲って、警備の警官を蹴《け》散《ち》らしたんだ！　ちょうどスキナー・ストリートとセント・ジョン・ストリートで暴動が起きていて、チャップマンは人込みにまぎれてぷっつり姿を消してしまったんです！」

公爵未亡人の大きな体が震えた。「もう誰も枕《まくら》を高くして眠れないわね！　あんな泥棒の人殺しが野に放たれたのでは！」

公爵未亡人を囲むグループは、今にも舞踏会場の窓を破って、チャップマンと彼の手下の残忍な山賊がなだれ込んでくるのを恐れるように周囲を見回した。実際、一瞬シャンデリアの光が陰り、部屋に冷たい風が吹き込んできたように思えた。

チャップマン事件は急進派の新聞の報道がその時事性をあおったせいもあって、ここのところ大いに世間を騒がせていた。チャップマンは鉄砲鍛《か》冶《じ》に盗みに入ったところを捕らえられ、反乱を起こすために武器を盗もうとしたと断じられた。さらにチャップマンに関する捜査が進むうちに、彼がよく知られた民衆扇動家の活動の一方で、上流階級の館《やかた》が次次と襲われた強盗事件の黒幕であったこともわかった。彼の名前を聞いただけで、社交界の人々はぞっとするようになったのだ。彼はあたかも貧しい者、飢えた者、抑圧された者たちの代弁者となって、確立された秩序をおびやかすかのようだった。

「ちまたでは」ミスター・ディットンが昼間、王立慈善協会で見せたのと同じ悪鬼のような表情になっているのにポリーは気づいた。「あの男には有力な保護者がいると言われています。安楽な生活に飽きて、刺激を求める貴族が後ろ盾についていると。その男がチャップマンを逃がしたというんですよ！」

グループのあいだを驚きと非難のつぶやきがひとめぐりした。「わたしたちのひとりでないことは確かね！」ミス・ディットンは今にも気絶しそうなようすだ。

「わたしはそんな噂《うわさ》は初耳よ」ちょっといらだった声で公爵未亡人が言った。「確かな話なの？」

ミスター・ディットンは優雅に肩をすくめた。

「マダム、それはなんとも言えませんね。ただ、裕福な支持者がいれば、チャップマンの一党は大いに助かるでしょう！　それに、上流階級の事情に通じた者がいれば、どこに強盗に入ればいいか意見も聞けて、チャップマンは――」

「ご婦人方が怯《おび》えてらっしゃるじゃないか、ディットン」ヘンリー卿が穏やかに言った。

ポリーは彼を見つめた。彼は公の場にいるときにはお決まりの、もの憂げで退屈な表情を浮かべていたが、一瞬だけその顔にトリスタン・ディットンの言うことすべてを吸収しようとするような強い関心がよぎったのを、ポリーは見逃さなかった。

「でも、あなたは不安じゃないの、マーチナイト？」公爵未亡人が問いかけた。「命の危険を感じない？」

ヘンリー卿はほほえんだ。「いいえ。犯罪者や扇動家のことを心配してむだにするようなエネルギーは、ぼくにはありません。上着の着心地やシーツの品質といったことで頭がいっぱいでね！　では、失礼！」

彼はカードルームへと向かった。

「まったく！」公爵未亡人はいまいましげに言った。「あんなふがいない男がいるかしら！　わたしたちを庶民から守ってもらうのに、ヘンリー・マーチナイトのような人に頼る必要がなくて本当によかったわ！」

「とはいえ」ミスター・ディットンは馬面にずる賢い表情を浮かべた。「すべては見せかけかもしれませんよ。もしも……」彼はぐっと身を乗り出した。

「ヘンリー卿こその人物だとしたら？ しゃれ者気取りは疑惑を払いのける格好の策だ！」

今回は周囲からショックのあえぎ声がもれた。公爵未亡人でさえどう反応していいかわからないようすだ。ポリーは立ち上がった。ろうそくの光に急に頭痛がしてきたし、なんだか息苦しい。それに、顔面蒼白《そうはく》で今にも気絶しそうなレディ・ローラ・マーチナイトの存在を、みんなすっかり忘れてしまっているようだ。

「わたしと一緒に食堂へ行ってくださらない、レディ・ローラ？」ポリーははっきりした口調で言うと、従順な彼女の腕を取った。「レモネードが飲みたいの。いいえ、けっこうよ、ミスター・ディットン」トリスタン・ディットンがさっと立ち上がると、ポリーは強い調子でつけ加えた。「レディ・ローラとわたしとで行ってきますから！」

「ヘンリー卿のようなものぐさが、反乱の陰謀なんて面倒なことに手を染めるはずがないわ！」公爵未亡人はよかれと思って言ったのだが、ポリーの気配りをほとんど台なしにしてしまった。

ミスター・ディットンの目が光った。「そのとおりかもしれませんが」彼はよどみなく言った。「断言はできませんよ。わたしは今後、ヘンリー・マーチナイトをいちばんの容疑者と見なしますね！」

ローラがかすかなうなり声をあげた。

「いいかげんになさい、ディットン！」公爵未亡人は決然として言った。「そんな誹謗《ひぼう》中傷を軽々しく口にするものではありません！ 怠惰なマーチナイトが相手だから、決闘を申し込まれなくてすんだのを幸運だと思わなくては！」

ポリーはこれ以上醜悪な場面に立ち会いたくなかった。彼女は文字どおりレディ・ローラを引きずるようにして、舞踏会場の縁を回ってドアへと向かった。会場にはまだ音楽が流れ、数組が漫然とコティヨンを踊っていた。

　ポリーは自分がひどく腹を立てていることに気づき、自らの愚かさを叱《しか》った。ヘンリー・マーチナイトをくだらない人物と片づけた人々を非難するわけにはいかない。なにしろ、本人がまさにそういう印象を与える態度をとっているのだから。彼女の知っている彼は決して薄っぺらな人間などではないのに、公の場に出るとまるで別人のように、社交界の軽薄な快楽主義者に変身してしまう。ポリーはその事実にとまどっていた。鋭い知性から人当たりのいい凡庸さへとまたたく間に変化するヘンリーの表情。そんな場面を思い返していたポリーは、レディ・ローラの押し殺したすすり泣きの声を聞いて、ミスター・ディットンの悪意に満ちた言葉や公爵未亡人の場を取りなそうという不器用な試みに、いちばん傷ついたのはヘンリーの妹だということを思い出した。

「ひどすぎるわ」レディ・ローラは激した口調で言うと、唇を噛《か》んで嗚咽《おえつ》をこらえた。「ヘンリーほどやさしい人はこの世にいないのに、みんな兄のことをひどく言って！　本当に聞くに耐えなかった！　たとえ相手が公爵未亡人でも、口にしたら後悔するような激しいことを言ってしまいそうだったわ！」

　ローラは半ば反抗的、半ば恥じ入るような目でポリーを見つめた。ポリーは励ますように彼女にほほえみかけた。

「ミスター・ディットンは許せないわ」ポリーは静かに言った。「公爵未亡人だってほぼ同罪！」彼女はローラの腕に片手をかけた。「あの人たちの言うことなんて気にしないで、レディ・ローラ！　わたしにはあなたが正しいとわかっている。あなたのお兄様のことだもの。あなたが誰よりもいちばんよく知っているに違いないわ！」

「兄は世間が思っているような人とはまるで違うんです」ポリーが差し出したレモネードのグラスを感

謝して受け取ると、レディ・ローラは熱心に言った。

「みんな兄を愚かだとか軽薄だとか決めつけて、まるで兄の性格をわかっていないわ！　でも、わたしは知っているんです。兄は今、ある仕事で――」

「ローラ？」

ポリーとローラは同時にびくりとした。ローラは兄の疑いを晴らしたい一心だったし、ポリーはどんな秘密が明かされるのかに夢中だった。だからヘンリー卿がそばへ来ていたのに気づくと、ふたりとも赤くなってどぎまぎした顔で彼を見上げた。彼は眉をつり上げた。

「ふたりでなにを企《たくら》んでいたのかな？　どうしてふたりともそんなに後ろめたそうな顔を？」

ローラはもう限界だった。彼女は目にいっぱい涙をためて、ポリーに詫《わ》びの言葉をつぶやくと食堂を駆け出していった。

ヘンリーは眉間《みけん》に深い皺《しわ》を寄せ、妹の後ろ姿を見送った。そして、軽くポリーの手に触れた。

「ローラがなぜあんなに動揺しているのか、ぼくには見当もつかないよ、レディ・ポリー。彼女はどうもあなたになにか打ち明けようとしていたようだったのに、ふたりの話の邪魔をして悪かったね」彼は探るような目でしばしじっとポリーを見つめた。

「妹が大丈夫かどうか確かめてこないと。今夜は母がローラに付き添っていないので、ぼくがしっかり見守っていると約束したんだ。では、失礼……」

ポリーは舞踏会場へ戻る気になれなかった。彼女は長身のヘンリー卿が足早にダンスフロアの縁を回ってローラの付き添い役に歩み寄り、その婦人の指さしたほうへ向かうのを眺めていた。ポリーはため息をついた。妹の目の前でヘンリー・マーチナイト卿についてあんな失礼なことを言うなんて、ミスター・ディットンは許せない。ローラが深く傷ついたのも無理はなかった。彼女が懸命に兄を弁護しようとした言葉にも偽りはないと思う。ポリーはあのときローラはなにを言いかけたのだろうとしばし考えて、ミスター・ディットンの話を聞いていたときのヘンリー卿の鋭い視線を思い出した。彼が謎《なぞ》の人物であることは間違いない。時と場合によって軽薄で怠惰な男を演じ、それをなにかもっと深いものの隠れみのにするなんて……。それに気づいているのはきっとポリーひとりではないはずだ。いや、彼女ひとりなのだろうか。

ミスター・ディットンとその妹、ミスター・バンロンがにぎやかに笑い、おしゃべりしながら食堂に入ってきたので、ポリーは彼らを避けるために舞踏会場へ戻った。もうその夜の最後のダンスに近く、オーケストラはふたたび音合わせをしていて、ポリーは妙に気が沈んだ。ヘンリー卿との偽りの恋愛遊戯が終わった今、社交シーズンはさしたる盛り上がりもないまま幕を閉じようとしている。ああ、もしも……。

「レディ・ポリー、ちょっと話があるんだが」

ポリーはヘンリー卿が近づいてくるのに気づかなかった。彼がずらりと並んだ柱が暗い影を落としている、ダンスフロアの縁を回ってきたからだ。ただ、母が会場の反対側から敢然とこちらへ向かってくるのは見えた。ヘンリー卿もそれに気づいて、唇を噛んだ。

「さあ、踊ろう」彼は少し唐突に言った。「あなたの母上もダンスフロアまでは追ってこないだろうから!」

曲はワルツで、レディ・フィリップス邸の仮面舞踏会のときとまるでそっくりの状況だった。しかし今は、ふたりのあいだには明らかにぎこちなさがあった。ヘンリー卿の眉間には深い皺が刻まれていて、ポリーはひょっとして彼はリッチモンドでの一件について切り出すつもりだろうかと考えた。彼女の鼓動が少し速くなった。

「さっきは妹に親切にしてもらってありがとう、レディ・ポリー。最悪の事態になる前に、あなたが妹をいやな場面から救ってくれたんだね。心から感謝しているよ」

ポリーはなんだかがっかりした。つまり、ヘンリー卿と彼女はこれからも何事もなかったふりを続けていくわけだ。ふたりの溝はさらに深まったというのに。それでもポリーは彼のリードに従うしかなかった。いつもなら気さくで愛想のいい彼が、今はほとんど深刻といっていい表情を浮かべている。眉間にはまだ皺が刻まれ、口元は怒りにゆがんでいた。

「じゃあ、どんなことを言われたかレディ・ローラから聞いたのね」ポリーは少しためらいがちに言った。「あんなに傷ついて、ローラがかわいそう。ミスター・ディットンは冗談で言ったにせよ、悪趣味だし悪意に満ちていて――」

「本来なら決闘を申し込むべきところだが」ヘンリー卿は怒りに駆られて言った。「今はそんなことをしている余裕はなくて……」

彼はふいに言葉を切り、じっとポリーを見つめた。内に秘めた怒りの一部が彼の中から消えていったようだった。

「まあ、確かに」ヘンリー卿の声にまた無頓着《むとんじやく》な調子が戻って、その巧みな演技にポリーもだまされそうになるほどだった。「ディットンはいやなやつだけど、すでに言われてしまったことに、今さらいきり立ってもね。騒ぎ立てるほどの価値もないたわ言ことだし……」

ヘンリー卿に対してこれほど注意を注いでいなかったら、ポリーも彼は機嫌を直したのだと思っただろう。彼女の中でいろいろな思いが渦巻いて、自分を抑えていられなくなった。考える前にもう、言葉が口をついて出ていた。

「あなたはどうしてつまらない人間を、愚かなくだらないことにしか興味を示さない人間を装うの？　ディットンに言われたことなんてなんとも思っていないふりをしても、わたしには通用しない。そんな芝居にはだまされないけれど、あなたがその場その場でいろいろ態度を変えるのに、わけがわからなくなって混乱してしまうのよ！」

一瞬、ヘンリー卿の目に驚きの色が走ったが、彼はすぐにまた、ポリーをいらいらさせるそつのない社交的な表情を取り戻した。

「それはぼくの得意分野のことかな、レディ・ポリー？　賭事《かけごと》や女性を追い求めることは、紳士が真剣に取り組むべき仕事ではないと？」

ポリーはいらだちに足を踏み鳴らしたくなった。

「あなたにとっては大仕事なのかもね！　それはわたしもよく承知しています。ただ、あなたがわたしをごまかそうとしていることもわかっているの。実は重大なことも、冗談めかして……。わたし見てたのよ。ミスター・ディットンがチャップマンの保護者の話をしたとき、あなたは――」

ヘンリー卿が警告するようにポリーの腕をつかむ手に力をこめたので、彼女は口ごもった。抑えていた感情があふれ出すのとともに彼女の声は大きくなっていて、周囲のカップルが何事かと好奇の目で振り返っていた。ヘンリー卿はポリーの耳元に顔を寄せた。

「確かに、あなたはたいていの人間よりぼくの心をよく読み取っている。ぼくがあなたに対しては本当の自分を見せてきたからね。親しい友人と一緒のときと、公の場ではぼくの態度が違うというのもそのとおりだ。でも、今のところはあなたの知っているぼくを忘れて、ぼくのことはどのクラヴァットを選ぶかぐらいしか心配事のない、愚かで軽薄な男と受け止めて……」ポリーの驚いた顔に、ヘンリー卿は笑みを浮かべた。ふたりはぴったりと寄り添っていた。今度ばかりは彼も話題をそらしてごまかそうとはしない。彼のまなざしにはポリーを黙らせ、承諾を求める強い力があった。

ポリーはますます混乱した。なぜ退屈したしゃれ者を装わなくてはならないのか？彼はなにを隠しているのだろう。ひょっとしたら、トリスタン・デイットンが正しいのかもしれない。安楽な生活に倦《う》んだ貴族が刺激を求めて……。いや、そんなことはあり得ない！ヘンリー卿は清廉潔白で誇り高く……単なる気晴らしのために彼が犯罪に手を染めるなんて絶対に……。

ポリーは苦悩のまなざしでヘンリー卿を見つめた。「でも、あなたはなぜ自分を偽るの？いったいなにが――」

「許してほしい」ヘンリー卿の口調もポリーに注ぐまなざしもやわらいだ。「今は言えないんだ。われながら無礼な態度だとは思うが、わかってほしい。本来、こんなことを口にしてはいけないんだが、なんとしてもあなたの疑惑はあなたの胸の内におさめておいてほしいんだ、レディ・ポリー。いつかはその理由を説明する日が――」

ポリーにもプライドがある。彼女は小さく首を横に振った。「そんなことどうでもいいわ。あなたが説明したくないのならそれで――」

「どうでもいいのではない！ぼくは他人にどう思われようと平気だが、あなたに誤解されるのだけはいやなんだ」ヘンリー卿は顔をしかめた。「時が来たら、すべてをあなたに説明するよ。あなたが大いに疑問を感じているぼくの態度についてもね！」つかの間、彼の瞳に笑みが宿った。「今はぼくを信じてほしいとしか言えないが……」

最後に音楽が華やかに響き渡ってやんだのにも、ポリーはほとんど気づいていなかった。ヘンリー卿に導かれて、彼女はふたたびブロックスボーン公爵未亡人と噂話に興じている母のもとへ戻った。ヘンリー卿はすぐさま別れの挨拶《あいさつ》をした。

「妹と付き添いもすでに帰ったし、ぼくも次の約束へ急がないと。おやすみなさい、レディ・ポリー」

彼は伯爵未亡人にお辞儀した。「失礼します」

ポリーはヘンリー卿の後ろ姿を見送った。彼の奇妙な態度を問いただしたときよりもさらに、彼女は混乱していた。ヘンリー・マーチナイトには見かけよりいろいろ謎がありそうなのに、近いうちに説明してもらえそうなことはなにひとつない。

ポリーは意気消沈していた。疲れていたし、頭痛がしていらいらした。母も長居はしたくないようすだ。レディ・ローラにいやな思いをさせた場面に居合わせたせいで、伯爵未亡人はいつになく口数が少なかった。

「あんなことを言うなんて、トリスタン・ディットンのマナーは最低だわ」馬車でポリーとふたりきりになると、母は言った。「レディ・ローラは内気だから、彼女がそばにいるのをすっかり忘れてしまっていたのだけれど、ディットンをぴしゃりとやり込めなかったことがなんだか悪くて……」

ポリーは同意の言葉をつぶやいて、背もたれに頭をもたせかけ、目を閉じた。日中はさわやかだったのに今は風もやみ、耐えられないほど蒸し暑い夜になった。遠くかすかに雷鳴が響いていたし、川の向こうの空に稲妻が光っているのも見えた。ポリーは外套《がいとう》の中で身震いし、早く家へ帰りたいと思った。町にはなにか不穏な空気が漂っていた。

ブルック・ストリートまでの道のりを三分の二ほど来たときだった。突然、馬車の外に怒号が響き、ポリーはさっと目を開けた。車輪の揺れに誘われてうとうとしていた伯爵未亡人もびっくりして跳び上がった。

窓の外には何本ものたいまつが燃えていて、その揺れる炎が、押し合いながら敵意に顔をゆがめて叫ぶ大勢の人を照らしていた。ガラスの割れる音、爆竹が破裂する音が突然、衝撃的に響き、群衆から興奮の怒声があがった。馬車はよろめいてのろのろとしか進まない。

「いったいなにが――」伯爵未亡人が身を乗り出し、窓の外をのぞいたとき、なんの警告もなくいきなり乱暴に馬車のドアが開いて、悪夢が始まった。

汚れた手がポリーと伯爵未亡人をつかみ、力ずくで通りへ引きずり出した。不潔な体のにおいと、強い酒の甘味の混じった悪臭がポリーの鼻をついた。暴徒の雄叫《おたけ》びが母娘《おやこ》を取り囲んでいた。何本もの手が伸びてきて、ふたりのドレスを引き裂き、宝石をひったくった。真珠のネックレスを引きちぎられて、ポリーは首に鋭い痛みを感じた。たいまつのまぶしさと、宝石のついたヘアバンドを奪われたときに髪がくしゃくしゃになったせいで目が見えない。自らの力を誇示しようといきり立つ、凶暴な群衆の渦のただ中にいることをひしひしと感じ、ポリーは恐怖に駆られた。

御者は激しく周囲を罵倒《ばとう》しながら、片手を上げて降りかかってくるこぶしを防いでいた。怒号と混乱の中で、彼はポリーと伯爵未亡人が助けを求めていることにさえ気づいていなかったし、気づいていてもふたりを守るのは無理だっただろう。従僕も馬車から引きずり下ろされ、暴徒に側溝へ引きずっていかれそうになるのを、馬車のドアに必死でつかまってしのいでいた。そのとき、一瞬周囲の群衆の数が減ったすきをついて、御者は鞭《むち》を振るい、馬を駆り立てた。馬車は暴徒の罵声と石つぶてを浴びながら、転がるように通りを走り去った。

「これで助けてくれる者もいなくなったな」ポリーの耳元で誰かがささやいたが、彼女はほとんど気づいていなかった。目の前に今まで想像さえしたことのない地獄さながらの光景があったからだ。

ポリーたちの馬車の後ろにもう一台馬車が来ていたのだが、この馬車には火が放たれていた。屋根や開いたドアから炎がめらめらと立ち上っていた。側溝にひざまずく男の正装は黒焦げで、両手は焼けただれていた。彼の傍らでは女がヒステリックな泣き声をあげながら、道の玉石をかき回していた。馬車の燃える火に照らされて玉石の中でなにかがきらりと光り、ポリーは息をのんだ。女は身を乗り出したが、いくつもの手が彼女の手より先に伸びてきて、コインや宝石をひったくり、嘲笑《ちようしよう》の声をあげた。女はさらに激しく泣きじゃくった。

「こんなときにお金が惜しくて泣くなんて」ポリーはぞっとしてつぶやいた。

暴徒に小突かれ殴られて、伯爵未亡人がまた悲鳴をあげた。馬車から空高く炎が燃え上がると、群衆のあちらこちらから歓声があがった。ポリーは次々と伸びてくる手を避けようと身をすくませたが、どこにも逃げ道はなかった。

「今度はおまえさんの番だぞ、小鳩《こばと》ちゃん……」ウイスキーくさい声がまた、耳元でした。「おや、かわいい顔をしてるじゃねえか」

狂乱の場面がかすみ始め、ポリーは気が遠くなっていくのを感じた。母は泣き叫んでいたが、ポリーは声を出すこともできなかった。狂気の力で母娘をさらっていく波にあらがうなど無理だ。怒号はすさまじく、闇《やみ》の中、炎に照らし出される悪魔のような異様な顔は、ますます彼女の恐怖をつのらせた。

暴徒の中に変化の兆しが見えたときにも、恐怖と嫌悪にとらわれたポリーは気づかずにいた。とうもろこし畑を渡る風のように、群衆のあいだをささやきが走っていって、端から人の波が崩れ出した。

「やめろ……むだだ……やつはピストルを持ってる

ぞ……二丁もだ……行こう……」

腕が伸びてきて、ポリーは腰をしっかりとつかまれたが、疲れて抵抗する気にもならなかった。わたしをさらって好きにすればいいわ、と彼女は気力もなく思った。もうこれ以上はとても……。

「気絶している場合ではないよ、レディ・ポリー」ヘンリー・マーチナイト卿の声がした。とても冷静で決然とした口調だった。「ここは気概を見せてくれないと」

ポリーはさっと顎を上げた。まったく予期せぬ災難に見舞われた彼女だったが、ヘンリー卿の威厳に満ちた口調に本能的に反応した。それに、母のことも放《ほう》ってはおけない。伯爵未亡人はずたずたに引き裂かれ、汚れてしみだらけのドレス姿で、よろよろと立ち上がろうとしていた。暴徒は黙り込んだままためらいがちにあとずさりし、ひとり、ふたりと暗い小道や路地へと逃げ込んで、現れたときと同じように闇にまぎれてしまった。ヘンリー卿は身をかがめて伯爵未亡人を助け起こした。そのとき外套がめくれ上がり、ポリーは彼のベルトにはさまれた二丁のピストルを見た。

「民兵が来るぞ……」残った群衆のあいだにささやきが走った。狂乱は鎮まりつつあった。「行こう……」

「歩けますか？」ヘンリー卿は伯爵未亡人を気遣った。彼の声からは恐怖も動揺も感じられなかった。「もし無理なら、ぼくが館まで背負っていきましょう。もう近くだし、とにかくここを離れたほうがいい」

伯爵未亡人も娘同様、内にしっかりと勇気を秘めていた。彼女は背筋を伸ばし、乱れた髪を顔から払いのけた。

「腕を貸していただければ歩けるわ。でも、さっきのレディと紳士は？　確か……バランタイン卿夫妻だと思ったのだけれど」

「ふたりはすでに立ち去りました」くすぶる馬車の残骸《ざんがい》から遠ざかるように母娘を導きながら、ヘンリー卿は言った。「なんとか暴徒から逃れられているといいが。とにかく今は、あなたたちおふたりを無事に館へ送り届けることだけを考えましょう」

暗い通りに人の気配はなく、割れたガラスとなにかの燃え残りだけが散らばっていた。最後の力を振り絞って無事ブロック・ストリートへ戻ろうとしたポリーには、その道のりが二分にも二時間にも感じられた。伯爵未亡人はぼろぼろになった外套にくるまり、ヘンリー卿の腕にぐったりと寄りかかって、足を引きずりながら進んでいった。彼のもう一方の腕は、人目もはばからずポリーの腰を支えていた。彼女はもう世間体や慣習などどうでもよかった。ただただヘンリー卿の存在がもたらしてくれる安心と力強さが必要だった。地獄の暴徒がいっせいに襲ってきたとしても、ポリーは彼から離れるつもりはなかった。

ブルック・ストリートの館には明かりがこうこうと灯《とも》り、玄関のドアは開け放たれたままになっていた。ヘンリー卿は伯爵未亡人を支えて階段を上り、玄関ホールへと導いた。家じゅうが大騒ぎだった。ニコラス・シーグレイブが緊張に蒼白《そうはく》になった顔で御者のジョンを支えているのを見て、ポリーはほっとした。御者のこめかみには大きな青いこぶができていて、顔には乾いた血が固まっている。彼はニコラスの腕にしがみつき、いまだ興奮に目をぎらぎらさせていた。執事も主人同様うろたえたようすで、ただやみくもに走り回っているように見える召使いたちに、矢継ぎ早に指示を出していた。

ポリーたち三人が玄関に現れると、館は一瞬、静寂に包まれた。伯爵未亡人はよろめきながら階段に近づくと手すりをつかみ、いちばん下の段にどすんと腰を下ろした。ヘンリー・マーチナイト卿はごく内輪の社交の席に出たときのように、さりげなく落ち着いた口調で言った。「こんばんは、シーグレイブ。伯爵未亡人とレディ・ポリーを無事送り届けることができてよかった」

しばらくして、伯爵未亡人はルシールの手厚い手当てを受けてベッドに入り、ポリーは枕に寄りかかって熱く甘い紅茶をすすっていた。疲れで頭がぼうっとしていたが、彼女はショックで眠れなかった。すべてのいきさつを聞いて背筋を凍らせ、胸を痛めたニコラスとルシールは今、ポリーのベッドの端に座っていた。

ヘンリー・マーチナイト卿は家族の誰かがきちんと礼を言う前に、姿を消してしまった。

「中でも不思議なのが」ポリーはあくびを押し殺して言った。「ヘンリー卿がどこからともなく現れたこと。そして彼が現れると、暴徒は尻尾《しっぽ》を巻いて逃げ出したの。まったく妙な話よ。彼って本当に謎に満ちた人……」

ポリーのまぶたが閉じていく。ルシールはそっと彼女の手からカップを取ると、テーブルに置いた。そして上掛けを引き上げた。

ポリーには自分がついに眠りに落ちていくのが感じられた。でも、彼女はまだ起きていようとした。

「レディ・ローラ・マーチナイトがヘンリーはみんなが思っているような人じゃないと言ったの……」彼女は眠そうに言った。「今になって、それが真実だってわかるわ。舞踏会にピストルを二丁も持っていく人なんて、確かに普通じゃないし……」

ルシールと夫の目が合った。ニコラスは眉をつり上げたが、なにも言わなかった。ポリーの体はさらにベッドに滑り込んだ。暖かくて安全で、もう怖くはない。でも、なにかまだ兄夫婦に言っておきたいことがあった。それが心の隅でうずいていて、彼女をやすませてくれない。並々ならぬ努力をして、彼女はなんとかその言葉を吐き出した。

「わたしは彼を心から愛しているのよ」ポリーはまるでそれですべての説明がつくように言った。「昔からずっと」そして眠りに落ちた。


翌日の朝早く、ニコラス・シーグレイブはセントジェームズの館を訪れた。玄関に応対に出た控えめでうやうやしい態度の従僕は、ヘンリー・マーチナイト卿がすでにベッドを出たかどうかわからないと答え、ニコラスはまさかとおもしろがる表情になった。そして五分後、ヘンリー卿がきちんと服を着て、今しがたまで寝ていたようすなどまったくないといったふうに現れたのには驚かなかった。

「あなたが昨夜、タイミングよく現れて母と妹を救ってくれた礼を、家族の代表としてぼくが言いに来たんだ、マーチナイト」ニコラスは勧められた椅子に腰を下ろして言った。「自分も礼を言いに行くという母を思いとどまらせるのがたいへんでね！　実際、今後母はありとあらゆる人に向かってあなたのことをほめたたえるだろう！」

ヘンリー卿の口元に笑みが浮かんだ。「それは困ったな！　なんとか伯爵未亡人を思いとどまらせる手立てを考えないと！」

「あなたならきっとなにか思いつくよ」ニコラスもほほえみながら言った。そして部屋を見渡し、優美なインテリアと趣味のいい家具に感心した。棚にはたくさんの本が並んでいて、ニコラスも名前は知っているが長年開いたことがない本が多かった。素晴らしい絵も何点か壁にかかっている。それでもヘンリー卿のことだけに、ニコラスは驚かなかった。

「母もポリーも暴徒に襲われたところをたまたま通りがかったあなたに救われて、運がよかった」ニコニコラスは穏やかに続けた。「ハムステッド・ウェルズの夜のときとそっくりだ！」

ヘンリー卿は訪問客の鋭い視線を避け、コーヒーポットを手にした。

「本当に運がよかった」

「おそらく」ニコラスは続けた。「あなたは万が一のときのために、ミセス・エラリーの舞踏会にピストルを二丁持っていったんだろう。このご時世では用心に越したことはないから！」

大きな陶器のカップにコーヒーを注《つ》いでいたヘンリー卿は、ちょっとその手を止めた。彼の灰色の目が、ニコラスの真意をはかりがたい褐色の目と合った。

「ああ、あのピストルか。それは……レディ・ポリーが？」

「妹は観察力が鋭くてね」ニコラスはうなずいた。「すでにあなたもお気づきだろうが」

「妹さんは少々気がつきすぎる」ヘンリー卿は重い気分で同意した。彼がカップを手渡すと、椅子にゆったりと腰かけたニコラスはコーヒーの芳醇《ほうじゅん》な香りを楽しんだ。

「伯爵未亡人もレディ・ポリーも」ヘンリー卿が言った。「長引く傷がないといいが。昨夜は本当にひどいことになっていたよ、シーグレイブ。ふたりとも実に勇気があった」

ニコラスは唇を固く結んだ。「チャップマンのしわざなのか？」彼はいかめしい顔で言った。「やつを逃がしたのはなんともまずかったな。どこまで追い詰めてる？」

ヘンリー卿もニコラスに劣らず厳しい表情になった。「あと一歩だ」彼は言った。「ぼくが別件にかかわっていなかったら、昨夜捕まっていたかもしれない！」

「ハムステッド・ウェルズのときも？」

ヘンリーは肩をすくめた。「噂だよ……彼を見かけたっていう。わかるだろう、シーグレイブ。噂を真に受ければ、やつはクラーケンウェルからチェルシーまでどこにだって出没することになる！　だが、きのうはかなり追い詰めていたんだ。隠れ場所を突き止めていた」

「王立慈善協会かな？」ニコラスはほほえんだ。「あなたがあそこにいるのをルシールと見たと、ポリーが言っていたよ！　あなたが慈善活動に関心を持つとはと、ふたりは大いに感心していたね！」

ヘンリー卿も渋々笑った。「目下ぼくが行いたい善行は、チャップマンのような人間のくずを退治することだけだな！　慈善協会を隠れみのに使うとは、うまく考えたもんだ。連中は自分たちの寛大さに酔いしれていて、やってきた者に名前を問いただすことすらしない。大勢の宿無しの中に、ぼろをまとったぼさぼさ頭の男が紛れ込んで、幾晩かの宿を求めても誰が怪しむ？」

「おまけに裕福な保護者か」ニコラスはからになったカップを置いた。

ヘンリー卿は少しためらった。「実は疑わしいと思われる……」

ニコラスはうなずいた。「ぼくはそろそろ失礼しよう。もう一度、心から礼を言うよ、マーチナイト。あなたが来てくれなかったら、どうなっていたことか……。そのせいであなたがやつを捕まえられなくなるようなことがないといいが」

ヘンリー卿は渋い笑みを浮かべ、ニコラスが差し出した手を握った。玄関のところでニコラスは立ち止まった。

「なにか助けが必要なときは、遠慮なく言ってほしい。それから、マーチナイト……」年下のニコラスは探るような目でヘンリーを見た。「慎重に」彼は言った。「ぼくにはきのうの夜、あなたがなぜ助けに入ったかはわかっているし、最終的にあなたが告白するのを阻むものがないことを祈っているよ！」

ニコラス・シーグレイブはステッキを差し上げ、おどけた別れの挨拶をすると、驚いた顔でドアを見つめるヘンリー卿を残して立ち去った。

## 7

ロンドンは七月の焼けつくような暑さにしおれていた。暑さと暴動のショックが重なって無気力になったポリーは、たいていは部屋にこもり、本を読んだりカードのひとり遊びに興じたりして時間をつぶし、ときおりジェシーに世捨て人になってしまいますよと叱責《しっせき》されていた。でも、ポリーは気にしなかった。毎夜、彼女は何人もの手につかまれ、想像を絶するような恐ろしい場所に引きずっていかれる悪夢に悩まされた。涙を流し、あえぎながら目を覚まし、安全な自分のベッドにいるのに気づいてやっとほっとするのだった。日中は外出する元気も気力もなくて、しだいに招待も減っていったが、それでもたくさんの人が伯爵未亡人を訪れて、母娘《おやこ》の災難に同情した。助けてもらった夜以来、ポリーはヘンリー卿《きょう》に会っていなかった。噂《うわさ》では彼はときおり彼をさらっていく、謎《なぞ》めいたよくわからない用件でロンドンを離れたらしい。ポリーの胸は痛んだ。彼女はもう一度ヘンリー卿に会って、礼が言いたかった。なんだか中途半端な幕切れに、満たされない思いが残った。

ポリーがカードのひとり遊びに興じ、伯爵未亡人は優美な静養の日々を送る一方で、ルシールはニコラスに、遅ればせながらのスコットランドと湖水地方への新婚旅行の約束を果たしてくれとせがんでいた。さらに、ピーター・シーグレイブはバッキンガムシアのウェラーデン卿の別荘で、華やかなパーティー三昧《ざんまい》の夏を過ごすと自慢げに宣言した。ウェラーデン家の大酒宴は、大賭博《とばく》と淫《みだ》らな催し物でほとんど伝説となっている。伯爵未亡人は明らかに気に入らない顔で口をへの字に曲げたがなにも言わず、ニコラスも、ピーターははっきり地獄へ落ちることを選んだのだから、立派に落ちていけばいいとだけつぶやいた。ポリーは結婚前数年のニコラスの自堕落な生活ぶりを思い出し、ピーターの好きにさせておけという兄の考えはひょっとしたら賢明なのかもしれないと思った。

夏をブライトンで過ごすという伯爵未亡人の計画は、暴徒に襲われたショックで白紙に戻り、結局彼女はサフォークのシーグレイブ家の領地へ行くことにした。静かな田舎で心の傷を癒《いや》そうと考えたのだ。

「本当にわたくしと一緒にディリンガムへ行きたいの、ポリー？」

ポリーが南の海岸へ行くよりサフォークのほうがいいと言うと、伯爵未亡人は少し疑うような目で問い返した。

「田舎はとても退屈だし、あなたをブライトンへやる手配なら簡単なのよ。ベル家がスティーンに家を借りているから、あなたが行くと言ったらきっと喜ぶわ。あるいはデイカー家と一緒でもいいし。でも、もちろんそれはあなたの選ぶことで……」

彼女は心配そうに娘を見た。ポリーはあの恐怖の夜以来顔色も悪く無気力だし、外出しようとせず人に会うのもいやがるので、母は気をもんでいたのだ。若い娘なのだから、部屋にこもっていないで大いに人生を楽しみ人と交わることが必要ではないか。このまま世捨て人になってしまったら、ずっとあの恐ろしい体験を乗り越えることができなくなってしまう！

ポリーは窓の外のほこりっぽい通りを見て、ブライトンに押し寄せるけばけばしい人の群れを思った。社交界がまるごと海辺に移動して、そこにもまた交友があり、舞踏会や夜会が開かれて……。一方、デイリンガムでは麦畑を太陽が照らし、川は冷たい海へと流れ込み、千鳥の声が……。そしてもちろん、あのリッチモンドでとんでもない場面を演じた日以来、予定が変わっていなければ、ヘンリー・マーチナイト卿がウッドブリッジにいる可能性があったのだ。

「そんなおかしな話があるものか」伯爵未亡人の予定を聞き、自分の名づけ娘《ご》が夏のあいだ名もない田舎に引きこもるつもりでいると知って、サー・ゴドフリー・オービソンはいかにも不満げに言った。「いいかい、セシリア、いつまでもこんな突飛な振る舞いを許していたら、あの子を結婚させるのは絶対に無理だぞ。わたしはもうあの子から手を引く！オールドミスのまま生涯を終えるがいいさ！」

彼はさらに熱くなって、刺繍《ししゅう》入りのベストの出張ったおなかを突き出した。

「その上、あの愚かな青二才のピーターは、ウェラーデン家の別荘へ行くんだとな」オービソンはうなるように言った。「どうしようもないばか者め。財産を女と賭事《かけごと》に浪費しおって。きみの一家はどうなってしまうんだ、セシリア！　まったく先が思いやられる！」

結果的には、サフォークでの日々はサー・ゴドフリーが想像したような退屈なものではまるでなかった。シーグレイブ家とディットン家がロンドンから到着したことが、ファラント家やフィッツジェラルド家といった地元の郷士階級を刺激し、さまざまなパーティーや遠出、催し物などが行われた。実際、その夏はロンドンがそっくりそのままサフォークに引っ越してきたように思えるときさえあったし、四週間後、ニコラスとルシールが新婚旅行を早めに切り上げて合流すると、ディリンガム・コートはさらにいちだんと活気を帯びた。

「ルシールは身重なのよ」

息子と嫁が到着した日の夕方、伯爵未亡人はそっとポリーに告げた。

「彼女には休養が必要だから、空気のきれいなこの土地は最適でしょう。こんなに早くお祖母《ばあ》さんになってしまうのは少し残念だけれど、でもやっぱりルシールの妊娠はうれしいわ。すばらしいニュースよ！」

シーグレイブ夫妻が到着したときにはポリーはフィッツジェラルド家を訪ねていたので、翌朝まで義姉には会えなかった。レースのカバーの枕《まくら》に寄りかかったルシールは実際元気がなく、顔は蒼白《そうはく》で大きな青い瞳には紫の影が差していた。

「みじめな気分よ」心配そうに問いかけるポリーに答えて、ルシールは認めた。「すごく楽しい旅行だったのよ。景色はそれはきれいで。でも、ある日を境にわたしは突然ひどく気分が悪くなってしまって、何時間も馬車に閉じ込められているのにとても耐えられなくて！」彼女は肩をすくめた。「まったく、これが結婚ってものなら、小さな家で一匹の猫と本に囲まれて、ひとり暮らしをするほうがずっといいわ！」

ポリーは笑った。

「そんなにひどい気分なら、それは気の毒に思うわよ、ルシール！　でも、あなたがどれだけたくさんの人を幸せにしたか考えてみて！　お母様なんて、お祖母さんになったら老け込むとかなんとか言いながら、もう有頂天だし、ニコラスはもううれしくてうれしくて笑いが止まらないみたいよ」

「そりゃあ、彼はいいわよ！」伯爵のわがままな妻はいらだたしげに言った。「彼には楽しいことばかりだもの。わたしはうんと気難しい妊婦になって、復讐《ふくしゅう》してやるわ！」

「ところで朝食は食べたの？」寝室を見回し、テーブルにトーストの皿を見つけて、ポリーは話題を変えた。

ルシールは身震いした。「お義母《かあ》様の指示でプレーン・トーストとぱさぱさのビスケットが届いたの。ぐあいが悪いときはこれがいちばんだって。でも、見ただけでもう、もっと気分が悪くなっちゃって！最悪！　きのうだって食べたいと思ったのは酢漬け卵だけなのよ！」

ポリーはくすくす笑った。「すぐに治るわよ、ルシール。お母様がそう言ってたわ。いつだってお母様の言うことに間違いがないのは、あなたも知っているでしょう。さて、わたしが出かける前に、なにか必要なものがあれば持ってくるけど。わたしたち、けさはディットン家を訪ねるのよ。わたしだってそんな苦役に耐えるんだから、苦しんでいるのはあなただけじゃないでしょう！」

ルシールはなんとか笑みを浮かべた。「ベッドに閉じ込められているのも、悪いことばかりじゃないってわけね！　戻ってきたらまたおしゃべりに来て。それまでは、ニコラスをこき使うことにするわ！」

ディットン家を訪れた婦人たちのあいだでは、ルシールの妊娠が話題の中心だった。だが、紳士たちが厩《うまや》から戻ってくると、今度はブロックスボーン公爵未亡人の災難の話で持ちきりになった。ディットン家がロンドンを発《た》つ前夜、公爵未亡人はロンドンの館《やかた》に大胆にも押し入った泥棒に、宝石のすべてを奪われたのだという。

「公爵未亡人はどうもぐっすり眠っていて、泥棒に気づかなかったらしい」ミスター・ディットンはそう語ると、興奮した笑い声をあげた。「そして今は、館じゅうのものをそっくり持っていかれるのを恐れて、絶対ロンドンを離れないってがんばっているんだ！　噂ではピストルを持った執事を傍らに従えて、ひと晩じゅう起きているらしい！」

シーグレイブ伯爵未亡人は身震いした。「自分の家にいても安全ではないなんて、まったくなんて世の中になってしまったんでしょう。わたくしは悪党のチャップマンが捕まるまで、この田舎にとどまるわ！　ここでなら少なくとも、暴漢に襲われることなくウッドブリッジを散歩できるもの！」

ミスター・ディットンは異様に高いシャツの襟に体をうずめるようにして身を乗り出した。「田舎はそんなに安全だと確信できますか、伯爵未亡人？　密輸業者の一団がまだこの近くの海岸で暗躍しているという噂がしきりですよ。ですから闇夜《やみよ》の晩にお出かけのときはどうぞ気をつけて！」

「いいかげんになさい、トリスタン！」ミセス・ディットンが彼女にしてはかなり強い口調で言った。

そして伯爵未亡人が震えているのに気づくと、激しい嫌悪のまなざしを息子に向けた。こんなことでデイリンガム・コートへの招待を帳消しにされてはたまらない。ミセス・ディットンはみんなの気をそらそうと急いで新しい話題を探した。

「もっとずっとおもしろい話を聞いたわ」ミセス・ディットンは茶色の目を輝かせて言った。「ミセス・カズンズがマリア・ウィルコックスに言ったのをまた聞きしたんだけれど、マーチナイト家がウッドブリッジにやってくるんですって！」

一座はしんと静まり返り、カップをそっと置く音だけが響いた。すべての会話が中断され、誰もがさらなる情報を期待してミセス・ディットンに注目した。

伯爵未亡人は眉をつり上げた。「それは意外だこと！　本当に確かなの、ユーステーシア？」

「つまり……」ミセス・ディットンは少々訂正した。「公爵夫人とレディ・ローラだけよ。ふたりはこの四週間、バースに滞在していたらしいんだけど……」ふたたび茶色の瞳が悪意を含んだ喜びに輝いた。「レディ・ローラがとんでもない若者に目をつけられて、公爵夫人は娘をその男から引き離すのに苦労されたんですって！」

集まった夫人たちは興味津々の吐息をもらした。まだ十八で、社交界にデビューしたばかりの初々しいローラは、スキャンダルの格好の標的だった。

「おもしろいわね」ミス・ディットンが興奮した口調で言った。「ロンドンにいるときからブレイクニー卿は彼女にご執心だったわ。彼が彼女をバースまで追っていったんだとしたら――」

「わたしの聞いた話では」伯爵未亡人が少しきつい口調で言った。「レディ・ローラは病弱で、サラ・マーチナイトは娘の健康のために、ロンドンを発つ前からもう海辺で養生することを考えていたそうよ。でも、なぜウッドブリッジを選んだのかしら……」

サフォークの社交界での自分の支配権が危うくなることを思い、彼女は顔をしかめた。

「なにより興味をそそるのは」ミセス・ディットンが勝ち誇ったように言った。「ふたりがヘンリー卿のエスコートでここへやってくることだわ。ヘンリー・マーチナイト卿がウッドブリッジへやってくるのよ！」

今度婦人たちの口からもれたため息には、興味だけでなくときめきが含まれていた。そしてほとんどの婦人が熱心に、あの悪名高き放蕩者《ほうとうもの》の所業を話し合い、非難した。この片田舎に彼が波紋を巻き起こそうとしているのかと考えるだけでも、刺激が強すぎるようだった。ヘンリー卿は社交界の慣習に従わないと非難されていても、結婚市場ではもっとも魅力的な高嶺《たかね》の花のひとりなのだ。

ミセス・ディットンがなにを言い出すか予測がついていたにもかかわらず、ポリーはびくりとしてライラック色のシルクのドレスに少し紅茶をこぼしてしまった。ミス・ディットンの鋭い茶色の目が、ポリーが青ざめているのに気づいた。

「あら、レディ・ポリー、今の話ですっかり動揺してしまったのね！」彼女は同情めかして言った。「お気持ちはとてもよくわかるわ。あなたを暴徒から救ってくれたたくましい紳士と、どんな顔をして会えばいいのかって思うわよね。あんな目に遭ったあとで、その人とまともに目を合わせられる？　わたしだってあなたの立場なら、ひどくうろたえてしまうわ！」

「わたくしは感謝の気持ちで彼と対面するわ」伯爵未亡人が娘が口を開く前に割って入り、ぴしゃりと言った。「わたくしも以前はヘンリー卿のことをよく思っていなかったけれど、あの夜彼がたまたま通りがかってくれたことを深く感謝せずにはいられません。本当に運がよかったわ！　彼はわたくしたちを助けるために、命がけで暴徒を追い払ってくれた！　あれこそ真の勇気というものよ！　わたくしの前で彼の悪口は許しませんから！」

以前は自堕落なろくでなしと決めつけていた男を母がここまでかばうとはと、ポリーは眉をつり上げた。

「なるほど」ミス・ディットンはいたずらっぽく言った。「ヘンリー卿は伯爵未亡人にとって最高の勇者となったんですね！　でも、わたしのおこづかいを全部賭《か》けてもいいけれど、彼は近いうちにまたなにかとんでもないことをしでかすわ」彼女は思いをめぐらせ、目を輝かせた。「そしてわたしたち全員が、彼を悪党と非難するのよ！」彼女は悪意のある目でちらりとポリーを見た。「とどのつまり、リッチモンドでの一件を思い出せばわかるでしょう！　レディ・ポリーは決してあの光景を忘れられないはずだわ！」

何人かが手で口を押さえ、忍び笑いをしていた。ポリーはヘンリー卿が非難されたときに感じるいつもの怒りが、こみ上げてきた。そこにはあの日の記憶が今もまだ引き起こす痛みも混じっていた。

「自分の行動にあなたがそこまで関心を持っていると知ったら、ヘンリー卿はきっとご満悦でしょうね、サライア」ポリーは冷ややかに言った。

ミス・ディットンは赤くなりながらも次なる牙《きば》を研いでいた。

「ディリンガムにお兄様夫妻がいらして、さぞかし楽しいでしょう」彼女はポリーにほほえみかけた。「もうひとりのお兄様のピーターは、熱心にレディ・ボルトとの親交を深めていらっしゃるんですってね！　シーグレイブ家の方々って、本当にみなさん個性的だこと！」

こんな挑発にのってはだめだと、ポリーにはわかっていた。ミス・ディットンは人がいやがるような意地悪をしたり毒舌を吐いたりするのが楽しくてたまらないのだ。ポリーはこんな話題にはもう飽きたというようにあくびをした。

「ええ、ピーターは昔からとても社交的だから！　わたしはとてもやさしい兄がふたりもいて、恵まれているわ、ミス・ディットン。人に羨《うらや》ましがられるのも無理はないわね！」ポリーは言外の意味をはっきりさせるように、トリスタン・ディットンをじっと見た。ミスター・ディットンを兄に欲しいと思う者はいないだろう。

ミス・ディットンの狭い額に小さな皺《しわ》が寄ったところでミセス・フィッツジェラルドが現れて話題が変わり、ポリーはほっとした。このままだと彼女は、ミス・ディットンにひどく失礼なことを言ってしまいそうだった。

伯爵未亡人とポリーはほどなく館に帰ることになり、ディットン家の三人が玄関の階段のところで手を振って見送ってくれた。

「ルシールにくれぐれもお大事にと伝えてください。わたしたちも近いうちにディリンガムへお見舞いにいきますから」ミセス・ディットンが一気にまくしたてた。

「気の毒なルシール」伯爵未亡人は小声でつぶやいた。「やっと少しよくなってきたところだというのに！」


容赦ない夏の暑さが続いていた。伯爵未亡人は午後はうたた寝をするのが習慣になり、ルシールもベッドにこもっていたし、ニコラスは領地の管理に出かけるので、ポリーは庭の木陰を散策するか、湖のそばのあずまやで本を読むかして過ごした。馬に乗るには暑すぎた。彼女の頭はヘンリー・マーチナイト卿のことでいっぱいだった。彼がウッドブリッジに来たら会えるのだという期待の一方で、彼女の現実的な部分はそれはたぶんないだろうと告げていた。ヘンリー卿が母と妹をエスコートしてきたとしても、洗練された都会の娯楽に慣れた男が、さしておもしろいものもない、こんなひなびた田舎に長居するはずがない。彼がポリーを捜して会いに来る可能性はさらに低かった。あの災難のあと、ロンドンの館に訪ねてくることさえなかったのだから、今さら彼がやってくるとは思えなかった。

ポリーは顔をしかめ、あずまやのペンキで塗られた椅子に本を置くと、まぶしく光る湖面を見つめた。ヘンリー卿が謎の人物であることは間違いない。放蕩者という評判は別にして、彼は自ら装っているような愚かなしゃれ者ではないとポリーは考えていた。だが、彼の態度にはどこか怪しげなところがある。半ば忘れかけていた舞踏会でのミスター・ディットンの言葉が、軽いショックとともにポリーの胸によみがえってきた。貴族の暮らしに飽き、刺激を求めて犯罪行為に手を染めた紳士。ヘンリー卿は暴動のあいだどこかに潜伏していたのかもしれない。不満分子を扇動し、暴徒にポリーたちを襲わせた張本人という可能性もある。ポリーはおののいた。きっと彼女はどうかしてしまったのだ。彼のことを慕っているというのに。相手の人格を否定するような疑惑を抱きつつ、恋心を抱くなんてできるはずがない。

でも、やはりなにかが引っかかる……。

ポリーは憂鬱《ゆううつ》の虫を散歩でまぎらわそうと、立ち上がった。湖沿いの小道をたどり、水面に躍る光を楽しみながら、この風景を描《か》いたらどうだろうと考えた。今回サフォークに戻ってからまだ絵筆は手にしていないが、絵を描くのは大好きだったし、腕には少々自信もあった。少し暑すぎるけれど戸外で過ごすのが気持ちのいい日で、パラソルが直射日光から ポリーの顔を守ってくれていた。

ディリンガム湖は水門のついた小さな流れとなっ

てデブン川に注いでいた。ポリーはこの水門を抜け、川沿いの小道を進んでいった。厳密に言えば、ここはもう、シーグレイブ家の領地ではなく、チャールズ・ファラントのものだったが、勝手に入っても別に彼が怒らないことをポリーは知っていた。シーグレイブ家とファラント家の子供たちは幼なじみだった。

土手を少し下ったところに釣り用の小さな離れ家がある。ポリーは微笑を浮かべ、子供のころ、毎年暑い夏にはそこがさまざまな探検の舞台になったことを思い出した。バルコニーに座って川に釣り糸を垂らしては、がまんしきれずなにも捕まえないうちに引き上げてしまった。男の子たちは泳ぐことを許されていたけれど、一緒に泳ぎたいとせがんだポリーは女性家庭教師に叱《しか》られて、離れ家の中のプールに裸足《はだし》の足をつけることだけをしぶしぶ許してもらった。ポリーは思い出してほほえんだ。チャールズ・ファラントの父が特別に輸入した色とりどりのタイルと大理石に縁取られたプールは、いつも彼女を魅了した。水は澄みきって深く、神秘の影をたたえていた。子供時代の記憶と現実に違いはないかちょっと確かめたくなって、彼女は離れ家をのぞいてみることにした。

離れ家のドアを押し開くと、ポリーのぱっちりと開いた目は一瞬のうちに目の前のすべてを見て取った。家の中は記憶より少し小さく感じられたが、渦巻く緑と青のタイルはそっくりそのままだ。二階のバルコニーから差し込む日差しが水をまだらにし、壁沿いに並ぶさまざまな姿勢の男女の人魚像を照らしていた。

この像はまったくポリーの記憶にない。彼女は半分ショックを受け、半分興味をそそられつつ、官能的な陳列に目を注いだ。そして、ふたたびプールに視線を戻したとき、もっと肉体を直撃する官能的なショックに見舞われた。

プールに人がいたのだ。ポリーは片手をまだかけ金にかけたまま、急いであとずさりした。その瞬間、濡《ぬ》れたブロンドの髪をかわうその毛皮のようにつややかに光らせたヘンリー・マーチナイト卿がプールから上がった。日に焼けた体から水がしたたり、裸身に水滴がきらめいていた。

ポリーは思わず押し殺した悲鳴をあげた。彼女は片手でさっと口を押さえたが、むしろ目を覆ったほうがよかっただろうかと愚かな考えが頭に浮かんだ。ヘンリー卿の体から視線をそらすことがどうしてもできそうになかったからだ。

彼の裸体は周囲の古典的な彫像の姿に驚くほど似ていた。ただ、彫像に命はないが、彼のほうはありあまるほどの生気に満ちている。たくましく優雅な体の線はまったくもって魅力的だ。ポリーの視線はヘンリー卿の裸の厚い胸へとたどり、そこでまた釘づけになってしまった。彼はすばらしい肉体の持ち主だと、彼女は茫然《ぼうぜん》としつつ思った。ひとかけらの贅肉《ぜいにく》もなく、力強い肩と胸が腰へ向かってぐっと締まっていき、やはり力に満ちた腿へとつながっていく。そのすべてが一糸まとわず彼女の目の前にあった。

ヘンリー卿がゆったりと横を向いて籐《とう》の椅子にかけたタオルに手を伸ばすと、魅せられたポリーの視線もあとを追った。そして、彼がやっと腰にタオルを巻くと、そこで初めて魔法が解けて、ポリーは彼と目を合わせた。好奇に光る彼の目を見れば、明らかにおもしろがっているのがわかる。

「もう十分ごらんいただいたかな、レディ・ポリー？」ヘンリー卿は礼儀正しく問いかけて、思わせぶりに片手を腰のタオルの結び目に当てた。

ポリーは答えることができなかった。純粋に官能的な刺激と身を焼くほどの恥ずかしさが混じり合い、巨大な熱の波となって彼女を襲った。なんとか屈辱感を乗り越えようとしても、別のもっと強力で不穏な感情が気になってしまう。ポリーはその感情を制御することも理解することもできないのだ。彼女は踵《きびす》を返し、一刻も早く離れ家から出ようとしてぶざまにドアにぶつかった。ヘンリー卿から逃げようと走ったが、底の薄い靴では荒れた道がつらかった。日差しが突然、目もくらむほど強烈になり、草は彼女のスカートを鞭打《むちう》ち、回転する万華鏡のようにさまざまな色彩が目の前に渦巻いた。背後でヘンリー卿の叫ぶ声が聞こえた気がした。「ポリー！　待って！」

ポリーは振り返らなかった。彼女の胸にはヘンリー卿の完璧《かんぺき》な裸身が焼きつけられていた。レディとしてのたしなみを忘れ、あんな恥ずかしいまねをしたからには、生きているかぎり、もう二度と彼と顔を合わせられない。

うさぎの穴も目に入らず、危険にも気づかぬまま、ポリーはつまずいて雑草ととげ草の中に頭から倒れ込んだ。息を切らし、じっと倒れたままでいると、痛みと恥ずかしさで涙があふれてくる。ヘンリー卿の足音はどんどん近づいてきた。

# 8

ポリーは目にかかる髪を払い、急いで起き上がろうとした。体重をかけると、片方の足首に鋭い痛みが走った。同時に肌が出ている部分すべてに発疹《ほっしん》のようなものができて、ちくちく痛む気がする。うなり声をあげ、彼女はまた草の中に倒れ込んだ。

ふいに青空が遮られた。

「いったいどういうつもりなんだ？」いつもの冷静さを少々失った声で、ヘンリー卿《きょう》が問いかけた。

痛みとみじめさの中でも、ポリーはヘンリー卿が彼女を追う前に服を着たのに気づいてほっとした。いつものような完璧《かんぺき》ないでたちではないが、乱れた服装がかえって強烈に魅力的だ。ポリーはまた小さくうなって顔を背けた。こんなときにヘンリー・マーチナイトの魅力のことしか考えられないなんて、知性に変調を来している証拠ではないか。

ポリーの乱れた髪と苦痛にゆがむ白い顔を見て、ヘンリーの口調が突然変わった。

「けがをしているのか！」

彼が手を差し出すとポリーは身をすくめ、なんとか自分で立ち上がろうとした。彼女の反応を見てヘンリー卿の顔に怒りの血が上ったが、声は冷静なままだった。

「ぼくを信用して大丈夫だと保証するよ、レディ・ポリー。ぼくはか弱い女性の弱みにつけ込むほど腐った男じゃない！　それに、いったいどうするつもりなんだ？　立ち上がって、跳びはねてぼくから逃げる？　それとも、パラソルで攻撃してくるのかな？」

ヘンリー卿はすでに、草の中に片膝をついていた。

「気取っている場合じゃないんだ」彼はポリーの足首を手に取り、指でそっとぐあいを調べた。シルクのストッキングを履いた足に彼の手のぬくもりが伝わってくる。ポリーは混乱と屈辱に苦悶《くもん》し、目を閉じた。離れ家でのヘンリー卿との対面に、まだショックを受け、興奮していたので、彼に触れられるのはほとんど耐えがたかった。

しかし、ヘンリー卿の態度には一切思わせぶりなところはなかった。

「足首をくじいたんだ」彼は淡々とした口調で言った。「これでは歩きたくても歩けないだろう！　ぼくが館《やかた》まで送っていくよ。さほど遠くもないし」

彼は軽々とポリーを抱き上げた。

ポリーはひどく気分が悪くなってきた。暑さと痛みでめまいがし、すべての色彩がどぎつく目を刺したかと思うとぼやけていく。さっきまでヘンリー卿がそばにいるのを不快に思っていたことも忘れ、彼女は彼の肩に頭をもたせかけた。

「まあ、だめよ、よして！　こんなこと許すわけには――」ヘンリー卿が二十歩と進まないうちに、ポリーははっと気を取り直し、気まずい思いが戻ってきた。しかし、ヘンリー卿は歩調をゆるめることさえしない。

「本当に？　だめなのか？」渋い口調ながら彼がおもしろがっているのがわかった。「それでどうやって止めるつもりかな？」彼はもっと楽な姿勢になるようにポリーを抱え直した。「ぼくの腕に抱かれていると思っただけで耐えられないのなら、目を閉じて！」

照りつける日差しの下からディリンガム・コートのひんやりした玄関ホールに入ると、屋内の快適さが改めて身にしみた。ヘンリーにやさしく運ばれて、いつの間にかうとうとしていたポリーは、しぶしぶ目を開けた。メドリンが急いでふたりのところへやってくる。ポリーがまたヘンリー卿にしっかりと抱かれているのを見て、彼は髪の中に隠れてしまいそうなほど眉をつり上げていた。なんだかこの光景が習慣になってきたみたいだ。

「レディ・ポリー！　ヘンリー卿！　いったい何事ですか？」

「レディ・ポリーが転んで足首を痛めたんだ」ヘンリー卿はてきぱきと言った。「誰かに医者を呼びに行かせてくれ、メドリン。それから、わたしをレディ・ポリーの部屋へ案内――」

「下ろして！」ポリーは恥ずかしくてたまらず、強い口調でささやいた。

「まさか」ヘンリー卿も同じくらい強い調子で言った。「いいかげんにするんだ！　立てもしないくせに！」

「試してみるわ！」ポリーは強情に言って、口を真一文字に結んだ。

ヘンリー卿は手があいていたら彼女をひっぱたいてやりたいという表情だった。「頼むからわざわざ自分を苦しめるようなことは――」

そのとき運よく客間のドアが開いて、伯爵未亡人とニコラスが玄関ホールへ出てきた。ふたりは目の前の光景に、その場に凍りついた。

「ポリー！」伯爵未亡人は力ない声で言った。「いったいどうして――」

「レディ・ポリーは足首をくじいたんです」ヘンリー卿は見事な忍耐強さで繰り返した。「誰かぼくを彼女の部屋へ案内してくれないかな」

「もちろん」ニコラス・シーグレイブはわれに返ると、妹の紅潮した顔と憮然《ぶぜん》とした救い主を見て、おかしいのを押し殺しているようすだ。「妹をこっちへ運んでくれ、マーチナイト！　メドリンは医者の手配を？　そう、よかった……こっちだ」

頭にあてがったポリーの枕《まくら》は柔らかかった。母は彼女のまわりでやきもきしていて、ニコラスはヘンリー卿を部屋の外へと促そうとしている。

「待って……」かすれた声になった。ポリーは目を開いた。どれほど屈辱感にさいなまれていても、言わなくてはならないことがある。「どうもありがとう」彼女がそう言ってしぶしぶ目を合わせると、一瞬ヘンリー卿の眩惑《げんわく》的な灰色の瞳がやわらいで、ほほえみかけるような表情を見せた気がした。ポリーは一気に気持ちが萎《な》えていくのを感じたが、それはけがとは無関係だった。

「どういたしまして、レディ・ポリー。早くよくなるといいが……」

「わが家はまたあなたに借りができてしまったな、マーチナイト」ニコラスは楽しげに言って、彼と握手を交わした。「帰る前になにか一杯どうかな？ ぼくの書斎で……」ふたりはドアを閉めて去っていった。


一瞬の沈黙ののち、伯爵未亡人は威圧的に切り出した。「ポリー！ なにがあったのかきちんと説明しなさい！」

ポリーはまつげをぱちぱちさせた。一瞬ためらったものの、やはり気絶したふりをするほうが楽だ。彼女は小さなため息をつくと、枕の上で頭の向きを変え、じっと動かなくなった。母がいらだたしげにため息をつくのが聞こえた。

「ポリー・シーグレイブ！ はっきり言って、あなたってときどき猛烈にしゃくに障るわ！」

ポリーは答えなどしなかった。

「さあ」ルシールはベッドの自分の傍らをぱんぱんと叩《たた》いて、義妹にそこに座るよう促した。「あなたとハリー・マーチナイトのあいだに、実際のところなにがあったのか、もうわたしに話してくれてもいいでしょう！」

ポリーが足首をくじいて以来一週間がたっていたが、けが人の生活はつまらなかった。最初の一日、二日は医者の指示どおり、彼女は部屋にこもって足首を休めていたが、ほどなくじっと部屋にいるのが退屈になり、ニコラスに頼んで客間へ下ろしてもらった。客間なら少なくとも話し相手はいたからだ。そしてけさは、片足でぴょんぴょん跳びはねて、ポリーはルシールが朝のチョコレートを飲んでいる寝室までやってきた。

ルシールはずいぶん回復していた。旅行のあいだ彼女を苦しめたつわりも今では軽くなり、表情も輝いている。彼女はチョコレートのカップ越しに、いたずらっぽい目でポリーを見つめた。

「ごまかそうとしてもだめよ！　あなたがお義母様《かあ》になんて話したかは知っているわ！　でも、いくらわたしがだまされやすいといっても、あなたがたまたま川のそばを歩いていてつまずき、そこにたまたまヘンリー・マーチナイトが通りがかって、転んだあなたを助けてくれただなんて、信じられない！　さあ、なにがあったの？」

ポリーはためらった。ルシールが元気になって打ち明けることができると思うと、うれしくてたまらないのは事実だ。伯爵未亡人は一見厳格に見えても実はとてもやさしい人なのだが、まさか母親に実際起こったことを話すわけにはいかない。それに、洞察力の鋭いルシールはもう嘘《うそ》を見破っているのだし……。

「つまり」ポリーは慎重に切り出した。「川辺を歩いていたのは本当なの。ミスター・ファラントがそこに魚釣り用の離れ家を持っていて……うちの領地を越えてすぐのところなんだけれど……それで、どういうわけか、わたしそこへ行って中を見たくなって」ヘンリー卿の見事な裸身がポリーの胸によみがえってきた。この一週間、彼女はずっとその幻影に悩まされていた。「後悔してるの。本当にあんなところへ行かなければよかった！」

ルシールの唇がぴくりとした。「そんな大悲劇が起こったわけでもないでしょう！　その離れ家にヘンリー卿がいたのね？」

「そうなのよ！」ポリーは打ちひしがれた茶色の目を上げ、ルシールの青い瞳を見つめた。「でも、彼は釣りをしていたんじゃなかった！　釣りならなんてこともなかったのに！　ああ、ルシール……」

ルシールは眉をつり上げた。「わかったわ！　わたしはその家へは行ったことがないけれど、ニコラスがバルコニーの下にプールがあるって言っていた。暑い夏にはみんなで川で泳いだもんだって彼は言っていたけれど……」彼女は目を見開いた。「まあ、いやだ、ポリー、つまり、ヘンリー卿はプールの中にいたってこと？」

ポリーはうなずいた。「ええ、でも……」

「でも？」

「プールから出てくるところで……」

ルシールは口に手を当て、ますます目を丸くした。

「まあ、ポリー！　まさか……彼はひょっとして……服を着ていなかったの？」

「そのとおりなの！」唖然《あぜん》としているルシールを見て、ポリーはみじめな顔でつけ加えた。「そういうことよ！　しかも、わたしったら信じられないほど恥知らずな態度でじろじろ見てしまった！　自分でもなにが起こったのかよくわからないの！　でも、ルシール、わたし、目をそらすことができなかったのよ！」

ポリーに比べればそういうことについての経験も理解も勝っているルシールは、ポリーの目が釘《くぎ》づけになったのもわかると思った。未婚なのだから当然だが、年齢のわりにポリーはうぶだ。シーグレイブ伯爵夫妻が徹底的にひとり娘を守ろうとした結果、ポリーは眠れる森の美女のようになってしまい、彼女の年になれば本来心得ているはずの男女間の恋の駆け引きといったものにまるで無知だった。ポリーは自分を崇拝する男たちをからかってみたこともほとんどなければ、自分の魅力を行使することも知らない。まだほとんど目覚めていないのだが、それでもヘンリー・マーチナイト卿のなにかに明らかに刺激されていて、彼女が好奇心をそそられつつも怯《おび》えているのは確かだった。

だが、悲劇のヒロインのような顔をしたポリーを見ていても、ルシールのユーモアは抑えられなかった。

「ヘンリー卿ならきっと見る価値があるでしょうね！」笑いをこらえてルシールは言った。

「ルシール！」

「なによ」ルシールの青い瞳はいかにも楽しげだ。

「別に認めたっていいでしょう、ポリー！　少なくともわたしにはね。そりゃあ、お義母様にそんなことを言ったらたいへんだけれど！　ねえ、こんなの悲劇でもなんでもないわよ！　ヘンリー卿はとても魅力的な男性だし、あなたは彼に好意を抱いている……彼の裸を見ても平気だったなどというほうが、かえって心配じゃないの！　でも、それからどうなったの？」

「わたし、逃げ出してしまったの」ポリーはありのままを話した。「それでつまずいて転んだら、ヘンリー卿が追いかけてきて――」

「それまでにはちゃんと服を着ていたんだといいけれど！」

「ええ、もちろん着ていたわ！　でも、彼が助けてくれようとしても、わたしはひどくつっけんどんな態度をとってしまって。だって、あんなふうにじろじろ見てしまったのがとても恥ずかしくて、もう頭がめちゃくちゃに混乱してしまって……あんなことは初めてよ。少なくとも、ほかの人と一緒のときはあそこまで……」ポリーは絶望の表情で口ごもった。一瞬の沈黙ののち、ルシールは義妹の手を軽く叩いた。

「ねえ、ポリー、あなたの態度には別に恥じるべきところなんてないわ。こういうことは普通話題にはしないものだけれど、あなたのヘンリー卿に対する反応はごく自然なものよ！」彼女は悲しげなポリーの顔を見て、励ますようにほほえんだ。「自分を責める必要はないの」

「いいえ」ポリーはみじめな目をして言った。「ヘンリー卿はもうわたしを軽蔑《けいべつ》しているわ、ルシール！　彼はわたしのことをとんでもない尻軽女だと思っているでしょう！　あなたに打ち明けていなかったけど、ロンドンであなたがピクニックへ出かけた朝、わたしがひどく気分が悪かったのを覚えているでしょう？」ルシールがうなずくと、ポリーは一気に告白した。「その前の晩、わたしはレディ・フィリップス邸の仮面舞踏会でフルーツ・パンチに酔ってしまって、それでヘンリー卿にまた友だちになりたいって伝えようとしたんだけれど、うまくいかなくて、結局彼はテラスでわたしにキスして、それはもうひどい――」

ルシールは愕然《がくぜん》としている。「待って、待って！　いったいどうしてパンチなんか飲んだの？」

「アルコールの入っていない飲み物だと思っていたの」ポリーは急になぜか吹き出しそうになった。「とても暑い夜で、それを飲むとすごくすっきりして……とにかく、愚かなわたしは自分が酔っていることもわかっていなかったのよ！　だから、ヘンリー卿と話すチャンスができたときには、なんだかやたらと勇気がわいてきて、でも、彼はわたしの言葉をこちらが思っているようには受け取ってくれなくて、気がつくと彼にキスされていて……」

ポリーはまた突然笑いがこみ上げてくるのを感じた。そして、いったん笑い出すと止まらなくなった。ルシールはカップを置き、おもしろがりつつも驚いて義妹を見ていた。

「ポリー、ポリー！　いったいなにが起こったの？」

「言ったでしょう」ポリーは笑いの合間に言った。

「彼がわたしにキスしたの！」

「ひどいキスだったたって言ったわ」

「いえ……」やっと笑いがおさまってきて、ポリーは涙をぬぐった。「キス自体はひどくなかったの。むしろとてもすてきだった……」ふたたび彼女は口ごもり、とても刺激的で怖かったあのときの、心の震えを思い出した。「わたしは彼に永遠にキスを続けていてほしかった」彼女は素直に言った。

「じゃあ、どこがそんなにひどかったの？」

ポリーは目を丸くした。「だって、ルシール、レディは結婚前に紳士とキスなんかしてはいけないでしょう！」彼女は顔をしかめた。「それに、ハムステッド・ウェルズで彼に助けられたときも……」ルシールの興味津々の顔を見ると、ポリーはまた吹き出しそうになった。「むしろわたしのほうから積極的に求めてしまったの！　彼はきっとなんて淫《みだ》らな女だと思ったでしょう！」

「そうかしら」ルシールはそっけなく言った。「わたしにはなにもかも滑稽《こっけい》に聞こえるし、男性にだらしない女性の態度とも思えないけど」

ポリーは自分でも驚いたことにまた笑い出した。「そうね、あなたの言いたいことはわかるわ！　でも、正直言って、わたしの行動とリッチモンドでのレディ・ボルトの行動には、ある種の共通点があると思うの」

「まさか本気で言っているの？　だとしたら、わたしはずいぶんあなたを見くびっていたわ、ポリー！」

「ヘンリー卿も同じことを言ったわ！」義姉の好奇と驚きの表情につられて、ポリーはまた笑い出した。「そのリッチモンドの件だけれど……」ルシールはなんとか真顔を作ろうとした。「ヘンリー卿とはまだ話し合っていないんでしょう？」

ポリーも少しまじめな顔になった。「ええ。この先話し合うこともないみたい。わたしはヘンリー卿とわたしのあいだにやはり未来はないって、あきらめているのよ。彼が悪い遊び癖を直すことができないのははっきりしているし」彼女の顔がさっと紅潮した。「わたしが自分の態度にひどく自己嫌悪を感じる理由のひとつはそれなの」彼女は少し言葉を探した。「つまり……わたしたち……婚約しているわけでもないのに……」

しかし、ルシールはまたほほえんだ。「そんなことよくよ悩んでもしかたがないわよ、ポリー！わたしはなんだか、すべてはうまくいくって、不思議な予感がするの。ヘンリー卿は絶対に、今度のことであなたを軽蔑したりはしないわ」彼女の目がきらりと光った。「あなたが愚かにも酔っぱらったことは別にしてね！」

ポリーも、ついまた笑ってしまった。「ほんと、自分でも許せないわ。それに実際吐くほど苦しかったし！ヘンリー卿はきっとわたしのことを大ばか者だと思ったでしょう。最悪ね！そして今度はまた離れ家の一件……ああ、わたしは完全にどうしようもない女を演じてしまった！」

そしてふたたび、ポリーは笑いの発作に見舞われた。

ルシールも笑っている。「それであなたはこれを悲劇だと思っているわけ？　わたしが今年耳にした中で、いちばんおかしな事件だっていうのに！」

「そうね！」ポリーは笑いすぎて涙に光る目を上げた。「言われてみればそのとおり！　ああ、ありがとうルシール！　ずいぶん気持ちが楽になったわ！」

「ぼくたちの出会いはどんどんドラマティックになっていくようだね、レディ・ポリー」一週間後、ミセス・フィッツジェラルドの客間でポリーの隣の席につくと、ヘンリー・マーチナイト卿はささやいた。「ぼくたちがお行儀よく会話を交わすことは可能だと思う？　それとも、ただ近くにいるだけで困ったことが起こってしまうのかな？」からかうような、こちらの反応をおもしろがっているようなヘンリー卿の低い声は、猛烈にポリーをいらだたせたが、彼女はここで冷静さを失うわけにはいかなかった。

彼はポリーがけがで療養しているあいだ、一度も見舞いに来なかった。それだけでも冷たくあしらわれて当然だ。絶対自分では認めなかったけれど、ポリーは暑い夏の日々をむなしく待ち続けたのだ。玄関の呼び鈴が鳴るたびにヘンリー卿かと期待し、花が届くたびに彼からだろうかと胸をときめかせた。彼のロンドンでの態度を思えば、わかっていたはずなのに。いや、わかってはいても、やはりあきらめきれなかったのだ。

ポリーはヘンリー卿に冷ややかな笑みを向けた。「あなたがお行儀よくしていれば、なんとかなるでしょう」彼女は軽い口調で言った。「それに、今はわたしもすっかり回復したので、少なくとも逃げることはできるでしょうね！　ただ」彼女の微笑が少しだけ温かくなった。「ロンドンで助けていただいたときのお礼を言う機会がまだなくて——」

ヘンリー卿は誰にも気づかれないよう、つかの間すばやくポリーの手に触れた。彼の手のぬくもりにどきりとしなかったら、ポリーも気のせいかと思っただろう。彼女はうろたえ、目をそらした。

「礼なんていいんだ。あなた方が無事なら、それでぼくはうれしいのだから」

ヘンリー卿が女心を惹《ひ》きつけるのは、まぎれもない外見の美しさだけでなく、女性との接し方の魅力もあるということを、ポリーは思い起こした。彼女はヘンリー卿に心を許してはならないと身構えてきたのに、すでにもうその決意が揺らいでいるのを感じていた。彼はこの部屋の中で重要なのはポリーただひとりだという話し方をし、涼しげな灰色の瞳の熱いまなざしを彼女ひとりに向ける。でも、自分だけが特別に思えるのは幻想なのだ。彼が一ダースもの女たちを、いちずに注ぐ関心と、もの憂げな優雅さとで魅了してきたのを、ポリーは知っている。ヘンリーと会わずにいたあいだ、ポリーは分別を持たなくては、と自分に言い聞かせていた。彼女はヘンリー卿によって自分の中にかき立てられた感情はごく自然なものだという、ルシールの説を受け入れたものの、それをもう一度経験したいかどうかはまったく判断がつかなかった。ヘンリー卿はその手のことを知り抜いた放蕩者《ほうとうもの》だ。ポリーは自分の未熟さと臆病《おくびょう》さを自覚していたが、よこしまな下心しか持たないヘンリー卿に教育してもらうつもりは、さらさらなかった。しかし、サフォークの小さな社交界で彼を避けることは難しく、彼の魅力に鈍感でいるのはさらに困難だった。

なんとか気をまぎらわそうと、ポリーは明るい笑顔をヘンリー卿に向けた。「ウッドブリッジでなにか楽しみは見つかりました？　都会の洗練された遊びに慣れた方には、ここはきっとたまらなく退屈でしょうね！」

ヘンリー卿は眉をつり上げた。「あなたはどんな遊びならぼくの気に入ると思っているのかな、レディ・ポリー？」

ポリーは赤くなった。「いいですか、警告しておきますけど――」

「いや、本当にまじめにきいているんだよ」ヘンリー卿はのらりくらりと言った。「世間はぼくの品行にとてつもない偏見を抱いているからね！」

「きっとなんの根拠もない決めつけなんでしょうね」ポリーは皮肉たっぷりに言うと、ヘンリー卿の明朗快活な視線を受け止めた。「じゃあ、誤解を解くために教えてくださいな。この土地でどんなことをおもしろいと思ったのか」

「そうだね……」ヘンリー卿はちょっと考えた。「父から艇庫での新しいヨットの建設の監督を頼まれているから、それにけっこう時間を取られるかな。リートウッドのチャールズ・ファラントとはいい友だちだから、ときどきは彼のところで過ごす。ロンドンと同じようにこちらにも社交界があって、催しもある。だけどなによりも、サフォークは美しい土地だから、散歩したり馬に乗ったり泳いだり……」彼はいたずらっぽい流し目をポリーに送った。「時間が許す限りそんなふうにして過ごしているよ。だから、楽しみに事欠くなんてことはまるでないな」

泳ぎを口にするまでは、ポリーはヘンリー卿に大いに共感していた。彼女はサフォークこそこの世でいちばん美しく落ち着ける土地だと思っていたからだ。

しかし、今はまたヘンリー卿がプールから出てくる姿が目に浮かんで、顔が真っ赤になるのを感じた。さらに始末の悪いことに、彼もポリーがなにを考えているかを察し、そっと低い声でささやきかけてきたのだ。「すごく刺激的な出会いだったたね、レディ・ポリー」

「わたしならむしろ衝撃的と言うけれど」

「いや、全然……楽しくて、挑発的で……」

ポリーはヘンリー卿にからかわれているのがわかっていた。彼は好き勝手なことを言いながら、どこまで彼女に許されるか、試しているのだ。そして実際、そこがとても困ったところなのだが、彼といるとポリーはお上品に慣習を守ることなど、なんだかどうでもよくなってしまう。彼の冷やかしに反応して血のめぐりが速くなり、彼もその気配を読み取って、心ならずもときめいてしまっていることを知られてしまうのだ。

「いいかげんになさって、ヘンリー卿！」そう言いながらもポリーはほほえまずにはいられなかった。ヘンリー卿は依然挑発的に目を輝かせながらも首をかしげた。まるで〝今回はあなたの決断を受け入れるけれど、あなたの心が動いたことはわかってるんだ……〟とささやきかけるように。

「じゃあ、ぼくは立ち去ったほうがいいのかな」ヘンリー卿は礼儀正しく言った。

「それはご自分の好きになさったら」

ヘンリー卿の瞳にかすかな笑みが浮かんだ。「あ、ぼく自身はここに一日じゅうでも座っていたいな！　でも、あなたにお願いしてみるって妹と約束したんだ」彼は公爵夫人の監視の下で静かに座っているレディ・ローラのほうを顎で示した。「ローラはフェンチャーチではひとりぼっちで少々寂しいようでね。たまには違う話し相手が欲しいんだよ！　あなたは以前にも妹に親切にしてくれた。よかったら、今ここへ妹を連れてきたいんだが」

レディ・ローラは兄と目を合わせ、期待に満ちた表情をしている。ポリーはほほえんだ。「ぜひどうぞ、ヘンリー卿。わたしもお話しできるとうれしいわ」

手はずはすぐに整った。レディ・ローラはポリーの隣の席につき、ヘンリー卿にしょっちゅうからかわれながらも、ふたりは十分ほど楽しくおしゃべりした。海に近いオーフォード・ロードの家は少し寂しいけれど、ローラもサフォークは大好きだという。公爵夫人はさわやかな風がローラの健康にいいと思っているが、ローラ自身はロンドンで数週間過ごしたことで、格別体が弱ったとは感じていないそうだ。公爵夫人は過保護だというポリーの思いは、さらに強まった。公爵夫人は娘をほとんど隔離に近い状態に置きたがっているようだ。ローラは浜辺に近い家自体も気に入っているけれど、近くに行き来できる人がいないのが残念だと打ち明けた。彼女が思いきってさらになにか言いかけたときに、ミス・ディットンと話していたチャールズ・ファラントが椅子を引き寄せ、彼も仲間に入っていいかと言ってきた。ローラは赤くなり、なぜか黙り込んでしまった。

ポリーはこの展開を大いに驚き、おもしろがりながら見守っていた。ミスター・ファラントは若い娘があこがれを抱くような、ロマンティックな男性とは言いがたいからだ。年は三十代後半で、陽気で少少生まじめだ。彼は犬さながらの献身の表情を浮かべて、やさしくローラを見つめていた。ローラのほうは、彼と直接目を合わせることができないようすだが、内気な微笑とちらちらと彼に向ける視線が、決して彼の存在に無関心ではないことを示している。この予期せぬ結びつきを見て取ったヘンリー卿の好奇の視線に気づいて、ポリーは彼と無言の確認のまなざしを交わした。

ほどなく、ヘンリー卿がミセス・フィッツジェラルドの庭を見に行こうとポリーを誘い、驚くべきロマンスの進展にうっとりしているカップルを残して、ふたりは部屋を出た。

「誰が予想できただろう？」客間からカモミールの芝生へと続く幅広の低い石段を下りるポリーに手を貸しながら、ヘンリー卿は考え深げに言った。「ぼくはファラントを大いに尊敬しているけれど、まさか彼が世間をあっと言わせることがあるなんて思ってもみなかったな！　でも、確かにローラは彼をとても感じのいい人だと思っていたようだ。それも、フェンチャーチで初めて目と目を合わせた瞬間から！」彼はうららかな表情のポリーにちらりと目をやった。「また彼に借りができてしまったな。キューピッド役を務めようという気にならなかったら、あなたはぼくと庭に出るのを承知しなかっただろうから！　あの樫《かし》の木の下に座ろうか。足首が完全に治るまでは、まだあまり歩かないほうがいい」

ふたりは館からよく見えるところにいたので、別になんの問題もないはずだった。木は涼しい木陰を作っていて、椅子に腰を下ろしたポリーはほっとした。

「ありがたいわ！　日差しが強くて本当にたまらない暑さね！」

「ぼくたちは実際、天気の話をする程度の仲なのかな？」ヘンリー卿がもの憂げに尋ねた。「ぼくならもっと興味深い話題を思いつけるけどね！」

館の近くにいて、誰が窓から見ているかわからないという事実も、ヘンリー卿のいつものとんでもない行動を妨げることはできないのだと、ポリーは思い至った。彼は片手をポリーの座っている木の椅子の背にかけていて、ほぼ間違いなく彼女の髪に触れているようだった。そしてすぐに、彼女の巻き毛に指をからませ、その拍子に感じやすいうなじに軽く触れた。ポリーはさっと頭をそらした。

「ご両親はレディ・ローラとミスター・ファラントが惹かれ合っていることを、好意的に受け止めてくださると思う？」ポリーはヘンリー卿の気をそらしたいのと同時に、本当にローラの将来が気がかりだった。

ヘンリーはため息をついた。「それはどうかな。両親は妹をジョン・ベラーズに嫁がせる――」ポリーの顔を見て、彼は言葉を切った。「ベラーズがあなたに求婚して断られたのはぼくも知っているし、彼に対する意見もきっとあなたと同じだと思う。でも、世の中では地位や名誉がいつも優先されて……」そう考えると少しうんざりしたのか、彼は肩をすくめた。

「レディ・ローラは彼の求婚を受け入れているの？」ポリーはためらいがちに尋ねた。詮索《せんさく》好きだとは思われたくないが、ローラのようにどこから見ても恋に落ちているようすの少女が、簡単に別の男性に目を向ける気になるとは思えない。

「妹は両親が娘の将来をどう設計しようが、無関心だったんだ」ヘンリーは率直に言った。「ファラントと出会うまではね。妹が彼に好感を持っているのは見ていてわかったから、おやおやと思っていたんだ！　しかし、これでずいぶんややこしいことになってしまったな。とにかく……」ヘンリー卿はまた肩をすくめた。「しばらくなりゆきを見ているしかないね……」彼はポリーにほほえみかけた。「さっきはぼくがここサフォークでどんな楽しみを見つけたかって話だった。あなたはこの美しい田舎でどんなことをして過ごしているのかな？」

ヘンリー卿が話題を変えたがっているのがポリーにもわかった。「そうね、あまり暑くない日は馬に乗っているし、散歩に読書、絵も描《か》いているわ。水彩画が好きなんだけれど、あまり才能はないの。それから、あなたもご存じのように、いろいろおつき合いも多いし」

「確かに。全員が気の合う人たちというわけではないが」ヘンリー卿は言った。「最近はどうもつまらない人と一緒にいるのががまんできなくてね。ぼくは地位や階級などより、知的な会話ができて一緒に楽しめるということがいちばんだな！」

「おかしな話だこと！」ポリーは吹き出しそうになるのを抑えた。「あなたはそもそもそんなにつき合う相手を選ぶほうじゃないでしょう！」

ヘンリー卿は片眉をつり上げた。「あなたにぼくが非難できるのかな？」

ポリーの瞳が好戦的に輝いた。「あなたは無節操に気の多い人だわ！」

「聞き捨てならないな！　そんな噂《うわさ》は事実無根だ！」

ポリーは信用できないといった顔だ。「どうして否定できるのかしら？　少なくともわたしの義理の姉に目をつけているのは、趣味がいいとほめてあげたいけれど」

ヘンリー卿はまたもの憂げに片眉をつり上げた。

「それはレディ・シーグレイブのことを言っているのかな？」

「わたしにほかに義理の姉がいるかしら？」ポリーはぴしゃりと言い返しつつ、こんな話題を持ち出さなければよかったと後悔していた。「彼女に特別な関心があることは否定できないでしょう？」

「まさか！」ヘンリーは即座に言った。「彼女はとても見識の高い人で、大いに尊敬しているよ！　でも、それだけのことだ！」

ポリーは心底ほっとするのと同時に、もっとヘンリー卿をこらしめてやりたくなった。

「まあ、それは納得できるかもしれない！　でも、レディ・ボルトの件は？　わたしがリッチモンドでこの目で見た光景を、まさかあなたは忘れてはいないでしょうね？」

「ああ」ヘンリー卿は長い脚を伸ばし、きれいに磨き上げられたブーツを満足げに眺めた。「あなたがいつになったら勇気を出して、ぼくにその件を突きつけてくるのかと思っていたんだ！」

「勇気ですって！」ポリーは今や本気で腹を立てていた。「そんなものに勇気なんていらないわ。ただ、いつものわたしより少しだけ慣習からはみ出せばいいだけよ。あなたがわたしの心をもてあそび、レディ・ボルトの下劣な魅力の餌食《えじき》になったことを非難するぐらいの強さは、わたしは十分持ち合わせていてよ！」

ヘンリー卿が笑い出し、ますますポリーの怒りをかき立てた。普通なら、彼女は絶対にこんな口のき方はしない。面と向かって紳士の品行を非難することは、特にその相手が娼婦《しょうふ》のたぐいの場合には、普通しないものなのだ。

「ライバルをそんなふうにそしるなんて、レディとも思えないな。あなたがそんな人だとは思ってもみなかったよ、レディ・ポリー！」

ポリーは激怒した。「レディ・ボルトはわたしのライバルなんかじゃないわ！　あなたなんか彼女にくれてやる！」

ポリーは立ち上がろうとしたが、ヘンリー卿がその手首をつかんで押しとどめた。「じゃあ、あなたはぼくが彼女とリッチモンドで会う約束をしていたと思っているんだね？」

ポリーは努めて冷笑的に言った。「そんなことだろうと思っていたわ！　でも、誤解だったのかもしれない！　あなたはたまたまめぐってきたチャンスに飛びついただけかも！」

ヘンリー卿は依然おもしろがっているようすだったが、今はそのほほえみにやや陰りがあった。「いやいや、お察しのとおり！　ぼくは確かにレディ・ボルトと会う約束をしていたんだ。ただし、たぶんあなたが勘ぐっているようなこととは違う理由でね！」

「それがどんな理由かは誰だって推測がつくに決まっているでしょう！」ポリーは自分の抱いていた疑惑がいとも平然と認められてしまったことに傷ついていた。明らかに、ヘンリー卿は礼節などといったものをまったく意に介していないのだ！

「それで、もしぼくが、犯した罪以上に非難されていると言ったら？　キスしたというよりはむしろ無理やりされたんだと言ったら……それがどんな気持ちか知りたいかい、レディ・ポリー？」

一瞬ふたりの視線が火花を散らし、ポリーは反射的に二十メートルほどしか離れていない館のほうを見た。

「まさかやる気じゃないでしょう！」

「危険な決めつけだな！」

あとになってからも、ポリーはどこまで強制され、どの程度自分の意思で動いたのか、まるでわからなかった。とにかくヘンリー卿は彼女にキスし、彼がキスをやめたとき、ポリーは彼の腕の中にいた。どうしてそうなったのか、どれぐらいその状態でいたのか、まったく見当がつかない。実際、記憶に残っているのは彼にキスされる甘美な喜びだけだ。その快感を否定しようとしても愚かだった。彼女は自らヘンリー卿に体をすり寄せて、喜びをもらしてしまっていたのだから。

「ああ、いとしい、レディ・ポリー」ヘンリーは後悔の口調で言った。「ぼくがレディ・ボルトに唇を奪われたときとは違って、あなたはさほど嫌悪感を感じなかったようだね！」

彼は平手打ちしてやりたくなるような嘲笑《ちょうしょう》をポリーに向けると、マナーを平気で無視して彼女を椅子に置き去りにし、館の中へ入っていった。

「まあ、いやだ！」伯爵未亡人が急いで芝生を横切りこちらへ向かってくるのを見て、ポリーは思わずつぶやいた。

「ぐあいが悪いの？」母は心配そうに顔をしかめて尋ねた。「なんだか胸焼けでもしているような声を出していたわね！　それにヘンリー卿も、あまり気分がよくないようだっておっしゃっていたし。暑さが頭にきているみたいだって！」

「なんですって！」ポリーは怒りで体が張り裂けそうな気がした。「なんてうぬぼれ屋のしゃくに障る男かしら！」

伯爵未亡人は心配顔だ。「ねえ、あなた、もう少し感謝しなくてはだめよ！　ヘンリー卿には一度ならず危ないところを助けてもらったんだから。好きになれなくても、少なくともそういうふりはしておかないとね！」

# 9

翌日、ヘンリー卿《きょう》がわざわざ母と妹をエスコートしてディリンガムを訪ねてきて、ポリーはますますしゃくに障った。ポリーはヘンリー卿に軽率なことを言って、さらなる侮辱の機会を彼に与えたことで自分を責め、なかなか寝つけないまま朝を迎えていた。少し冷静になって初めて、レディ・ボルトと会う約束をしたのは世間が思っているような理由からではないと彼が言ったのは、いったいどういう意味だったのだろうと思いをめぐらせた。しかし考えあぐねても、わかりきった答え以外は思いつけなかった。ヘンリー・マーチナイトを包むさまざまな謎《なぞ》に、またひとつの謎が加わったのだ。

運よく、ポリーは客間に座ってヘンリー卿と礼儀正しく会話することは避けられた。ニコラスが厩《うまや》を見せようとヘンリーを誘い、ふたりは婦人たちを残して部屋を出ていったからだ。

公爵夫人とシーグレイブ伯爵未亡人は親しい間柄ではなかったが、すぐに共通の知り合いやら経験といった話題を見つけ、気楽なおしゃべりを始めた。ローラは内気な微笑を浮かべてポリーのほうに向き直り、オレンジ温室栽培園を見せてもらえないかと頼んだ。

「十七世紀からあるもので、とても立派だと聞いたので」母屋と温室を結ぶ柱廊をポリーとともに進みながら、ローラが打ち明けた。「ミスター・ファラントからこの館《やかた》と村の歴史を少し教えていただいたんだけれど、一六九〇年にはもうここでレモンが栽培されていて、あなたのご一族はその伝統を守ろうとしていらっしゃるとか！　すてきだこと！　彼ってとても感じのいい紳士でしょ？」

ついついヘンリー卿のことを考えてしまっていたポリーは、すでに会話を自分の関心事へと向けようとしているローラのきっぱりとした態度を、少し驚きつつもおもしろく思った。彼女はほほえんだ。

「本当にそのとおり！　わたしたちは物心ついたころからチャールズ・ファラントとは知り合いだけれど、昔からとっても陽気で楽しい人だと思っていたわ」

「わたし驚いたんです」ローラはポリーの視線を避け、少しためらいがちに言った。「あんな立派な方がまだ独身だなんて。でも、たぶんなにか約束でもした方が……つまり、たぶんもう誰かいい方が……」彼女は言いよどみ、灰色の瞳に期待をこめてポリーを見つめた。

ポリーがドアを押し開き、ふたりは柑橘《かんきつ》類の香りの立ち込める湿度の高い温室へ入った。

「いいえ、それは単にミスター・ファラントがまだ、独身生活を捨ててもいいと思えるだけの人に出会っていないからだと思うわ！　結婚前のルシール、つまり今のレディ・シーグレイブのことはとても気に入っていたみたいだったけれど、きっと今までまだ一度も結婚したいって気持ちになったことがないのよ」

ローラはポリーの言葉にじっと耳を傾けている。彼女の熱心な態度にポリーは興味をそそられた。明らかにこれはローラにとって重大問題なのだ。

「お家柄は？」美しい鉢に植えられたオレンジを愛《め》でるふりをしながら、ローラはさらに尋ねた。「お家柄も立派なんでしょう？」

ポリーの唇がぴくりとした。「ええ、それはもう申し分ないわ！　でも……」やはり警告しておくべきではないかと、彼女はためらった。「ごめんなさい。あれこれ詮索《せんさく》するつもりはないのよ。ただ、ミスター・ファラントが公爵令嬢の求婚者として、笑顔で迎え入れられるかどうかは、わたしには確信が持てないの！　彼の領地は比較的小さいし、古くから続く家柄ではあるけれども――」彼女は驚いて言葉を切った。ローラが急にわっと泣き出して、ペンキで塗られた木のベンチにへたり込んでしまったからだ。

「まあ、どうしましょう！」ポリーはぎょっとするのと同時に心を動かされ、ローラの傍らに座った。「本当にごめんなさい！　あなたを動揺させるつもりはなかったのだけれど……」

「いいえ」ローラはハンカチーフを手探りしながら言った。「すべてわたしが悪いんです、レディ・ポリー！　ああ、ありがとう……」彼女はポリーが手に握らせてくれたハンカチーフを受け取った。「わたし彼を心から愛していて、だから、この現実に耐えられそうもなくて！」

率直な告白にポリーは黙り込んだ。どうやらマーチナイト家は感情を抑える家風ではなさそうだ。それとも、ローラの思いはあまりにも強く、若くて未熟な彼女にはそれが隠しきれないだけなのか。

「あなたのおっしゃったとおりなの」ローラは真っ赤になった目の涙をぬぐいながら、絶望的な口調で続けた。「ヘンリーはミスター・ファラントとは友だちだから、反対したりしないと思うの。でも、母にはけさ言われたんです。ミスター・ファラントはとても感じのいい方だけど、わたしの結婚相手にはふさわしくないって。母は彼のわたしへの好意が目立ちすぎるようになってきたと感じていて、わたしが突き放すべきだと言うんです。でも、わたしは彼に冷たくするなんていや！」彼女の声がいちだんと高くなった。「母はきっと彼に警告してわたしから遠ざけるでしょう！　そうでなければわたしがよそへやられてしまう！　ああ、いったいどうすればいいのかしら？」

賢明にと諭すにせよ親に逆らえとあおるにせよ、自分はローラに忠告するのにあまりふさわしい人間ではないかもしれないと、ポリーは思い至った。ローラは知らないことだが、親に説得されてヘンリー卿の求婚を断ったとき、ポリーは今の彼女と同じ年ごろだった。だが、一見したところいかにもやさしい性格のローラ・マーチナイトは、ポリーなどよりずっと信念も決意も固いようだ。ローラはチャールズ・ファラントへの愛を確信していて、ひるむことなくそれを認めている。自分自身の疑念やためらいを思うと、ポリーはなんだか自分には彼女に忠告する資格などないように思えてくるのだった。

ほっとしたことに、ローラは胸の思いを吐露しただけでだいぶ気分がよくなったようで、今は涙をぬぐい、身だしなみを整えていた。

「ひどい姿でしょう」彼女はそう言うと、気力を奮い起こしてなんとか笑顔を作ろうとした。「本当にごめんなさい、レディ・ポリー」

ポリーはローラの手に触れた。「謝ったりしないで！　あなたの気持ちはよくわかるわ！　信じてちょうだい！　だから、わたしの忠告は、自分の心には逆らえないってこと。でも、急いで結論は出さないで！　あなたの愛情がどれほど揺るぎないものかがわかれば、ご両親も考え直してくださるかもしれないのだし」

ふいにローラの瞳に明るい決意の火が灯《とも》った。「ええ、そうします！　ありがとう！」

「じゃあ、わたしの部屋でお化粧を直しましょう」ポリーは立ち上がった。「どのみちここは暑すぎるわ！　でも、こんな暑い日でよかった！　あなたのお母様には日差しがまぶしすぎて涙が出たって言えばいいのよ！」

しかし、ふたりは運悪く、ポリーの部屋から出て階段を下りたところで、厩から館へ戻ってきたヘンリーたちに会ってしまった。ヘンリーは探るような目で妹を見てから、同じように鋭い視線をポリーに向けた。ポリーは彼の視線をなんとか平然と受け流そうとした。ローラの目はまだ少し赤みがかって腫《は》れぼったく、彼女は慌てて日差しの下に出ていたせいだと言い訳したが、ヘンリーは露骨に信じられないという顔をした。それでもポリーが母親たちのいる客間へ戻ろうと言ったときには、彼も反対しなかった。

「ローラはチャールズ・ファラントの件をあなたに打ち明けたんだな？」ポリーのために客間のドアを開けると、ヘンリー卿は彼女の耳元で小声でささやいた。「あきらめるしかないと、うまく諭してくれたのならいいが！」

ポリーの目がきらりと光った。「あなたはきのうはミスター・ファラントとの友情を語っていたんじゃなかったかしら！」さらに軽食を用意するように鳴らしたベルの音にまぎらわせて、彼女は鋭い口調で言った。

それ以上話はできなかったが、ヘンリー卿の言葉の意味を思うとポリーの心は沈んだ。彼に妹を助けてやる気持ちがないとしたら、ローラの恋の見通しはかなり暗い。

洞察力の鋭い息子とは違って、公爵夫人はローラの言い訳を信じてくれた。パラソルも持たずに日差しの下に出るなんてとローラを叱《しか》りつつ、公爵夫人はポリーの肌を丹念に眺めて、ひとつのそばかすもないのを確かめると小さくうなずいた。

「今度はレディ・ポリーとぼくで庭を散歩したいな。もちろん、パラソルを持って」ヘンリーがいたずらっぽく言った。

彼の母は顔をしかめた。「いい考えね。でも、きょうはだめよ！　もうそろそろフィッツジェラルド家へうかがう約束の時間でしょう。忘れたの？」彼女はゆっくりと立ち上がると、優雅に別れの挨拶《あいさつ》をした。ポリーは一瞬、ローラもいつか母親と同じくらい太ってしまうのだろうかと思った。

「かわいいわ」館を出るときに、公爵夫人はポリーの頬に触れて言った。「とっても魅力的。いい娘さんを持たれてお幸せね、伯爵未亡人。では、できればまた近いうちにお会いしましょう！」

ごとごとと走り出した馬車を見送りながら、ニコラスはたまらず笑い出した。「おまえは母親から合格印をもらったんだと思うよ、ポリー」彼は言った。「なんという爵位授与式だ！　マーチナイト公爵夫人がおまえに嫁の称号を与えてくださったぞ！」ポリーは複雑な気持ちだったが、とにかくあの公爵夫人を受け入れるのは、よほどヘンリーを愛している人でないと無理だということははっきりしていた。

「あら」伯爵未亡人が公平に言った。「ローラ・マーチナイトだってかわいい娘さんだわ。従順でお行儀がよくて！　サラ・マーチナイトもついさっき、ローラには一度も手を焼かされたことがないって言っていたのよ！　あら、どうしたの、ポリー……」彼女は心配そうに娘を見た。「なんだか急に青ざめてしまって！　日に当たりすぎたのね！　ああ、本当に夏の暑さっていやあね！」

ポリーは実のところ、ローラに道を踏み誤らせることと、ヘンリー卿の花嫁候補と見なされることについて考えていたのだ。ほんの十五分前にポリーがローラにした忠告を母が知ったら！　それに、ヘンリー卿のようにころころ人格が変わる人間なら、どんな相手とだって結婚できると言ったら、みんなどんな顔をするだろう！

ゆっくりと玄関の階段を上るポリーを追い越して、伯爵未亡人はメドリンに召使いに下水溝をよく調べさせておくようにと指示した。「この暑さだと、いろいろな有害ガスが発生しそうだから！」

砂利を蹴《け》散《ち》らす馬の蹄《ひづめ》の音に、館へ入りかけていたポリーは立ち止まった。馬に乗った男が私道を駆け上がってきて、彼女の目の前で鞍《くら》からひらりと降りると、家に帰ってきたのがいかにもうれしそうなようすで、にこにこしている馬丁にぞんざいに手綱を放《ほう》り投げた。

「ピーター！」

ピーター・シーグレイブは妹を抱き上げ、くるりと回した。

「やあ、ポリー！　今訪ねてきた人は誰？　なかなかかわいい娘《こ》だったじゃない！」

「ピーター」ポリーはとがめるように言った。「彼女はレディ・ローラ・マーチナイトで、まさにあなたのような放蕩者《ほうとうもの》を避けるために田舎へ来ているの！　それに」彼女はちょっとほほえんだ。「チャールズ・ファラントと優先権を争うことになるわよ。

一週間前に出会ったばかりなのに、彼はもうローラに夢中なんだから！」

「そういうことなら……」ピーターは妹を下ろし、少しだけ不満げな微笑を浮かべた。「快くファラントに譲ってやるとするか！　ぼくはここではあまり歓迎されないんだろうなあ！　でも、ほかに行くところがないんだよ！」

ポリーは兄の腕を取った。「お兄様は確かにお母様の聖人列伝には載っていないけど、お母様はいつだってお兄様に会えるのを喜んでいるのよ！　いったいなにがあったの、ピーター？」

「すかんぴんさ」兄はしぶしぶ打ち明けた。「一文無しだ！　ああ、ポリー、ぼくは大ばか者だよ！　ヘッティがエドマンド・グラントリーと婚約すると聞いて、ぐでんぐでんになるまで酔っぱらって、すっかりウェラーデンの仲間たちにかもにされてしまった。それで母上のお情けにすがりに来たんだ！」

「お母様だけじゃないわよ」ポリーは言った。「ニコラスもこっちへ来てるの。彼とルシールは早めに新婚旅行を切り上げたのよ。ルシールに赤ちゃんができたから。あなたの知らないことだらけでしょう、ピーター！」

「そうみたいだね」ピーターは明らかに、甥《おい》か姪《めい》ができるといううれしいニュースと、予期せぬ兄の滞在を知った不安とに引き裂かれていた。

ポリーは兄の腕を握りしめた。「大丈夫よ。だけどお兄様はどうやってヘッティの婚約を知ったの？」

「レディ・ボルトが教えてくれたんだ」ピーターは苦々しげに言った。「彼女もウェラーデンのところにいたんだよ。ヘッティから直接手紙をもらったと言ってた！　レディ・ボルト本人の口から聞いたんだからね。ちゃんと馬の歯を見て年を確かめるってやつさ」

レディ・ボルトについてはいろいろ言われているが、馬にたとえられるのはいちばんましなほうかもしれないと、ポリーは思った。

「ミセス・マーカムがヘッティとレディ・ボルトの文通を許すとは思えないわ」彼女は慎重に言った。

「たとえ乳姉妹でもね！　だまされたのよ、ピーター！」

ピーターは愕然《がくぜん》としているようすだ。「くそ、そんなこと考えてもみなかった！」彼は玄関ホールに立ち尽くした。「腹黒い怪物女め！」

「お兄様はレディ・ボルトにのぼせているんだと思っていたけれど」ポリーは吹き出しそうになるのを抑えて言った。「やたらと彼女を崇拝していたし、彼女が自分よりガーストンを選んだときはずいぶんがっかりしてたじゃないの！　それなのに、今はあまり好意的じゃないのね！」

ピーターは妹をにらみつけた。「そんなこと言わなくてもいいだろう、ポリー。確かにそのとおりかもしれないけどさ！」彼は急ににやりとした。「真実を言えば、あの女は嘘《うそ》つきの売女《ばいた》だね！　どのみち、ぼくには彼女を自由にするほどの金はない！」

レディ・ボルトへのどぎつい罵倒《ばとう》の言葉は、ポリーの耳にはなんとも心地よかったが、彼女はもっと重大な問題に戻ろうとした。

「でも、ヘッティのことはどうするつもりなの？」

ポリーは真剣に尋ねた。「その婚約の話はまるっきりでたらめかもしれないし、お兄様は今でもヘッティのことを思っているんでしょう？」

「もちろん、思っているとも」ピーターはすねた口調で言った。「あの愚かな小娘はエドマンド・グラントリーとじゃなく、ぼくと結婚することになっていたんだからね！　ぼくだってこんなところで手をこまねいていたくはないよ、ポリー。でも、ぼくになにができる？　まさかキングズマートンへ駆けつけて、彼に決闘を申し込むわけにもいかないだろう」

「少なくともキングズマートンへ行ってどうなっているのかを確かめることはできるわ」ポリーは期待を込めて示唆した。

兄は納得できない顔だ。

「まずは兄さんのところへ行って話し合ってから、どうするかを決めるよ」ピーターは渋い口調で言った。「兄さんはぼくがウェラーデンで大損したのを知ったら、きっと怒るだろうな。ウェラーデンが餌《え》食《じき》にしようとねらっている鳩《はと》はぼく一羽じゃないんだけどね。マーチナイトも二、三日のうちに来るって聞いたし。彼の賭博《とばく》好きは有名だろ！　レディ・ボルトは彼が来ると聞いてもう有頂天さ！」

「ヘンリー卿が？」ポリーは驚くのと同時にいらだった。「でも彼は四日前にウッドブリッジへ来たばかりよ！　まだ着いたばかりなのに！」

「でも、もうすぐウェラーデンの館に現れることになっているんだ」ピーターはきっぱり断言した。「ウェラーデン本人から聞いたんだから！　さっきも言ったけど、レディ・ボルトはじりじりしながら待ってるよ！　そうなったらもう、彼女はひと晩りとも自分のベッドを冷やすつもりはないのさ」最後に聞くに耐えない捨てぜりふを残して、ピーターは足早に兄の書斎へと向かった。さまざまな感情を、しかもいやな感情ばかりを、妹の胸にかき立てたことも知らずに。

母ががっかりしたことに、ピーターは一日しかディリンガムに滞在しなかった。彼は兄との不愉快な話し合いを終え、三十分後に唇を固く結んだまま無言で書斎を出てきた。

翌朝、夜明けとともにピーターはキングズマートンへ出発した。

「なにもかもうまくいくといいんだけど」ディリン

ガム・コートの館の緑の芝生に立てた巨大なテントの下に義妹と並んで座り、ルシールはため息をついた。「わたしが去年、ヘッティにピーターの求婚を受け入れるように勧めたのは、間違いだったのかもしれない。彼女はなんといってもまだ若いし、結婚って人生の一大事だもの。悲しいことに、この数カ月で彼女の素行の悪さがわかってしまって……」

「それはピーターも同じよ」ポリーは率直に言った。「レディ・ボルトとの醜態がいい例だわ！　彼とヘッティはお似合いなのよ！」

ルシールのおもしろがりながらも心配そうな視線を受け止める前からもう、ポリーは自分の言葉が不機嫌に響くのはわかっていた。ヘンリー卿がまたレディ・ボルトとくっつくというピーターの情報は、ポリーを驚かせはしなかったが非常に不快にした。ピーターの突然の到着と出発を嘆く母を慰めることさえ、彼の出現がこんないやな知らせをもたらしただけに、耐えられないほど苦痛だった。

「おやまあ、ずいぶん辛辣《しんらつ》だこと！」ルシールは穏やかに言った。「まるで痛風かなにかに苦しんでいる人みたいよ！　ひょっとして、あなたのほうもうまくいってないの？」

「あなたって本当に鋭いわね、ルシール」ポリーは半ばほほえみながら認めた。少し機嫌が直ってきた気がした。「実はここ数日、わたしは人にはいろいろ忠告しているのに、自分のことになるとまるでだめという感じなの！」彼女はため息をつき、肝心の問題を告げた。「ピーターから聞いたんだけれど、ヘンリー・マーチナイト卿がウェラーデンのハウスパーティーに参加するんですって。いろいろな形でね」

ルシールは手にしていた本を脇《わき》に置いた。「それは大問題だわ！　つまり、ヘンリー卿がレディ・ボルトと愛人関係になるってことでしょう？　ピーターの勘違いじゃないの？」

ポリーは憮然《ぶぜん》とした顔で肩をすくめた。「リッチモンドであれだけ派手に見せつけてくれたんだもの。そんなに驚くことかしら。確かにヘンリー卿はわたしには彼女との仲を否定したけれど、わたしは信じられなかった！　まったくとんでもない女だわ！　ピーター、ヘンリー卿、ガーストン公爵と、数週間のうちにころころ取り替えて！　とにかく……」彼女はまた肩をすくめた。「わたしはもう知らないし、どうでもいいの！　もうヘンリー卿なんてうんざり！　彼はまるで鬼火みたいに、永遠にあっちへふらふら、こっちへふらふらしているのよ！　もうがまんの限界だわ！」

「確かに人生になんの目的もない人にしては忙しすぎるようね」ルシールは真顔でうなずいた。彼女はヘンリー卿の活動についてニコラスから教えてもらった、ある秘密の情報を思い出していた。

「目的がないですって！」ポリーの怒りがまた新たによみがえってきた。めったに怒らない人にありがちなのだが、彼女もいったん怒り出すと怒りが爆発してしまう。「賭事《かけごと》と放蕩で十分目的はあるようよ！　それから、ロンドンの社交界の半分と売買契約を結んでいるレディ・ボルトとくっつくことかしら！　わたしは彼女のお下がりなんていらない！」

「あら、まあ」ルシールの唇がほころんだ。「あなたは今でもまだ、どうしようもなく彼を愛しているのね！」

「あの人を愛してるですって！　わたしは次に求婚してきた男性と、すぐ結婚するつもりよ！」

ルシールと目が合うとポリーの怒りも徐々に静まって、悔しいながらなんだかおかしくなってきた。

「ええ、確かにわたしは愚かだわ。彼みたいな人を求めてしまうなんて……」

「絶対にそんなことないわ！」暖かな日差しの中で、

ルシールは猫のように伸びをした。「むしろ、二番目に好きな相手で手を打つほうが愚かよ！　それにわたしはまだ、ヘンリー卿がスザンナのけばけばしい魅力に屈したとは信じきれないの！」彼女はあくびをした。「ヘッティがあなたと同じ気持ちでいないことを祈りましょう！　でないとピーターはひとりで家に戻ってくることになるわ！　彼女にだっていろいろ非はあって、ピーターを許してしかるべきなんだから！」

ポリーはため息をついた。きょうもいい天気の一日になりそうなのに、なんだか心が晴れない。

「愛なんて！」彼女はいまいましげに言った。

「たいていの愛はただの狂気の沙汰《さた》」ルシールは軽い口調でシェークスピアを引用した。「ああ、わたしはどうしていつもこんなに疲れているのかしら」

そして彼女は座ったまま眠りに落ちた。

ニコラスもピーターとの話し合いで、弟に劣らず不機嫌になっているようだった。昼食の席での彼は不作法と言っていいほどぶっきらぼうで、きょうはいろいろ領地を訪ねる用があると告げ、意外なことに馬で一緒に来ないかとポリーを誘った。天気もいいし久しぶりに涼しかったので、ポリーはいそいそと承諾した。ふたりは二軒の小作農家を訪ね、ポリーがやさしくて断りきれないせいで、それぞれの家で紅茶とケーキを振る舞われた。そして最後は海辺の湿った芝沿いに馬を疾走させ、館へと戻った。

新鮮な空気と体を動かしたおかげで、ポリーの心もすっかり晴れたのだが、運の悪いことにディリンガム・コートへと続くライムの並木道へ入ったところで、彼女の不機嫌の原因が目の前に現れて、せっかくの午後が台なしになってしまった。

ヘンリー・マーチナイト卿は優美な鹿毛《かげ》の馬に乗り、私道を早足で下ってきたが、ポリーたちに気づいて急いで手綱を引いた。

「シーグレイブ卿！　レディ・ポリー！　やあ、運がよかった！　館へ訪ねていって、領地へ出かけて留守だと言われたところだったんだ。別れの挨拶に来たんだよ。ぼくはあすここを発《た》つので」

ピーターの断言の直後だけに、ヘンリー卿がウェラーデンのハウスパーティーに参加するのではというポリーの疑念はますます深まった。思わず手綱を持つ手に力がこもり、栗毛《くりげ》の雌馬が少しいやがった。

「もう戻っていらっしゃらないのかしら、ヘンリー卿？」彼女はわざと甘ったるい声で尋ねた。「あなたって永遠にあちらこちらへ旅してらっしゃるみたい！　ずいぶんお忙しいこと！」

ポリーは兄が一瞬にやりとしたのが目に入った気がしたが、ヘンリー卿のほうは平然としたままだった。

「ほんのつかの間の別れだよ、レディ・ポリー」彼はやけにうやうやしく言った。「知ってのとおり、ぼくはこの世にサフォークほど気に入っている土地はないんでね！　都合がつきしだいすぐ戻ってくる」

ポリーは自分の乗馬用手袋をしげしげと眺めた。

「それで、今度はどこへ行かれるの？」彼女は別にたいしたことでもないように問いかけた。「今年の夏は、バッキンガムシアが大人気だと聞いていますけれど！」

ヘンリー卿は眉をつり上げた。彼のもの憂げで人の反応を楽しむような態度に、ポリーは怒りで体が熱くなってくるのを感じていた。つまり、彼は気晴らしでポリーの心をもてあそび、気の向くままにまた新しいゲームを始めるわけだ！

「幸運と道中の無事を祈っているよ、マーチナイト」ニコラス・シーグレイブは身を乗り出し、ヘンリー卿と握手した。ポリーはこの男同士の共犯関係の誇示のような場面にいらだったが、同時にふたりが意味あり気なまなざしを交わすのにも気づいていた。彼女は少し顔をしかめ、馬の向きを変えて去っていくヘンリー卿を見送った。まるで兄はなにかを知っているみたいだが、いったいそれはなんなのだろう？　ヘンリー卿は本人も認めているように、快楽の追求が最大の関心事といった人物だが、彼の人格にもっと別の謎めいた部分があるとしたら、兄はいったいそのなにを知り得たのだろう？

「彼が賭事で、幸運に恵まれるよう祈るわけね」ポリーは腹立たしげに言った。

「すべてにおいてで、だよ」ニコラスはさらりと答えた。

レディ・ローラ・マーチナイトは定期的にディィリンガム・コートに訪ねてくるようになり、ポリーと一緒に散歩をしたり、牧歌的な景色に向かってイーゼルを立てては、水彩や素描でその美しさをとらえようと試みたりした。ローラはあれ以来、ミスター・ファラントとのあいだに芽生えた思いを口にすることはなく、ウッドブリッジでの夜会やパーティーでも、公爵夫人の厳しい監視の下、彼を避けているようだ。地位と名誉が勝利するのを、ポリーは悲しく思いつつも驚きはしなかった。公爵夫人が断固として許さない以上、ロマンスを育てていくのは困難だ。ポリーはなにも尋ねず、ただローラとともに過ごす時間を楽しんだ。ディットン家の面々に比べると、彼女は本当に楽しい話し相手だった。

ディットン家の面々は、特に自分たちがつき合いたいと思っている相手に対しては執拗《しつよう》に社交的で、彼らからの招待をすべて断るのは無理だった。彼らと一緒にウッドブリッジの町の劇場へ行くのをなんとか断ったポリーは、次の熱心な招待は受けざるを得なくなった。かつてはフランシスコ会の小修道院で、その廃墟《はいきょ》がことのほかロマンティックで美しいというマイアミンガム大修道院へ、またもみんなで出かけるのだという。景色は確かに美しかったが、うさんくさいお世辞をポリーに言おうかローラに言おうかと迷っているミスター・ディットンと、自分が注目の的ではないのですねているミス・ディットンの存在が、ポリーにはなんとも苦痛だった。

「レディ・ポリーはずいぶん日に焼けてきたわ」その日の終わりに馬車へ戻ると、ミセス・ディットンがかすかに悪意をにじませ伯爵未亡人に言った。

「わたしはうちのサライアには、パラソルも持たずに日差しの下を歩き回ることは勧めませんわ！」

シーグレイブ伯爵未亡人はじっと見つめてみたが、娘の肌は健康的な輝きを放っているだけだった。

「ポリーのお肌はとてもいい状態のようよ」伯爵未亡人は冷ややかに言った。「それに、あの子はいつもとてもつばの広い帽子をかぶっていますの！」

全員がロマンティックな廃墟に心を癒《いや》されることもなく、ぎすぎすした気持ちで家路へとつき、二日後、コールド・ハロウの定期市へみんなで行こうという誘いも、ポリーは断りたくてたまらなかった。ところが意外なことに、ローラ・マーチナイトがとても熱心に行きたがって、ほとんど懇願するようにポリーも一緒に行こうと誘うのだった。

「定期市はきっととても楽しいわ、レディ・ポリー」ローラは期待をこめたまなざしで言った。「きっとあなたも行ってよかったって思うはずよ！」ポリーがしかたなく承諾すると、ローラの不安げな顔に安堵《あんど》の微笑が広がった。

結局のところ、ポリーは定期市見物をけっこう楽しんだ。コールド・ハロウは小さな町だが、その定期市は近隣でも有名だ。まずは布告を町に触れ回る役人がベルを鳴らして市の開催を告げ、四人の町の高官を伴った町長が通りを練り歩く。金と青のかなりぼろぼろのお仕着せ姿で、やけにもったいぶって歩く町長たちの姿に、ポリーとローラはたまらず笑ってしまった。

開会式が終わると、商人や露天商が商品を売り始める。訪れた人々は屋台のあいだをそぞろ歩き、家畜の品評会から小さなサーカスまでと、さまざまな催し物を見物する。トリスタン・ディットンはご婦人方の前ではマナーに反すると抵抗したものの、ボクシング小屋で力試しをすることになった。そして、サフォークのチャンピオン、マル・マーコンブにあっという間にのされてしまった。

「あら、まあ」レディ・ローラがポリーの耳にささやいた。「きっとミスター・ディットンのプライドはずたずたね！　すごく怒っているみたい。彼に八つ当たりされないように、わたしたちは先へ行きましょう、レディ・ポリー！」

天気もよく、そよ風が吹いていて、人込みの中をぶらぶらと歩きながら、なにかいいものはないかと探すのは楽しかった。レディ・ローラはポリーの腕を取った。

「まあ、見て、ジプシーの占い師ですって！　わたしあそこで自分の運命を見てもらいたいわ！」

こんなところに入るのをマーチナイト公爵夫人は許してくれるだろうかと、ポリーはためらった。振り返ると、きょうのポリーたちの付き添い役のミセス・ディットンはかなり後ろのほうにいて、子供たちふたりとともに怒った露天商と口論をしているようすだ。ポリーはうんざりした。彼女たちのところへ行って口論の巻き添えになるのはごめんだし、レディ・ローラはもうテントの入り口に立っていて、垂れ布をめくって中に入ろうとしている。

「わかったわ」ポリーは力ない声で言った。「わたしはここで待っているから、ローラ。だまされて高いお金を取られちゃだめよ！」

しかし、もう遅かった。レディ・ローラはすでに甘い香りのする薄暗いテントの中に姿を消していた。ポリーはため息をつき、草の上に腰を下ろして待つことにした。

ぽかぽかと暖かくて、ポリーはいつの間にかうとうとしていたようだ。だが、目を開いて見るとさっきとなんの変化もないように見えた。ディットン家の人々の姿が見えないのは大いにありがたいが、まぶしい日差しにまばたきすると、レディ・ローラがミスター・ファラントと腕を組み、回転木馬の後ろに消えていったのが見えた気がした。ポリーは慌てて立ち上がり、テントの垂れ布をめくってジプシーの店をのぞき込んだ。

黒い好奇心に満ちた目が、ポリーの頭のてっぺんから爪先までを見回した。

「占いかい、お嬢さん?」老女はそう尋ねると、片手を差し出してポリーをテントの奥へ招き入れようとした。「あなたの心を盗もうと待っている、ハンサムな紳士のことをなにからなにまで話してあげるから――」

「いえ、けっこうよ」ポリーは急いで言って、テントから出た。つまり、ローラは逃げ出したのだ! ポリーは遊園地まで続く屋台のあいだを急いで通り抜けていった。ふたりはどこへ行ったのだろう。ローラのほっそりとした姿はどこにも見当たらない。羊につけるベル、深靴、労働者用のスモック、バーミンガム製の宝飾品類……。ポリーは頭がくらくらしてきた。遠くにローラが見えたと確信して急いで角を曲がると、また占い師のテントの前に戻ってきてしまっていた。そして今度は、そこにいるのはポリーひとりではなかった。

「こんにちは、レディ・ポリー」ヘンリー卿が礼儀正しく言った。

彼の突然の出現と、彼の妹を監視する役目を果たせなかったことの二重のショックで、ポリーはしばし黙り込んだ。ヘンリー卿はごくかすかにほほえんでいた。

「ひょっとして、またみんなとはぐれてしまったのかな？」

「いいえ、もちろん違うわ」ポリーはぴしゃりと言うと、よりにもよってこんな状況でヘンリー卿につかまるとはと、情けない思いでスカートについた草を払った。「さっきディットン家の人たちがあちらにいるのを見たし、わたしはレディ・ローラを待っていて——」

「妹は占い師に見てもらっているとあなたに思い込ませて、実際は逢引《あいびき》していた」ヘンリー卿は少し渋い口調で言った。「だから、あなたはマダム・ローズのテントの前にいるわけだろう、レディ・ポリー？　ほどなく背の高いブロンドの紳士があなたの心をさらっていくと保証してもらうのに、金を払う気にはならなかった？」

大部分は不快なものだが、とにかくさまざまな感情がポリーの胸でひしめき合っている。ヘンリー卿を満足させるのが悔しいので、彼女は答えないままでいた。彼が差し出す腕をポリーが取って、ふたりはゆっくりと屋台のあいだを歩き出した。

「あなたの人のよさにつけ込むなんて、ローラも本当に質《たち》が悪い」しばらくして、根っから礼儀正しいポリーがローラを悪く言えないでいるのに気づいて、ヘンリー卿が言った。「ただ、妹はまだ幼い上に恋に夢中になっているし、真の友情を決して悪用してはいけないということが、まだわかっていないんだよ」

「せめてわたしに打ち明けてくれていたら……」ローラが家族をだますのを手伝うつもりでいたように聞こえては困るので、ポリーは言葉を濁した。ヘンリー卿が突然ローラを捜すために現れたこと、金を払うことと、そして妹の行動に対する彼の渋い表情は、ローラが明らかに兄の支持を得ていないことを示唆していた。

「確かなの?」ポリーは慎重に尋ねた。「彼女がミスター・ファラントと会うことになっていたのを、あなたは知っていたの? わたしは確かにさっき、ふたりを見かけたと思ったのだけれど」

「実際に見たのさ」ヘンリーの口調は厳しかった。「ぼくもふたりが鉄砲鍛冶《かじ》の屋台の前を通り過ぎていくのを見た。ローラのために言っておけば、ふたりはただ会って話がしたいだけだと思うが、それにしても妹はもう少し分別を持たないと……もちろん、彼女はきょうわたしがここへ来て、彼女の策略を見破るなんてことは思ってもいなかっただろうが」

ヘンリー卿の言葉に、ポリーの胸に同じように不快な別の問題が浮かび上がった。「あなたはウェラーデンにいらしたんでしょう」彼女は少し腹立たしげに言った。「あなたって永遠に行ったり来たりしている人なのね」

ポリーの瞳の好戦的な光に気づいて、ヘンリー卿はやさしく笑った。「ああ、またさかんにゴシップが流れているんだ! 確かにぼくはあちらで数日過ごして――」

「とびきり楽しい相手とでしょう」ポリーは思わず言ってしまった。

「ああ、最高さ! 決まっているだろう!」

ポリーは足を踏み鳴らしたい気分だったが、ヘンリー卿がわざと挑発しているのはわかっていた。

「言わせていただければ、その点に関してはわたしたちの趣味は違っているみたい」

「そう願いたいね!」ポリーの激怒の表情を見て、ヘンリー卿はまた笑った。「ねえ、ぼくがさまざまな土地を旅して、いろいろなことに興味を持っているのは知っているだろう、レディ・ポリー! あなたをからかっただけなんだよ!」

運よくそのとき、ポリーたちはミスター・ファラントとレディ・ローラを見つけた。ふたりは鶏の小さな群れを夢中で見つめていた。「最高の鶏ですよ、旦那《だんな》」家禽《かきん》商は熱心に言った。「それによそでは絶対にこんな値段じゃ手に入らない――」

「ヘンリー！」レディ・ローラが怯《おび》えた声で言った。彼女はポリーへと視線を移し、その頰は真っ赤に染まった。「レディ・ポリー、わたしは――」

「レディ・ポリーは今、おまえの言い訳など聞きたくないと思うぞ」ヘンリー卿は人を黙らせてしまう冷たい視線を妹に注いだ。「おまえはなんともひどい手口で彼女を利用したんだ。それからファラント……」彼は似合わぬロミオ役の友に目を向けた。「きみはもう少しましな人間だと思っていたんだがな！」

チャールズ・ファラントは口ごもりながら謝罪し、ローラは静かに泣き出した。家禽商はこの思いがけない展開に、帽子を脱いでやれやれと頭をかいている。周囲の視線が集まっていた。ポリーはヘンリーの腕に触れた。スキャンダルにはすこぶる鼻のきくディットン家の面々が、屋台の列の中をこちらへ向かってくるのが見えたからだ。

「話はあとにしましょう」ポリーは急いでささやいた。「わたしたちは偶然会ったふりをしないと！ミセス・ディットン！」彼女は輝くような笑顔で振り返り、夫人を迎えた。「見つかってよかった！ごらんのとおり、ミスター・ファラントとヘンリー卿もここへいらしてたの！天気がいいとみんな出かけたくなるものなんですね！」

ヘンリーはこの猿芝居に少々苦笑しつつも、やすやすとポリーに調子を合わせた。「ファラントからここの定期市は郷士色豊かなことで有名だと聞いて、見物に来てみたんです。ぼくはきのうバッキンガムシアから戻ったばかりで……」

新鮮な空気と明るい日差しのただ中にいながら、それとはまるで不似合いのレディ・ボルトの姿がまた、ポリーの胸に浮かんだ。それでますます不快になってくる。ローラはまだ少しすすり泣いているので、ポリーは彼女の腕を取った。ミス・ディットンの詮索好きな視線からローラを遠ざけなくては。

「ごめんなさい」早く馬車へと促すポリーに、ローラがささやいた。「あなたを信用していなかったわけじゃないんだけど、チャールズに誰にも言っちゃいけないって言われて！　わたしは本当に愚かだった……」

ポリーの胸は同情に痛んだ。このさして秘密でもなかったロマンスが完全に花開いてしまった今、レディ・ローラがこれ以上サフォークにいることが許されるとは思えなかった。彼女は実際のところ、格別悪いことをしたわけでもないのに。ローラの赤い目を見ていたポリーは、ミス・ディットンが小走りになってこちらに追いつこうとしているのに気づき、少々いらだった。涙は隠せない。どう説明すればいいだろう？　彼女は持てる限りの才覚を駆使して、なんとかこの場を取り繕う方法を見つけようとした。

「占い師の言うことなんて、そっくりそのまま信じてはだめよ！」ポリーは大きな声で言った。「きっとわざとあなたを動揺させようとしたのよ！」

ミス・ディットンの貪欲《どんよく》な顔がローラの肩の向こうにのぞいた。「まあ、占い師はなんて言ったの？」

彼女は熱心に尋ねた。「レディ・ローラ、お願いだから教えてよ！」

灰色の瞳にかすかな悪意を光らせて答えたのは、ヘンリー卿だった。「妹はにせの友だちに気をつけろって言われたんですよ、ミス・ディットン。そして、真の友情は宝石よりも大切にしろと」

# 10

ウッドブリッジへの帰路は陰気な道のりとなってしまった。チャールズ・ファラントはマーチナイト家のふたりとは別に帰ることになり、レディ・ローラはまだ目にハンカチーフを当ててすすり泣いていた。ミス・ディットンは帰り道のあいだずっと、ローラとミスター・ファラントのことで意地悪な憶測をめぐらせ、ヘンリー卿《きょう》たちとポリーたちが出会ったときは、ポリーが言うような和気あいあいとした雰囲気ではなかったはずだ、もっと詳しく聞かせてと、ポリーに迫った。ポリーは頭が痛かった。これ以上嘘《うそ》をつくのはいやだった。それに、ローラにこんな扱いを受けた自分がますますみじめに思えてくる。ポリーは彼女が好きだったし、友だちだと思っていたのに。それに、ポリーがずっと抱いていた人目を忍ぶロマンスのイメージまで汚れてしまった。ヘンリー卿のことは考えたくもなかった。考えても憂鬱《ゆううつ》なことばかりなのだから。

馬車がディリンガム・コートの門に着くとやっとほっとした。ポリーはディットン家の馬車を降り、ライムの並木道を歩いて帰ると主張した。馬車回しの近くまで来て、前庭に旅行用の馬車が止まり、そのまわりにたくさんの荷物があるのに気づいて、彼女は驚いた。心は躍り、足取りは速まった。きっとピーターとヘッティがキングズマートンから戻ってきたのだ。それはつまりふたりが仲直りしたということで、今のポリーにはそういいニュースが必要だった。

紫檀《したん》造りの客間には家族全員が集まっていた。大きな青い瞳にカールした豊かな茶色の髪がかわいいミス・マーカムは、ピーターの腕にしがみつくようにして立ち、当惑したようすで伯爵未亡人の少々冷ややかな歓迎を受けていた。

「ヘッティとぼくは六週間以内に結婚することにした」ポリーがそっと部屋に入ると、ピーターが言った。「これ以上待つ意味はないからね。すでに一度、結婚式を延期したわけだし」

伯爵未亡人は少し青ざめ、驚きのせいもあってか、単刀直入に言った。「六週間ですって？　いろいろ噂《うわさ》されるわよ、ピーター！　みんなが言うでしょう。あなたが結婚式を早めて、早く結婚してしまおうとするのは……」

ヘッティは真っ赤になり、なにかつぶやいた。彼女が一瞬両手に顔をうずめるのを見て、ポリーは心配しつつも好奇心をそそられた。ピーターも赤くなっているが、ひるむことなく母の無遠慮な言葉を受け止めている。なんだかとても妙な空気だと、ポリーは思った。彼女はそっと暖炉のそばの椅子に座り、感謝の微笑を浮かべてルシールから紅茶のカップを受け取った。

「いいかげんにしてください、母上！」ピーターは慎重に言った。「ぼくたちが口さがない噂の的になるのはしかたないでしょうが、ぼくはそんなことでへこたれるつもりはありませんから！」

ポリーとルシールは目を見合わせた。館《やかた》を発《た》って以来、ピーターは精神的に成長したようだとポリーは思った。彼がヘッティを守ろうとする姿勢は非常にはっきりしていて、これはふたりの将来の関係の喜ばしい前兆に違いない。対照的にミス・マーカムにはいつもの生き生きとした快活さが欠けているようだが、それはピーターと仲たがいしていた決まり悪さのせいかもしれない。幸運にも、ふたりはその溝を乗り越えることができたのだが。

ぎこちない沈黙がこのまま続くような気配だ。ポリーは急いでヘッティに歩み寄ってキスし、彼女をソファのところへ連れていって、旅のようすや、ミセス・マーカムの回復ぐあいについて尋ねた。徐々にではあるがヘッティも緊張を解いて、おいしいハニー・ケーキの追加とお茶のお代わりが出るころには、ほぼいつもどおりにおしゃべりしていた。それでも、ポリーにはヘッティの態度がどこか不安定に思えたし、彼女は不安を静めようとするかのように、しょっちゅうピーターに目を向けていた。その日の出来事、特に定期市での危うい場面に疲れていたポリーは、ヘッティのようすがおかしいのに気づきつつも、きちんとそれについて考える気力がなかった。その後のにぎやかで楽しい家族の食事の席では、そんなことは心の奥に引っ込んでしまい、寝る前に鏡の前で髪をとかしているときにやっと、ヘッティの緊張したようすを思い出し、なぜだろうと考えた。答えは思いつけなかったが、ルシールに話してみなくてはと思いながらベッドに入った。ヘッティの悩みを知っている人がいるとすれば、それはきっとルシールだろうから。

その夜、ポリーが眠りに落ちたずっとあとで、ディリンガム・コートにひとりの訪問者があったことを知ったら、彼女はさぞかし驚いただろう。深夜まで書斎で古い領地の地図を調べていたニコラス・シーグレイブ伯爵に、メドリンが来客のカードを持ってきた。執事はその男を主人のところへ案内すると、もうやすんでいいと言われた。誰かに訪問者のことをきかれることもなかったので、朝になるとこの件は彼の記憶からすっぽり抜け落ちていた。

用件がすむと、ニコラスは客に二杯目のブランデーを差し出し、椅子の背に寄りかかった。

「それで、あなたの求婚はうまく進んでいるのかな、マーチナイト？」

ヘンリー・マーチナイトはゆがんだ笑みを浮かべた。「ありがたいことに、どんどん悪いほうへ向かっているよ！　きみの妹は今では、ぼくのことをどうしようもなく好色な放蕩者《ほうとうもの》だと思い込んでいる。レディ・ボルトをリッチモンドからバッキンガムシアまで追いかけていくような男だとね！　情報がこんなに高くついたのは初めてだ！」

「レディ・ボルトのおかげであなたの評判は台なしだな」ニコラスは同情めいた口調で言った。「彼女はなにかあなたの欲しい情報を持っているんだろう！　それでなきゃ、あなたがあんな女にかかわり合うはずがない！」

ヘンリーは顔をしかめた。「レディ・ポリーもきみぐらい洞察力があったらなあ、シーグレイブ！　だけど、彼女がありきたりの結論に飛びつくのも責められないよ。結局はぼくが故意に、世間から放蕩者の賭博《とばく》好きと思われるように仕向けてきたんだから。今さら無実を主張してみたところで、それがたとえ真実でも、ほとんど耳を貸してはもらえないさ」

「レディ・ボルトはとことん欲深くて不愉快な女だ」ニコラスはディリンガムの地図をたたみながら言った。「彼女もチャップマンに仕掛けたのと同じ罠《わな》でつかまるのか？」

「そう願っている」ヘンリーはグラスの酒を飲み干した。「そうなるよう仕組んでいるんだ！　ただ、もうひとり、もっと捕まえたいやつがいて……」

「邪悪な三位一体だな」ニコラスが同意した。「正直言って、ぼくも苦々しく思っているんだ。やつが思うがままに行き来しているあいだは、大きな危険が存在しているわけだし」

ヘンリーはうなずいた。「同感だが、チャップマンの首根っこをしっかり押さえるまでは、やつには手が出せない。それまでは、リスクが大きすぎるんだ」

「やつはあなたを疑ってはいないのか?」

「ああ」ヘンリーは苦い笑みをもらした。「うぬぼれの強いやつだから、誰かに見破られているなんて思いもしないのさ! それがあいつの命取りになる!」

翌朝も空はコバルト・ブルーに澄み渡り、海はシルクさながらに滑らかで柔らかそうに見えて、すばらしい晩夏の一日を予感させた。ポリーは木立の日陰の下にイーゼルを立て、ピーターとヘッティ、そのほかの一行が、シングル・ストリートの小さな集落のほうへと浜辺を下っていくのを眺めた。おいしいピクニックのランチを食べ終えると、この寂しい場所で細々と暮らしている貧しい漁師たちの家を訪ねるのだと、ミス・ディットンが言い出した。ポリーは人の善意を疑うことを知らない貧しい人々を気の毒に思った。

シングル・ストリートに住みつく者は、最近の戦争で沿岸防衛の一環としてマーテロー砲塔が建設されて以来増加していた。この近隣でここ以外に家といえば、潮騒《しおさい》の館《やかた》というロマンティックな名を持つレディ・ベリンガム邸しかない。彼女は元女優で、この地では異色の人物だった。結婚前のルシールの頼りになる友人だったという彼女を、ポリーは訪ねるつもりでいたのだが、ミス・ディットンが露骨にいやな顔をした。

「ええっ、女優を訪ねるの? わたしがそんな人とつき合っていると聞いたら、お母様は憂鬱症の発作を起こしてしまうわ!」

ポリーは言い争うのもいやだったので、しぶしぶ訪問をあきらめた。そして内心、レディ・ベリンガムはとてもいい人のようだから、ミス・ディットンのような人物を押しつけることにならなくてむしろよかったと思った。それでもやはり、会えないのは残念だった。

あたりはとても静かで、風は涼しく心地よかった。ポリーは孤独を楽しみ、スケッチに熱中していたので、どれくらいそこに座っていたのかよくわからない。砂利浜沿いの少し離れたところで石と石がこすれ合うような小さな音がしたとき、ポリーははっとわれに返った。彼女は木炭を置き、耳を澄ました。また音がした。広々とした海岸に人の姿はないようだし、ポリーの近くにも誰も見当たらない。小さな家々のほうから子供の声がかすかに聞こえた。ミス・ディットンが恩着せがましくなにか与えているに違いない。遠くに手をつなぎ熱く見つめ合って浜辺を歩く、ピーターとヘッティの姿が見えた。

ポリーはゆっくりと立ち上がり、湿った草の縁へと歩いていった。小さな崖《がけ》が急勾配《こうばい》で砂利浜へと下っていて、黒い影を落としている。ポリーがまぶしい太陽に目を細めた直後、ほんの二十メートルほど先のその影の中から人が現れた。彼女は驚いてあとずさりした。ヘンリー・マーチナイト卿ではないか。彼は手についた砂と泥を払い、上着のごみを払い落としている。ポリーには気づいていない。

「あっ！」急いで下がった拍子に足が滑り、石が小さな滝のように浜へ落ちた。ポリーは息を殺して石が岩にはねる音を聞き、ヘンリー卿のようすを確かめようと下をのぞき込んだ。彼は太陽に目を細め、まっすぐポリーのほうを見上げていた。

「レディ・ポリー！」ヘンリー卿は険しい崖をやすやすと登り、ほとんど息も切らさずにポリーの傍らへやってきた。「こんにちは！　まさかこんなところで会えるとはね！」

「スケッチをしていたの」ポリーは画用紙が風にはためいているイーゼルを手で示した。なぜか彼女は自分がここにいる理由を説明しなくてはならない、と身構えた。一方ヘンリー卿のほうはいつもの自然な優雅さと落ち着きを見せている。それがまた、浜辺でこそこそ怪しい行動をしていたくせにと、ポリーをいらだたせた。

「でも、もちろんひとりではないよね？」ヘンリー卿は周囲を見回した。「ほかの人たちはどこ？」

「村へ慈善活動に出かけたの」ポリーは笑うまいと努めた。「ミス・ディットンが貧しい人たちを訪ねているのよ」

「よりによって、彼女が？」ヘンリーはうんざりした顔だ。「でも、あなたはスケッチブックと過ごすことを選んだわけだ。気持ちはわかるね！」

ふたりは崖の上を潮騒の館のほうへとゆっくり歩いた。

「きょうはレディ・ローラはどんなようす？」ポリーはためらいがちに尋ねた。詮索《せんさく》するつもりはなかったが、定期市での密会が見つかって、ローラがきついお仕置きを受けているのではないかと、とても心配だったのだ。

ヘンリーはため息をついた。「とことん打ちひしがれているだろうね。母から今後一切チャールズ・ファラントと口をきくことを禁じられて、ひどくショックを受けていた。ローラは若くて頑固で……」

彼は困ったように肩をすくめた。「母は昔から妹を繊細だと決めつけていて、少なくとも母に負けないくらい気の強い娘だってことを認めようとしないんだ！　ディリンガムでぼくがあなたにローラのチャールズへの気持ちをあおらないでくれと言ったのも、ふたりの仲に反対だからではなく、ただ家族がばらばらになることがわかっていたからなんだ！　実際、ぼくがなんとか取りなそうとしたんだが、やはりどうにもならなくて……」彼はまた肩をすくめ、黙り込んだ。

ポリーは安堵《あんど》と心配の入り混じった気持ちが押し

寄せてくるのを感じた。ヘンリーが彼の両親と同じように地位と名誉にこだわってはいないことがわかったのはうれしいが、彼と同様ポリーも、ローラのチャールズ・ファラントへの愛は、彼女に家族との対立の道を歩ませると見ていた。

「ローラはお母様の命令に従うかしら?」ポリーは慎重に尋ねた。「従わないとしても、たぶんミスター・ファラントが説得されて……でも、彼も彼女に劣らず夢中のようだし……ああ、本当にとてつもなく難しいわ!」

ヘンリーはポリーの実感のこもった言い回しにほほえんだ。「ふたりとも真剣だし、気持ちが揺らぐことはないと思う! 最善の道は間違いなく、うちの両親が気に入らない婿を受け入れることなんだが、両親がそんなふうに考えていないのは間違いない! 母はきっとローラをどこかよそへやろうとするだろうね」彼はポリーと目を合わせた。「レディ・ポリー、ローラはきのうはあなたにひどいことをしてしまったと、とても後悔していたよ。妹はなにがあろうとあなたとの友情を裏切るつもりなどなかったんだが、恋に夢中のあまり愚かにも――」

ポリーはもういいと手を振った。「わかるわ。わたしだってローラとの友情は失いたくないし、彼女がそんなつらい思いをしているのが、とても気の毒で」

ふたりはしばらく黙って歩いた。風が強くなってきて、ローラの髪からピンがはずれ、スカートの裾《すそ》をはためかせた。

「では、あなたもすぐに出発ね」ローラは少しそっけなく言った。ヘンリー卿にその答えが彼女にとって重大な意味を持つと悟られたくなかったからだ。「実際、あなたがまだわたしたちと一緒にいることに驚いているの! いつもなら、あなたがわたしたちのような退屈な人間を気晴らしの相手にできるのは、一度にせいぜい一日か二日でしょう！」

ヘンリーは横目でポリーを見た。彼はほほえんでいた。その微笑がひどくポリーの心を乱した。

「いや、しばらくここにいるつもりさ！」彼はさらりと言ってのけた。「実はここでは、たとえばウェラーデンのハウスパーティーなんかより、もっとずっと刺激的なことが起こっているんだ！　きみもきっと驚くよ！」

ポリーはなんとなくいらいらした。ヘンリー卿はいつもサフォークをほめそやしておいて、さっさとどこかへ行ってしまうのだ。

「確かにあなたは、今さっき海岸で見つけたものに夢中のようね！」ポリーは少し怒ったような口調で言った。「それはいったいなんなの？　流木？　瓶に入った手紙？」

「あなたは皮肉を言っているつもりに違いないが」ヘンリー卿は感心したように言った。「ぼくをばかにしちゃいけないよ！　ぼくはふと耳にした話を検証していたんだ。潮騒の館から崖の下へ通じる秘密の通路があるって話をね。そして、入り口らしきところを見つけたんだよ！　見てみたい？」

「秘密の通路？」ポリーはつい好奇心をそそられてしまった。「つまり……密輪品を運ぶための？」

「間違いなく数年前まではそのために使われていたんだろうね」ヘンリー卿はうなずいた。「今では税金がずいぶん安くなったから、密輪なんかしてもほとんどもうけもないだろうが。ぼくは通路はしばらく前に埋められてしまっていると思うんだ。それでもおもしろいだろう？　これ以上調べるには、レディ・ベリンガムの許可をもらわないとね。洞窟《どうくつ》の入り口まで行ってみる？」

「いいえ、そのつもりはないわ」ポリーは真顔で答えた。「あなたと一緒にそんなところへ行くなんて、狂気の沙汰《さた》だわ！」

ヘンリー卿はにやりとした。「あなたの言うとおりかもしれない。それなら、ぼくはひとりで調査を続けないとね！　さて、そろそろあなたをみんなのもとへ帰してあげないと。きっとどこに行ったのかと心配し始めているよ」

ふたりは湿った芝の道をポリーがスケッチをしていた場所まで引き返したが、一行の姿は見当たらなかった。ヘンリー卿は興味津々でポリーの絵を見ていった。

「これはなかなかいいね」彼は倒れそうな家と、青空にはためくそこの家族の洗濯物を描いたスケッチを指さして言った。「でも、こっちは……」彼は言いよどんだ。「この絵には真の深みと情熱がある。土の色といい、感触といい……とても官能的な絵で……」思いのこもった目でじっと見つめられ、ポリーは慌ててその絵を隠した。それは彼女が数週間前に描いた田園風景で、ディリンガムの野原と森を題材にした習作なのだが、いつものパステルではなく油絵にしてみたら、その効果は目を見張るほどだった。深い赤と茶色が絵に立体感を与え、まるでその風景の中へ踏み込んでいけそうだ。でも、ポリーはかえってそこになんだか違和感を感じた。

風がさらに強くなってきて、東の水平線を見やったヘンリー卿は少し顔をしかめた。

「これは嵐《あらし》になるぞ。海の上に雲が集まってきているのが見えるだろう。あなたが乗ってきた馬車はどこ？」

ポリーは振り返った。「きっと村までほかの人たちを迎えに行ったんでしょう。でも、すぐ近くだから。わたしがそっちへ下りていけば――」

まだ青い空から、最初の雨のひと粒がポリーの画用紙の上に落ちた。そして、ひとつ、またひとつと雨粒が落ちてくる。風が急に強さを増した。ポリーはかがんで散らばった絵の道具や紙を拾い集め、全部かばんに詰め込んだ。突然、音をたててイーゼルが倒れ、彼女を跳び上がらせた。

「どこかへ避難したほうがいい」ヘンリー卿の口調からさっきまでの余裕がすっかり消えていた。「いや、村まで行くのは遠すぎる。潮騒の館のほうが近いよ。さあ、急いで!」

彼が慌てるわけはポリーにもわかった。彼女はコートを持っていなかったし、雨はすでに激しくなってきている。海の上の空は鉛色に変わっていた。天気がこんなにすばやく変化するなんて、ポリーは信じられない気がした。今や空気は重く、雷の予兆をはらんでいた。

ふたりがレディ・ベリンガムの館の敷地のそばまで来たときに、空に最初の稲妻が光った。ポリーは恐怖にわれを忘れそうになった。雷雨は大嫌いだし、特に海の上に落ちる雷は激しいのだ。

「もうすぐだ」ヘンリーが励ましてくれた。「裏口から灌木《かんぼく》を抜けていこう。そのほうが近いから」

彼が小さな門をポリーのために開けてくれ、ふたりは土砂降りの中、庭へ入っていった。びしょ濡《ぬ》れのかばんを腕に抱えたポリーは、こんな濡れねずみ二匹の到来をレディ・ベリンガムはどう受け止めるだろうかと、つかの間考えた。ポリーはレディ・ベリンガムと二度しか会ったことがなかった。彼女はしょっちゅう旅行をしていたけれど、サフォークにいるときは世捨て人同然の暮らしぶりだったのだ。

テラスへ上がっていくポリーの肘をヘンリーが支えてくれた。階段は雨で滑りやすくなっていて、ポリーは転びそうになった。

そのとき、ふたりの目の前でさっとフランス窓が開き、レディ・ベリンガムの低くよく通る声が、温かく楽しげに響いた。「あらまあ、驚いたこと! アポロとニオベーだわ! あたくしったら、ギリシア神話とローマ神話を混同してしまったかしら。昔から神話には弱いのよね。やれやれ！」

　ポリーはびしょ濡れだというのに、香水の香りのぷんぷんする大きな体にしっかりと抱きしめられていた。レディ・ベリンガムの色とりどりのスカーフが巨大なシーツのように彼女を包んだ。

「かわいいお嬢さん！」レディ・ベリンガムはやさしく言った。「また会えてうれしいわ！　それにヘンリー」彼女の褐色の瞳がいたずらっぽく光った。「ずいぶん久しぶりじゃないの！」

　恐ろしい雷鳴が頭上にとどろいて、ポリーは大きく体をのけぞらせた。

「さあさあ、入って！」レディ・ベリンガムはふたりが客間に入れるよう、道をあけてくれた。

「あなたのご親切にすがりに来たんです、レディ・ベリンガム」ヘンリーはほほえみながら言って、目にかかる濡れた髪をかき上げた。「レディ・ポリーと崖の上を歩いているときに嵐に遭って、ここに避難させていただくしかないと思って。レディ・ポリーはいろいろなことが重なって、連れの方たちとはぐれてしまったんです。どうか失礼をお許しください」

「なにを言っているのよ、わかっているくせに！」レディ・ベリンガムがぽんと手を鳴らすと、たくさんのブレスレットががちゃがちゃとうるさい音をたてた。ふかふかのソファの上で眠っていた太った白い猫がちょっと頭を上げたが、まったく無関心のようすでまた目を閉じた。

「あたくしは刺激が大好きなのよ」レディ・ベリンガムは目をきらきらさせて続けた。「なのにいつもはひっそりと暮らしているでしょう。本当にいいところに来てくれたわ。退屈でたまらなかったのよ。お返しに山ほど噂話を聞かせてちょうだいね！」

　彼女は絨毯《じゅうたん》にぽたぽた水滴を落としているポリーに気づいた。

「あらいやだ！　このままあなたにおしゃべりをさせたら、凍えてしまうわよね！　じゃあ、あたくしはレディ・ポリーを着替えに連れていくわ。うちの召使い頭のガストンに、あなたにもなにか乾いた服を持ってこさせますからね、ヘンリー！　それからガストンにお嬢さんのお友だちを捜しに行かせましょう」レディ・ベリンガムはポリーにほほえみかけた。「きっとすぐに会えるわよ！」

彼女はポリーを連れて部屋を出ると、廊下でちょっと立ち止まってガストンを呼んで指示を出し、それからポリーを促して装飾に彩られた階段を上って、フランスふうに飾りつけられた小さな寝室へ入った。

ポリーは大きな鏡に映る自分の姿を見て、恐怖に近いものを感じた。髪の毛はくしゃくしゃで、乾いてかたまりになっているし、濡れた服はぴったり体に張りついている。普段はあまり虚栄心のないポリーだが、こんな姿をヘンリー卿に見られたのかと思うと耐えられなかった。

レディ・ベリンガムは心得顔でほほえんだ。「大丈夫よ！　ヘンリー卿は絶対に乱れた姿のあなたのほうが魅力的だと思っているわよ！　あたくしの経験から言って、男性ってそういうものなの！　彼が熱烈にあなたを思っているのもわかるわよ！」

ポリーは真っ赤になった。「まあ、レディ・ベリンガム、それはあなたの誤解ですわ。ヘンリー卿とわたしは……」彼女は口ごもった。おかしそうに鼻で笑っているレディ・ベリンガムを目の前にして、それ以上は続けられなかった。

「なにを言っているのやら！　ばかもいいかげんになさい！」レディ・ベリンガムは衣装だんすから巨大なドレスを何枚か、せっせと取り出していた。そのせいで彼女の声がくぐもった。「お互いに無関心なふりをして見せても、あたくしの目はごまかせないわ！　ヘンリー・マーチナイトと知り合って何年にもなるけれど、彼が本気で誰かを思っていたことなんてなかった！　でも、あなたは違う！　さあ！」

彼女は巨大なライラック色のドレスを腕にかけて出てきた。ポリーはそのドレスを体に当ててみた。これを着たらまるでテントみたいな姿だろう。ヘンリー卿がそんなポリーを魅力的だと思うのだとしたら、彼の頭がどうかしてしまったとしか考えられなかった。

## 11

一時間後、ポリーとはぐれた一行が客間に入ってくると、ミス・ディットンはあからさまにポリーの姿を嘲《あざけ》った。

「まあ、レディ・ポリー、なんてひどい格好なの？　どこでそんなドレスを買ってきたのか教えてほしいわ！」

「あなたがミス・ディットンね！」レディ・ベリンガムがすっと前に進み出て、招かれざる客に挨拶《あいさつ》をした。彼女の微笑は優雅だったが、その厭世的《えんせいてき》な褐色の瞳は彼女がこれまでミス・ディットンのようなタイプの人間とさんざん出会ってきて、そのあしらい方をしっかり心得ていることを示唆していた。彼女はミス・ディットンとその兄を冷ややかに迎え、ヘッティにはもっと温かく接し、ピーターに対しては、今は暖炉の前でくつろいで、おもしろそうに事のなりゆきを見守っているヘンリーのときとほぼ同じ熱烈な歓迎ぶりを見せた。ヘンリーは借り着姿でもポリーよりずっと優雅だった。ポリーはレディ・ベリンガムはどこからこんなしゃれた男物の服を調達してきたのかと不思議に思った。憂鬱《ゆううつ》な顔のガストンがこの細身の黒いズボンに黒い上着、純白のシャツをさっそうと着こなす姿など、とても想像できなかった。

ガストンはポリーの連れがシングル・ストリートの家の一軒に、窮屈そうに身を寄せているのを見つけた。雨が降り出してきたのでみんな急いで馬車に戻り、すぐに出発しようとしたのだが、ピーターがポリーのことを思い出し、捜しに出かけたのだ。その間に舗装もしていない道は水浸しとなり、一行は雨がやむまで迷惑顔の村人の家の一軒にやっかいになるしかなかった。しかし、ミス・ディットンは相手の迷惑など考えもせず、家が不潔だの住人がくさかっただのと大声で不平不満をまくし立てた。

「おまけにね、レディ・ポリー、あの人たちって本当に家畜を家に入れているの！」ミス・ディットンは身震いした。「それで暖を取っているのよ！」

ポリーは笑いをこらえているヘンリーと目が合った。

「かわいそうな豚たちはあなたたちが押しかけてきて、さぞかし迷惑したでしょうね」レディ・ベリンガムはわざとまじめな顔で言った。「いつもの生活を乱されるのに、甘んじて耐えるような動物じゃないもの！」

ミス・ディットンは追い詰められた。雨の中へ叩《たた》き出される恐れもあるから、レディ・ベリンガムに食ってかかるわけにはいかない。だが、ディットン家としては、シーグレイブ家が行き来を始めたのちも、一切この元女優を無視してきたといういきさつがある。ミスター・ディットンがわざとらしく咳払《せきばら》いをして、ソファに腰を下ろした。

「田舎の人間にはとんでもない習慣があるもんだ！　そういえば思い出したけど――」彼はふいに大きな声をあげた。「なんなんだ、こいつ！　わたしに噛《か》みついたぞ！」

いままで見たこともないようなすばやさでミスター・ディットンの体の下から逃げ出した猫のホラティウスに、レディ・ベリンガムはやさしくほほえみかけた。

「偉いわ、ホラティウス」彼女は甘い声で言った。「人を見る目があること！　あなたは彼の場所に座ってしまったみたいですわね、ミスター・ディットン。簡単には許してもらえませんわよ！」

運よく大きな雷鳴がこのやり取りに割って入り、婦人たちはみな怯《おび》えて悲鳴をあげた。真っ暗な空からは依然、激しい雨が降り注いでいた。レディ・ベリンガムは淡々と召使いに紅茶の用意を命じ、ヘンリーは賢明にもトリスタン・ディットンとピーターを暇つぶしのビリヤードに誘った。

五時ごろになるとしばらく雨がやんだが、ガストンが陰気な顔で道はまだ馬車が通れる状態ではないと告げた。ヘンリーがディリンガムとフェンチャーチとウエストウォーディンに、今夜は立ち往生して戻れないと使いを出そうと提案し、ディットン家のふたりもしぶしぶ同意した。

「暗い森の中で襲われるよりは、ひと晩ここに泊まるほうがましでしょうね」ミス・ディットンはびしょ濡《ぬ》れの庭を見ながら不機嫌に言った。

「少なくともあなたにとってはね」ヘンリーは穏やかに言って、彼女にほほえみかける。ポリーは吹き出しそうになるのをこらえた。ふたりきりでなくなると、たちまちまたヘンリーの人格が微妙に変化するのに彼女は気づいていた。相変わらずいたって愛想はいいが、鋭い切れ味はなくなってしまう。ポリーはまたしても、彼が自在に身にまとう奇妙な凡庸さに当惑した。

「あなたがとっても運がよければ、ミス・ディットン、ミス・ベリンガムがナイトドレスを貸してくださるかもしれなくてよ」ポリーは言った。

「あら、ミス・ディットンにぴったりなのを、うちのメイドのコンチータが持っていてよ」メイドのナイトドレスを着せられるのかと、ぞっとした顔のサライア・ディットンを無視して、レディ・ベリンガムは陽気に言った。

思いがけず晩餐会《ばんさんかい》を開くことになったレディ・ベリンガムは大いに喜んで、鶉《うずら》の卵、子鴨《こがも》の蜂蜜《はちみつ》ロースト、生クリーム添えの苺《いちご》といったごちそうを一行に振る舞った。さしものミス・ディットンも、このもてなしには文句がつけられなかった。ろうそくの炎の揺らめきの中、食卓を囲むのはなんとも雑多な顔触れに見えた。ポリーを捜しに行ってずぶ濡れになったピーターは、亡くなったベリンガム卿《きょう》の服を借りていた。運の悪いことに故人も妻同様恰幅《かっぷく》がよく、その上ピーターより十センチも背が低かった。ポリーは扮装《ふんそう》用の衣装の箱をかき回して、妙なドレスを引っ張り出してきた少女の気分だったし、クラヴァットも結ばず、くしゃくしゃの髪のヘンリー・マーチナイトにはどこかきわだって奔放な雰囲気があった。ポリーはそんな彼をとびきり魅力的だと思ったが、それは賭博《とばく》台を前に徹夜したあとの姿のようでもあった。

実際、その夜いちばん楽しかったのは、ヘンリーが長い時間をポリーとともに過ごしてくれたことだった。ほかの面々は漫然とカードのホイストに興じたのち、ミス・ディットンがみんなにピアノを聴かせせると言い張った。ヘンリーはさりげなくポリーを独占して、ほとんどずっと彼女と話していた。けれども、くだらないおしゃべりに時間を費やしていたわけではない。ふたりは改めて、音楽、観劇、読書、散歩、田舎好きと、趣味や関心が共通していることを確かめた。ポリーはいつまでもこの夜が続いてほしかった。

ミス・ディットンが大きなあくびをした。「ああ、人里離れたこの館《やかた》は本当に静かだこと！　わたしがこんなところに住まなきゃいけなくなったら、すぐに憂鬱症になってしまいそうだわ。幽霊だの悪魔だのが玄関の前で叫び声をあげていそうなところだもの！」

「実際、レンドレッシャムの森にはおばけが出るって噂《うわさ》だよ、ミス・ディットン」ヘンリー卿がもの憂げに言った。「だから、暗い夜道を帰らずにすんで運がよかったんだ。馬車の車軸が折れ、車輪がなくなって、亡霊の慈悲にすがるしかなくなるんだよ！　嵐《あらし》の夜には巨大な黒い犬の亡霊が、獲物をあさっているというんだから！」

ミスター・ディットンが興奮した馬のいななきのような笑い声をあげた。「いや、もっと恐ろしい人間の慈悲にすがらなきゃならないかもしれない！　このあたりでは今もまだ密輸業者の一団が暗躍していて、窓を叩いて品物が到着したことを合図したり、教会にブランデーの樽《たる》を隠していたりするっていうのは本当なんですか、レディ・ベリンガム？」

ポリーは揺らめく影に身震いした。嵐の夜にこんな人里離れた場所で孤立していると、どんな話でも信じてしまいそうだ。ヘッティは怯えて大きく目を見開き、ピーターの手を握りしめた。

「そんな話は聞いたことがないわね」レディ・ベリンガムはさらりと言って、身を乗り出し、暖炉にもう一本薪《まき》をくべようとしたが、ヘンリーがその薪を取って火床に置いてくれたので、彼ににっこりほほえみかけた。「密輸業者はずいぶん昔にこのあたりからいなくなったわ、ミスター・ディットン。それでも、根も葉もない話で人を怯えさせるなんて無粋がお好きなら、どうぞご自由に！」

良識をはっきりと突きつけられ、トリスタン・ディットンには返す言葉もないようだった。

「そんなことより」レディ・ベリンガムは輝く笑顔を浮かべた。「寝る前にホットケーキとチョコレートでもいただきましょう！　ガストン！」彼女は勢いよくベルを鳴らした。「夜食の用意をお願い！」

レディ・ベリンガムのひと声で部屋がぱっと明るくなり、空気が浮き立つように思えるのは不思議なものだと、ポリーは思った。未亡人は今、うっとりと聞き入るヘッティを相手に、王立劇場での経験を語っていた。

「あたくしの代表作のひとつ、『田舎娘』を見せたかったわ！　王政回復の時代の芝居の『田舎女房』を無邪気にしたような作品なんだけれど、正直言ってあたくしは昔から、元の猥雑《わいざつ》な脚本のほうが好きだった！　でも、とにかくあたくしはその役にまさにぴったりだったのよ。純真無垢《むく》の汚れを知らぬ少女で。実際にあたくしも田舎娘だったし、当時はまだ十九だったのよ！　ああ、なんてすてきな時代だったことか！」レディ・ベリンガムはゆっくりと首を振り、追憶に浸った。

ポリーは十九歳の田舎娘だったころのレディ・ベリンガムを想像しようとしたが、悲しいかなうまくいかなかった。彼女は持って生まれたやさしさを失ってしまったわけではないけれど、どこかとても厭世的な、この世に幻滅しているようなところがあった。ポリーはルシールと話しているとき同様、こういう世間に出て苦労してきた人たちと比較して、自分の過保護な生い立ちを意識していた。この元女優の老婦人と現シーグレイブ伯爵夫人のあいだに共通するものはほとんどないかもしれないが、ポリーのようにあらゆる特権に恵まれて生まれてきたのではなく、自分で運命を切り開いてきた点では一致していた。そう考えるとポリーは、自分が幸運ゆえに未熟に思えてしかたなかった。

ポリーがさっき着替えに使った小塔の寝室へ戻ると、ベッドはきちんと整えられ、暖炉には火が入っていた。暖かく居心地のいい雰囲気だったが、海のほうで雷鳴がすると、彼女はおののいた。ひとりになったとたん、また不安がどっと押し寄せてきた。こんな夜には何キロにもわたって彼女たちを町から隔てている深い森、鬱蒼《うっそう》と茂ってすべてを包み隠す木立、月を追いやる雷雲などに、ついつい思いが向かってしまう。日中の輝かしさは消えて、この場所の屹立《きつりつ》した孤独が不気味な雰囲気を醸し出すのだ。

寝室の一角にドアがあり、ポリーはきっと小塔の階段だろうと推測した。自分でも気にしすぎだとは思ったが、鍵《かぎ》がかかっているかどうか確かめてみた。ドアのこちら側に鍵はなかったが、取っ手を回してもドアはぴくりとも動かない。ポリーは満足して、一睡もできないことを覚悟しつつ、ふかふかのベッドに入った。

ところが意外なことに、彼女はたちまち眠りに落ちてしまい、真夜中になって息苦しさに目覚めた。暖炉の火は消えて、館の一角を叩く風が窓ガラスのすきまからひゅうひゅう吹き込んでいた。外の踊り場で床がきしむ音がした。ポリーは身をこわばらせ、足音に耳を澄ました。ドアの下に銀色の光が見えて、揺れながら通り過ぎていった。ふたたび床がきしんだ。

ポリーはそっとベッドから抜け出すと、ほんの少しだけドアを開けた。彼女は何事もないことを確かめたかった。寝静まった館の中で、召使いが足音を忍ばせ、なにか仕事をしているのだと確認したかった。

踊り場には誰もいない。そのとき声が聞こえた。

「いずれにせよ、今夜じゃないでしょう……ええ、確かに……彼はさっき周囲を見回していましたが……いや、その点については疑問の余地はない。彼らが危険を冒してやってくることはないでしょう。すでに潮の流れも変わったし……」

ポリーは階段の手すりに近づき、のぞき込んだ。玄関ホールはほの暗いろうそくの明かりに照らされたところ以外は、深い影の中にある。ヘンリー・マーチナイト卿が客間の戸口に立ち、服についた蜘蛛《くも》の巣を払っていた。彼はきちんと服を着ていた。

レディ・ベリンガムは光沢のある鮮やかな色の部屋着を身にまとい、圧倒的な存在感でホールの中央に立っている。ポリーはこれは愛人同士の逢引《あいびき》かという、最初に浮かんだ疑念を打ち消した。いくらレディ・ベリンガムが若い魅力的な男性が好みだとはいえ、ふたりの仲を疑うなんてばかげている。それに、ヘンリーの態度はやたらと用心深かったし、レディ・ベリンガムはあまりに事務的だ。そのときふいに大時計が一時を告げて、ポリーはびくりとした。客間のドアを閉めようと振り返ったヘンリーが動きを止め、目を細めて踊り場を見上げている。ポリーははらはらした。柱の影に隠れているのを気づかれてしまっただろうか。彼はどうするつもりだろう。だいたいこんな嵐の夜に、いったいなにをしているの？　彼女は急に知りたくなくなった。

レディ・ベリンガムは猫のホラティウスにそっくりのあくびをした。

「では、あたくしはもうベッドへ入るわ」彼女はヘンリーの腕を軽く叩いた。「あたくしみたいな年寄りには、刺激が強すぎるのよ！」

レディ・ベリンガムが階段を上り始めたので、ポリーは急いで部屋に入り、そっとドアを閉めた。彼女は少し震えながら、ベッドにもぐり込んだ。

あれが逢引でないとしたら……なんなのだろう？商談？でも、真夜中にこっそり人目を忍んで行わなくてはならない、そんな商談があるだろうか？それに、ヘンリーが言っていたことの意味は？ポリーは考えあぐねながら、ベッドのぬくもりの中で手足を伸ばした。きょう海岸をうろうろしているヘンリーに会ったとき、彼が潮騒《しおさい》の館《やかた》から海へとつながる秘密の通路があると言っていたのを、彼女は思い出した。でも……彼が密輸業者でないのは確かだし、それならなんの目的でそんな通路を使うのだろう。

ポリーが以前に抱いた疑惑のすべてが、どっと押し寄せてきた。ロンドンでの暴動のとき、ヘンリーは都合よく現れてポリーたちを救ってくれた。あまりにタイミングがよすぎはしなかったか？彼は舞踏会から家へ帰るだけのはずなのに、ピストルを持っていた。そして、たいていはそつのない物腰の下に鋭い知性を隠している。さらに今は、嵐の夜に海辺を徘徊《はいかい》して……。しかしポリーの良識は、犯罪を疑うなんてばかげていると告げていたし、もっと深いところでヘンリーは高潔な人物だと強く主張する声もあった。それに、レディ・ベリンガムの役割はなんなのだろう？密輸業者の共犯者？ポリーはそんなばかなと笑いたくなった。

彼女がうとうとと眠りに落ちそうになったときに、小さな音がして部屋のドアが少しだけ開いた。ベッドを囲むカーテンのすきまから、ドアが開くにつれて淡い光が広がっていくのが見える。誰かがそこに立って耳を澄ましている。ポリーは凍りついた。彼女はベッドから身を乗り出し、すばやく静かになにか身を守るものを手探りした。彼女の手は寝室用汚物入れの縁をつかんだ。そして考えるより先に、彼女はさっとベッドのカーテンを開くと、大きく腕を振り下ろした。汚物入れがなにかに当たり、侵入者がくぐもったあえぎ声をもらした。ポリーは思いきり悲鳴をあげた。

明かりと人がいっせいに押し寄せてきて、口々になにか言った。ヘッティの怯えた顔の背後から、ミス・ディットンが興味津々でこちらをのぞき込んでいるのに、ポリーは気づいた。そのとき巨大なナイトキャップに鮮やかな部屋着姿のレディ・ベリンガムが急ぎ足で前に進み出て、ろうそくの明かりがうつ伏せに横たわるミスター・ディットンの姿を照らし出した。彼は部屋を入ってすぐの絨毯《じゅうたん》の上に倒れ、頭を抱えてうなっていた。

「ディットン！」

「トリスタン！」

ピーター・シーグレイブの糾弾の声と、ミス・ディットンの恐怖の悲鳴が重なった。

ピーターは歯を食いしばり、不運なミスター・ディットンを床から引きずり起こして揺さぶり始めた。

「ぼくの妹の寝室でいったいなにをしていたんだ、このげす野郎！」

ミス・ディットンは大声で泣き出した。ヘッティが心配そうにポリーに駆け寄り、けがはないかと尋ねた。ポリーはレディ・ベリンガムの腕に支えられ、ベッドの端にどすんと腰を下ろした。

「わたしは大丈夫よ、ありがとう。まだ少し体が震えているけど……」

ヘッティは今度はトリスタン・ディットンを放すようにピーターを説得していた。一方、サライア・ディットンは兄の腕にしがみつき、彼をピーターと反対の方向に引っ張っている。ポリーはこのままではトリスタンの体がふたつに裂けてしまうのではと思った。

「ああ、お願いだから彼を放して――」ポリーは言いかけたが、この場を仕切って丸くおさめたのはヘンリー・マーチナイト卿だった。

「きっと単なる誤解だと思うよ、シーグレイブ。きみも別にこれ以上、ディットンにけがを負わせるつもりはないだろう！　それでなくても、彼のしゃれた寝巻きが台なしになってるんだから！」

みんなヘンリー卿がいつも服のことばかり気にするのに慣れているので、彼の最大の関心事がミスター・ディットンの寝巻きでも、ポリー以外は誰も変だとは思わなかったようだ。ピーターからやっと逃れたミスター・ディットンは体を起こし、シルクの寝巻きも確かに台なしだが、それ以上に不当な暴行を受けたことがショックだと、声を大にして主張した。

するとヘンリーは、まだレディ・ベリンガムの腕の中に守られたままのポリーに皮肉な目を向けた。

「不当とは言えないだろう、ディットン」彼はゆっくりと言った。「シーグレイブはあの状況でまともな兄なら誰でもやることをしただけだ！　自分の部屋にきみがいるのを見つけたとき、レディ・ポリーはどれほどの恐怖を味わったと思う？　少なくともまず、きみが謝罪しないことには……」

さすがのディットンも礼節を取り繕わずにはいられず、喉仏を上下させてごくりと息をのんだ。「レディ・ポリー……もちろん……これは大きな誤解で。わたしは衣装部屋を探していて、暗がりの中ですっかり迷ってしまって……いや、本当に申し訳ない……」

「傷はないね、ディットン？」ヘンリーが割り込んで、ぶざまな弁明を終わらせてやった。「たぶん、頭をのぞけば！」

緊張がほぐれ始めた。ミス・ディットンはわざとらしく大きなため息をついた。

「ああ、トリスタン、どうしてこんなばかなことを……？」

「レディ・ポリー……ひどい誤解なんだ……平に謝るが……」ミスター・ディットンはまだぶつぶつ言っている。彼はまだ少しピーターの仕打ちにショックを受けているようすで、細い狐《きつね》のような顔は病的に青ざめ、灰色の目は怯えてきょろきょろしていた。「失礼する……もうやすまないと……」

彼はシルクの寝巻きをはためかせて踊り場へ出ていき、レディ・ベリンガムは残りの者も部屋を出るよう促した。

「さあさあ！　みんな自分の寝室へ戻って！　コンチータ！」彼女がぽんと手を鳴らすと、どこからともなくメイドが現れた。「ご婦人方をお部屋へ案内して！　おやすみなさい！」

ピーターとヘッティは残りたがったが、ポリーが青ざめた顔に微笑を浮かべて、大丈夫だと言った。

「実際、けがもないし、ちょっと驚いただけだから。あら、ありがとうございます」彼女はレディ・ベリンガムからブランデーのグラスを受け取り、疑わしげな顔で酒を見つめた。「本当にこれを飲まなくてはいけないのかしら？」

「ショックを受けたときにはね」レディ・ベリンガムが勧めた。「飲めば眠れるから」

大時計が二時を告げた。

酒は強力で、飲み下すとポリーの喉が焼けた。

「気の毒なミスター・ディットン！」ポリーは笑い出した。「わたしより彼のほうがよっぽどびっくりしたんじゃないかしら！」

「あなたは室内汚物入れの一撃を見事に命中させたんですものね」レディ・ベリンガムが言った。「でも、彼は汚物入れがからだったのを感謝すべきかも！」

レディ・ベリンガムも去り、館がふたたび静まり返ると、ポリーはベッドの中で体を丸くして、ヘンリー卿はどうして寝巻きで現れることができたのだろうと考えた。ポリーがほんの少し前に玄関ホールにいる彼を見たときには、ちゃんと服を着ていたのに。

その夜三度目の眠りに落ちそうになったとき、ポリーは部屋の隅のドアのことを思い出した。別に疑う理由はなにもないのに、本能が鍵がかかっているか確かめてみろと告げていた。彼女はふたたびベッドを出て、冷たい部屋に立った。震えながら床を横切り、取っ手を回す。ドアは音もなく滑らかに開いて、下には暗い階段が口を開けていた。

## 12

ポリーの眠気は一気に吹き飛んだ。ベッドに入ったときには鍵《かぎ》のかかっていたドアが、今は開いている。海の香りのするかすかなすきま風が部屋に漂ってきて、眼下には暗闇《くらやみ》が口を開けていた。彼女は信じられないという面持ちで、しばらく暗い階段を見下ろしていたが、まるで侵入者が目の前に現れる気配を感じたかのように、いきなり力まかせにドアを閉めた。部屋の隅に大きな樫《かし》材の肘かけ椅子があったのを、彼女は急いで小塔のドアの前まで引きずってきて、さらに確実にドアが開かないようにするためそこに座っていた。階段に足音が響くことも、ドアの取っ手が回ることもなかったが、ポリーがベッドへ戻ったのはずっとあとだったし、眠りにつくまでにはさらにもっと時間がかかった。

「あなた、なんだかくたくたに疲れているみたいね、かわいそうに」翌朝、レディ・ベリンガムが言った。「無理もないわ！　きのうはとんでもない夜になったもの！」

彼女は自らポリーに朝食のトレーを持ってきてくれて、カーテンを開き、明るい日差しと雨に洗われた真っ青な空を部屋に招き入れた。それから、今もまだドアの正面に置かれたままの、重い木の椅子をじっと見つめた。

「レディ・ベリンガム」ポリーは率直に尋ねた。「あのドアの鍵がどこにあるかご存じ？」

レディ・ベリンガムは明らかにごまかそうとしているようすだった。「鍵？　ドアに差してなかった？　この部屋を使うことはめったにないものだから、正直言ってずっと見てないわね」

「昨夜わたしがベッドに入ったときには、ドアには鍵がかかっていたんです」朝のまぶしい光の中で疑惑を訴えるのを、なんだか少し愚かに感じつつもポリーは言った。「でも、真夜中に試してみるとドアは開きました！　わたしには理解できないわ！」

レディ・ベリンガムの目はひそかにおもしろがっているように見えた。「あらあら、きっとあなたの勘違いよ！　このドアにはいつも鍵がかかっているの！」自分の言葉を証明するように、彼女は取っ手を回し、ドアを強く押した。ドアは開かない。「ほらね」レディ・ベリンガムは満足げに言った。「あなたはきっと夢でも見ていたんでしょう。夜のあいだにあれだけのショックを受けたんだから、無理もないわよ！　ミスター・ディットンと妹は、けさは妙に急いで出発しようとしているみたいよ！　でも少なくとも、ミス・ディットンは昨夜のたわ言を言いふらすことはできないわね。なにしろ、自分の兄がばかげた弁明の当人なんだから！　さあ、あなたのドレスよ。コンチータがきれいに洗ってくれましたからね。じゃあ、急がなくていいからその気になったら階下《した》へいらしてね！」

レディ・ベリンガムが行ってしまうと、ポリーはベッドを出て、自分でドアを確かめてみた。ドアはぴくりとも動かない。彼女はこの謎《なぞ》について思いをめぐらせながら、ゆっくりと朝食を食べた。そして結局謎を解明することはあきらめて、開け放した窓のそばに座り、みずみずしい青空を眺めた。きのうの雨のせいで道には深いわだちが残り、そこに水がたまっている。それなのに、沼のようになった道をそろそろと進んでくる馬車が見えて、ポリーは驚いた。馬車は門の前で止まり、あまり賢明とは思えぬ速さで出てきたディットンの馬車とすれ違うと、潮《しお》騒《さい》の館《やかた》の前庭へ入ってきた。

ポリーは急いで階段を下りた。ちょうど玄関ホールへ風に髪を乱したヘンリー・マーチナイト卿《きょう》が入ってくるところだった。ポリーは彼に疑惑の目を向けた。夜の大半を、それも彼女の推測ではおそらくよからぬことを企《たくら》んで、うろつき回っていた人間にしては、彼は驚くほどすっきり目覚めた顔をしていた。

「おはよう、レディ・ポリー！　昨夜の災難から立ち直れたかな？　サー・ゴドフリー・オービソンが到着されたところだよ！　多感なシーグレイブ家の子供たちを、邪悪なレディ・ベリンガムの魔手から救うために来られたに違いない！」

サー・ゴドフリーが玄関で無表情なガストンを前に、大声でしゃべるのがすでに聞こえていた。

「どんな災難に遭ったのか、確かめに来たんだ！　昨夜ディリンガムに着いたら、セシリア・シーグレイブが家族の居所について妙な手紙を受け取ったところでな！　シーグレイブ伯爵が所用で出かけているので、どうしてみんながここで立ち往生するはめになったのか確かめる役を、わたしが引き受けた！　なんとも寂しいところだなあ！　人の住む場所とは思えん！」

「サー・ゴドフリー！」ポリーは走って玄関ホールを横切り、名づけ親に抱きついた。「お元気？」

「腹ぺこだ、腹ぺこだよ！」サー・ゴドフリーはそう言いながらもついほほえんだ。「まだ朝食も食べないうちから、このわけのわからん追跡に駆り出されてな！　いったいなにがあったんだ？」

「わたしたち、きのう嵐《あらし》に遭って、ここに避難させていただくしかなかったの」ポリーはサー・ゴドフリーの腕を取り、客間のほうへ向かせた。「さあ、レディ・ベリンガムに紹介するわ。親切にわたしたちを助けてくださった方なのよ」

「その必要はないわ。サー・ゴドフリーとあたくしは古い知り合いなの！」

大仰なメロドラマの一場面のように、客間のドアが華々しく開いた。そして、サファイア色のドレスに透き通ったスカーフをまとったきらびやかなレディ・ベリンガムが、ふわりと進み出てきた。

「ゴドフリー！」彼女はわざと声を震わせるような言い方をした。「こんな長い時間を経て、再会できるなんて！　そもそもはあなたが行ってしまったせいよ、悪い人！」

「ベッシー！」サー・ゴドフリーは雷にでも打たれたようにポリーの腕を放し、若者のようなすばやさで急いで前に進み出た。「わたしのベッシー！　あなたこそ別の男と結婚したじゃないか！」

「それはあなたがあたくしを捨てたからでしょう、残酷な裏切り者！」レディ・ベリンガムは孔雀《くじゃく》の羽根の扇でサー・ゴドフリーの腕を叩《たた》いた。

「あまりに多くの時間が失われてしまった！」サ

ー・ゴドフリーは嘆いて、レディ・ベリンガムの両頬に熱烈なキスをした。「再発見すべきことがたくさんある！」

ポリーは目の前で展開する光景を、唖然《あぜん》として眺めていた。

「ぼくたちは偉大なロマンスを目撃しているみたいだな」ポリーの耳元で声がした。「もっとも、レディ・ベリンガムはこれが悲劇なのか喜劇なのか、判断しかねているようだが！」

ポリーが振り返ると、ヘンリー卿がにやにやしながら、レディ・ベリンガムが悩ましげな目でサー・ゴドフリーを見上げ、彼を客間に招き入れるのを見ていた。初老の准男爵はすっかり彼女の虜《とりこ》になってしまったみたいだ。むしろ、自ら進んで心を奪われたがっている感さえあった。

「あたくしたちやっとまためぐり合えたんだから、ゴドフリー」レディ・ベリンガムは声を震わせる口調で言った。「少しはあたくしのもてなしを味わってみてくださらないと！　子供たちは……」彼女は扇を波打たせて、ポリーとヘンリーに立ち去るよう告げた。「しばらく自分たちで遊んでいるでしょう！　あたくしたちには話すことが山ほどあるんだから！」そして彼女は後ろ手にぴしゃりとドアを閉めた。

「やれやれ！」ヘンリーはまだほほえんでいた。「レディ・ベリンガムは周囲の顰蹙《ひんしゆく》を買う新しい方法を見つけたようだ。サー・ゴドフリーも進んで彼女の餌食《えじき》になるつもりらしいし」

「あのふたりにロマンスだなんて……あり得ないように思えるけれど……」ポリーは思いきって言ってみた。

「確かに……」ヘンリー卿の目がきらりと光った。「だけど、ロマンスを若者の特権みたいに考えちゃいけないよ！　間違いなくあのふたりは、過去にとびきり情熱的な情事を――」

「ヘンリー卿！」

「相変わらずとてもお堅いんだね、レディ・ポリー？」

「あなたとは違って！」

ヘンリー卿は今や満面の笑みを浮かべていた。

「急いで純潔の処女の部屋へ戻ったほうがいいようだよ、レディ・ポリー！　運悪く、サー・ゴドフリーはエスコートしてくれそうもないし、あなたの兄上とミス・マーカムは庭でじゃれ合っているし。だから……」

ヘンリー卿のからかいに、ポリーは唇を噛《か》んだ。

「あなたはいつも物事を茶化さないと気がすまないの？」

「とんでもない」ヘンリーは目を輝かせてポリーを見た。「ぼくは愛を非常に真剣な問題だと考えているよ！」

「そう聞いていますわ！　この目でも見たし！　それがあなたの唯一の関心事だと思っている人もいます！」

「いや、それはあまりに意地の悪い見方だ」ヘンリーの微笑は消え、そのまなざしは今や挑戦的になっていた。「いずれにせよ、レディ・ポリー、あなたの愛に対する姿勢はぼくとは少し異なるようだね。あなたは常に、愛にはどこか恥ずべき一面があるような態度をとる。少なくとも、正直な感情には恥ずべきところがあると思っているみたいだ。それは極端に過保護かつ抑圧的な育てられ方をした結果だと思うね」

ポリーは言葉もなくヘンリーを見つめた。なんとか口を開くまでに、少なくとも五秒はかかった。

「まあ、驚いた！　あなたの憶測は的はずれもいいところだわ！」

ヘンリーのまなざし自体がもう挑発的だ。「そうかな？　じゃあ、この件についてのあなた独自の見解を聞かせてもらおうか！」

「わたしが末っ子のひとり娘として大切に育てられたのは確かよ」ポリーは怒りのあまり、これ以上の挑発には耐えられなかった。「でも、その結果、自分の知性や感受性がゆがめられたなんて思っていません！　あなたがどういう女性を崇《あが》めるのかは知らないけれど、もし、か弱げな雰囲気と気取った感受性の持ち主が好みなら、確かにわたしはあてはまらないでしょうね！」

「そう言いつつあなたは、表面的にはとても澄ました堅苦しい女性に見えるんだ」ヘンリー卿はいかにも残念そうに言い返した。「少しでも強い感情を示唆すると、あなたはたちまち心を閉ざして憂鬱《ゆううつ》な顔になる」

「まさか！」ポリーはもはや怒るというより不快感でいっぱいだった。「よくもずうずうしくわたしに感情が欠けているなんて非難ができるわね！　ロンドンで会ったとき、あなたはとんでもない放蕩者《ほうとうもの》みたいに振る舞って、そのときはわたしの反応が乏しいなんて文句はひと言も言わなかったくせに！」ポリーははっとして口を手でふさいだが、もう遅かった。いったん口にした言葉はのみ込めない。

それにいずれにせよ、ヘンリーの表情が彼女を黙り込ませた。最初はただおもしろがっていたところにぬくもりが加わって、息をのむほどのやさしさへと変化していったのだ。

「うまく引っかけたわね」ポリーはささやくような声になった。「あんなこと言うんじゃなかったわ……」

「そう」ヘンリーの口調も柔らかかった。「あなたを挑発したいという、ぼくのよこしまな衝動に屈してね。だが、あなたはときどきすごく取り澄まして見えるが、ぼくには本当はそんな人じゃないとわかっていて……」

ポリーの顔がかっと赤くなった。彼女は思わず一歩、ヘンリーのほうへ歩み寄った。次の瞬間にはもう、彼の腕の中にいることがわかっていた。

そのとき、一陣のさわやかな潮風が吹き込んで、正面玄関のドアが大きな音をたて、ガストンが不満げに舌打ちしながら玄関ホールへやってきた。

「おはよう、ポリー！　おはよう、マーチナイト！」ピーターが明るく元気に挨拶《あいさつ》して、ヘッティの先に立って玄関に入ってきた。ガストンは彼女のスカーフとコートをせかせかと受け取っている。彼に気安く話しかけているピーターは、ポリーたちの姿などほとんど目に入っていないようすだ。冷たい外気に頬をピンクに染めたヘッティは、ポリーとヘンリーを見比べ、わずかに眉をつり上げた。

「サー・ゴドフリーを待っているところなの」ポリーは誰に言うともなくつぶやいた。「彼はわたしたちをディリンガムへ連れ戻しにやってきたのだけど、レディ・ベリンガムとは以前から知り合いだったようで……」彼女は漠然と客間のドアを手で示した。

彼女のうろたえぶりにヘンリーが人目もはばからず笑って、ポリーは彼のからかいに魅せられると同時に困ってしまった。彼は、自分のポリーを惑わす力に自信満々のようすだ。しかも男の傲慢《ごうまん》さでそれを楽しんでいる。ピーターとヘッティが現れたのにもかかわらず、ポリーはまだ甘美な興奮に酔っていた。人が来なければヘンリーにキスされていたとわかっていて、その機会を奪われたのがなんとも残念でたまらなかった。

「気分でも悪いのかな、レディ・ポリー？　なんだか顔が赤いよ。きのうの夜あんなことがあったせいで、まだ気持ちが動揺しているのかな？」ヘンリーはいたずらっぽい微笑を浮かべ、視線を躍らせながらポリーの手を取った。「元気になってもらわないと、あすの朝はデブン・ヨットレースだからね。ぼくがマーカス・フィッツジェラルドから優勝杯を奪うには、あなたの応援がないと！」

「そうだわ、あすはレースなんですね！」ヘッティがぽんと手を叩いて目を輝かせた。「みんなで応援に行きますわ、ヘンリー卿！」

「レース後にはクイーンズ・ヘッドで昼食会だ」ヘンリーは続けた。「そして夜はもちろん、急遽決《きゅうきょけつ》まったあなたの母上の舞踏会。一日じゅう楽しい催し続きで最高だね。レディ・ポリー！」

ポリーがヘンリーをたしなめるようににらむと、彼は澄んだ無邪気な目をしてみせた。「舞踏会でお会いできるわね」彼女は澄ました顔で言って、握られている手を引っ込めようとした。

ヘンリーはその手を放さない。代わりに彼はポリーの手を自分の唇へと差し上げ、たっぷり長いキスをした。「もちろん！　ぜひ、ダンスの相手をしてください、レディ・ポリー！」

「喜んで」ポリーはヘンリーに思わせぶりな視線を投げかけた。彼はまだ少し挑戦的にほほえんでいて、ポリーの胸は期待にときめいた。

「では、またあした」ヘンリーはつぶやいて、やっとポリーの手を放した。「ぼくもフェンチャーチへ戻らないと。失礼します、レディ・ポリー、ミス・マーカム、ピーター……」

「ああ」厩《うまや》へと歩き去るヘンリーの長身の後ろ姿を見送りながら、ヘッティがうっとりとため息をついた。「ああ、ポリー、彼って本当に魅力的な方ね……」

そのとき客間のドアが開き、話に夢中のレディ・ベリンガムとサー・ゴドフリーが出てきた。「ファーンフォースで一泊したんだ」サー・ゴドフリーが言った。「ローズ・アンド・クラウンでね。悪い宿ではなかったが、ちょっと込みすぎていて……」

ポリーはまだヘンリーの後ろ姿を目で追っていたが、ヘッティが小さな声をあげたのに気づいて、さっと振り返った。ヘッティは顔面蒼白《そうはく》で、矢で貫かれたかのように胸に手を当て、気を失って倒れそうだった。

「ガストン、ミス・マーカムに椅子を持ってきて！」ポリーが心配の声をあげたのを聞きつけて、レディ・ベリンガムが急いで歩み寄ってきて指示を出した。「コンチータ！　あたくしの気付け薬を！　さあさあ、楽にして……」彼女はピーターがヘッティを椅子に横たえるのを、それはやさしく手伝った。「心配しなくていいのよ。すぐによくなるから……」

ヘッティは摘んだ花のようにしおれていた。顔はまだ驚くほど真っ青だが、まぶたがぴくぴく動いた。ピーターはいかにも心配そうに彼女の傍らにひざまずいている。

「暑さと……」まだ早朝でとてもさわやかだというのに、レディ・ベリンガムが言い訳するように言った。「結婚式の準備のせいに違いないわ。無理をしてはだめよ！」

「はい」ヘッティは素直に答えた。ポリーは彼女の目の隅から涙がこぼれ、青白い頬を伝うのに気づいた。そして一瞬、ヘッティはピーターと結婚したくなくて、ひどく不幸なのではないかと思い、ぎょっとした。しかし、ピーターを一心に見つめるヘッティのまなざしは、間違いなく嫌悪ではなく愛にあふれているし、その手は命綱のように彼の手を握りしめている。これまでのふたりのようすを見ていても、ふたりとももうすぐ結婚できることを喜んでいるとしか思えなかった。ヘッティの奇妙な態度について、ポリーはルシールとも話し合ってみたが、いつもあんなに生き生きとしていたヘッティが、なぜこんなに緊張し、沈んでいるのか、義姉もわからないと言っていた。病気というわけでもないし、人生でいちばん幸せなときのはずなのに、なんとも不思議だ。

少し顔に血の気が戻ってきたヘッティが、なんとか立ち上がった。

「本当にごめんなさい……自分でもどうなってしまったのかわからなくて」レディ・ベリンガムのいかにも心配そうなまなざしに、ヘッティは泣き出しそうになったように見えた。彼女は激しく目をこすった。

「ぼくたちも早く家へ帰ったほうがいいようです、レディ・ベリンガム」ピーターは急いで言って、守るように婚約者の肩を抱いた。「ヘッティはやすむのがいちばんだろうから。あすの舞踏会でお会いできますね?」

サー・ゴドフリーの熱心な説得に、場の空気がなごやんだ。「ぜひ来てくれなくては! あなたはほかのご婦人方をすっかりかすませてしまう、舞踏会の大輪の花だ!」

レディ・ベリンガムは機嫌よくサー・ゴドフリーの招待を受け、一行はあたふたと別れの挨拶や招待を繰り返しつつ、馬車へと向かった。館までの道中、ピーターとヘッティはぴったりくっついて座り、ヘッティは彼の肩に頭をのせていた。そして、サー・ゴドフリーは馬車の一角で、あきれるほど惚《ほう》けた顔をしていた。彼がレディ・ベリンガムと再会できた喜びに浸っているのは一目瞭然《いちもくりょうぜん》だ。ポリーは翌日またヘンリー卿に会えることがわかっていても、なんだかひとり取り残された気分だった。世界じゅうが恋しているみたいなのに、彼女ひとりだけが自分の恋の行き着く先の見当もつかないままだった。

# 13

「今夜のあなたはとびきりすてきだ、レディ・ポリー」ヘンリー・マーチナイト卿《きよう》ではなく、トリスタン・ディットンが体をかがめてポリーの耳元にささやいた。彼の鋭い目はなれなれしく彼女を値踏みし、狐《きつね》のような顔には気味の悪い微笑が浮かんでいる。

ポリーはさっとあとずさりをした。たった二日前の夜に、屈辱的な退却をした男にしては、ミスター・ディットンはやけに意気揚々としている。実際、彼の挨拶《あいさつ》はふたりのあいだに気まずいことなどなにもなかったかのように、熱っぽかった。

「あとでダンスの相手をお願いしますよ」彼は喉を鳴らして言うと、この妙に人迷惑な態度はなんだろうといぶかしむポリーを残して、舞踏会場へ入っていった。

舞踏会場には伯爵未亡人が急遽《きゆうきよ》開いた舞踏会の客が続々集まっていた。サー・ゴドフリーが尻尾《しつぽ》を振る犬のようにうれしそうに、レディ・ベリンガムをエスコートしてくる。ポリーはレディ・ベリンガムはわざと目立とうとしているのだと思った。なにしろ彼女は深いルビー色のビロードのドレスに、びっくりするほど大きなダイヤモンドのアクセサリーを何点もつけていたからだ。ファラント家とフィッツジェラルド家も勢ぞろいしていたが、ヘンリー卿の到着を待つポリーは、ドアのほうばかり見ていた。ミスター・ディットンにほめてもらわなくても、きょうの自分が最高におしゃれをしているのはわかっている。ていねいにとかした髪は深みのある栗色《くりいろ》の輝きを帯びて、はらりと落ちたカールが魅力的に顔を包んでいる。社交界にデビューしたばかりの娘たちが好むパステルカラーは、自分の顔色を悪く見せることを知っていたので、ポリーは渋い緑色のドレスを選んだ。デザインは慎《つつ》ましく上品だが、ほっそりとした体のラインの美しさをきわだたせ、布地は歩くと柔らかな音をたてた。

オーケストラが最初のダンス曲の演奏を始め、ニコラスはルシールと席にとどまることにしたので、ピーターがヘッティを誘い、ダンスの口火を切った。ヘッティは元気を取り戻し、ポリーの知っている陽気な娘にほぼ戻ったように見えた。続いてサー・ゴドフリーとレディ・ベリンガムが、待ちきれないようすでフロアへ歩み出た。ロンドンの夜会や舞踏会ほどは格式張っていないが、客たちはやはり優美で、なによりも心からこの催しを楽しんでいた。ミスター・ディットンがねらい定めたようすでこちらへ向かってくるのに気づき、ポリーは彼女と同じようにこっそりドアのほうを見て、マーチナイト家の到着を待っていたチャールズ・ファラントと目を合わせた。チャールズは彼女の気持ちを察してくれ、トリスタン・ディットンが来る前に、彼女の前に進み出てダンスを申し込んだ。

「ミスター・シーグレイブとミス・マーカムはとってもすてきなカップルだこと」少し離れたところで、ミセス・フィッツジェラルドがダンスのパートナーに話しているのがポリーの耳に届いた。「ふたりが早々に結婚すると聞いて、わたしもとてもうれしく……」

チャールズ・ファラントがポリーをくるりと回すと、またトリスタン・ディットンの姿が彼女の目に入った。彼はなんだか神出鬼没といった感じだ。しかし今回は、ミスター・ディットンの注目の的はポリーではなく、彼は妙にじっとりとした視線でヘッティ・マーカムを見据えていた。ふいにポリーの背筋が寒くなった。ディットンの顔に浮かんだ悪意に満ちた表情が、彼女をぞっとさせたのだ。

しかしたちまちのうちに、ポリーはそんなことはすべて忘れてしまった。ヘンリー卿が母と妹を従えて舞踏会場へ入ってきたからだ。彼は伯爵未亡人に丁重に到着が遅れた詫《わ》びを言った。シャンデリアの光が彼のさりげなく乱れた感じに整えたブロンドの髪をきらめかせ、その一分のすきもない優美な正装にポリーは息をのんだ。ヘンリーが振り向き、ふたりの視線が会場を横切って重なった。彼に見つめられ、ポリーの鼓動が高まった。

ダンスが終わり、同じようにマーチナイト家の人人が到着するのを見ていたチャールズが、ポリーをルシールの傍らへとエスコートした。彼はそこにとどまって、期待をこめたまなざしを部屋の向こうのレディ・ローラに向けている。ポリーは吹き出しそうになるのをこらえた。チャールズが愛情の対象に注ぐ熱い視線は、サー・ゴドフリーとそっくりだ。公爵夫人の警戒がゆるんで、チャールズとローラが少しでも一緒にいられる機会ができればいいがと、ポリーは思った。

「さあ、わたしのそばへお座りになって」ルシールが言った。明らかに彼女もチャールズに同情し、ポリーと同じことを考えていたようだ。「すぐにレディ・ローラを呼んできてあげるわ。公爵夫人が目を離したすきにね」

次の曲をポリーはジョン・フィッツジェラルドと踊り、ニコラスは頬を赤く染めたレディ・ローラをダンスフロアへと誘った。公爵夫人もこのパートナーには満足のようすで、にこやかに笑っている。サー・ゴドフリーとレディ・ベリンガムは若いカップルたちよりもなまめかしく体をからみ合わせ、次から次へと踊り続けて、ほかの客たちの顰蹙《ひんしゅく》を買った。ふたりのこれ見よがしの態度に憤慨している者もいたが、ポリーはレディ・ベリンガムがわざとそう仕向けている気がした。同じフロアで踊るミス・ディットンとミスター・バンロンは、初老のカップルに比べてなんとも陰気だった。

「リトル・シーズンにはロンドンへ戻るの？」ポリーはさりげなくローラに尋ねた。ダンスが終わり、ふたりとも気がつくとルシールを囲むグループの中にいたのだ。ポリーは定期市での騒動でローラが自分に気兼ねをしているのがわかっていたので、なんとか堅苦しい雰囲気をほぐしたかった。

ローラはブロンドの頭を振った。「いいえ。母がわたしをよそへやる手配をしていて！」彼女は唇を嚙《か》んだ。「レディ・ポリー、コールド・ハロウではあなたにひどい仕打ちをしてしまって、本当にごめんなさい……」

ポリーはローラの腕に手をかけた。ここは心からの謝罪をするにはなんとも不似合いな場だったが、ローラの誠意は確かに伝わってきた。彼女は本当に申し訳なさそうだった。

「もうそのことは言わないで」ポリーはわだかまりのないことを示す温かい微笑を浮かべ、きっぱりと言った。そして、チャールズ・ファラントの注意を引くために、少し声を大きくした。

「じゃあ、行ってしまうのね、レディ・ローラ？とても残念だわ！　それで、行き先は？」

「母はノーサンバーランドにいる姉のリジー・エラベックのところへ行くのがいいって」ローラは伏し目がちにチャールズ・ファラントを見た。「わたしは行きたくないんだけれど、母はリジーには話し相手が必要だって言い張るんです。姉は妊娠していて、ノーサンバーランドみたいな最果ての地にあるエラベックの中世の城にひとりきりでいるのは、それは寂しいでしょうけれど！」

「まるでゴシック小説ね！」ルシールはほほえんだ。

「じゃあ、あなたはそれまではできるだけわたしたちと一緒にいなきゃ。そして、どんどん踊らないと！　ミスター・ファラント……」

チャールズ・ファラントは咳払《せきばら》いした。「あっ、いや、そのとおり……レディ・ローラ……よろしければわたしと……」

「不器用な求婚者だこと」フロアへ出ていくふたりを見送りながら、ルシールが言った。「でもとにかく正直だわ。公爵夫人が折れてくれたらと思わずにはいられない！　このままではローラは――」

「キューピッド役ですか、レディ・シーグレイブ？」

ポリーはレディ・ローラとチャールズ・ファラントのロマンスのことで頭がいっぱいで、珍しくヘンリー卿が近づいてきたのに気づかなかった。ルシールは思わず頰を赤くした。

「まあ、ヘンリー卿！　確かにふたりをけしかけるようなことをしてはいけないのかもしれないけれど、思いが引き裂かれるのがかわいそうで……」

ヘンリーはにやりとした。「今夜はロマンスの空気が充満しているね」彼は妹の将来などよりもっと差し迫った問題があるというように、ポリーを振り返った。うやうやしい挨拶とは裏腹に彼の瞳はいたずらっぽく輝いていて、ポリーの胸は潮騒《しおさい》の館《やかた》のときと同じ息苦しいほどの期待にふくらんだ。

「ぼくと踊ってください」ヘンリーはやさしく誘うと、ポリーの手を取り、立ち上がらせた。

ルシールは夫と目を合わせてほほえんだ。「キューピッドの助けなど無用のカップルもいるようね」

彼女はつぶやいた。

ポリーはヘンリーが舞踏会場に入ってきたときと同じとろけるような興奮を感じていたが、今は彼がそばにいるだけに、その感情はさらに強烈だった。彼をワルツが始まると、彼はポリーを抱き寄せた。彼を見上げるポリーの顔に、じっと真剣に注がれるまなざしから、彼女は目をそらすことができなかった。ふたりはダンスのあいだひと言も話さなかったけれど、ポリーはずっと強烈にヘンリーを意識していた。手に触れる彼の手の、体に触れる彼の体の感触が、彼の肉体をひしひしと感じさせた。彼女は強烈な魔力の中にいて、そこから抜け出したくなかった。

ダンスが終わると、ヘンリーはポリーをルシールのところへは連れて戻らず、アルコーブのふたりがけのソファへと導いた。「楽しい催し続きの一日を楽しんでらっしゃる？」ポリーはソファに腰を下ろすと、ヘンリーにほほえみかけ、軽い口調で尋ねた。「きょうのレースで二位になられたお祝いを、まだ言ってなかったわ！　ミスター・フィッツジェラルドに優勝杯を譲ったことで、あなたが落胆していなければいいけど」

ヘンリーは笑った。「彼のほうが一枚上手の船乗りだってことは認めないとね。でも、確かにぼくはがっかりしたよ。人は常に優勝の賞品をめざすものだから」

ヘンリーの思わせぶりなまなざしに、ポリーの頬が赤くなった。彼が自分のことを勝ち取る価値のある賞品だと思ってくれればいいのだが。

「あなたが昼食会に現れなかったのにもがっかりしたな」ちょっとしてからヘンリーが言った。「伯爵未亡人がクイーンズ・ヘッドを気に入らなかったのかな？」

ポリーは笑った。「ええ、まるで！　ちゃんとした宿屋だってみんなで説得したんだけれど、母はビアホールを少しましにしたようなところだと思ったみたいで！　でも、レース観戦はみんなで楽しんだわ。とてもいい天気だったし」

「楽しみが今夜ここまで続いていて、みんなとっても喜んでいるようだ」ヘンリーはほほえみながら周囲を見回した。「なんといっても伯爵未亡人のもてなしは有名だから！」

ポリーは一瞬、唯一この夜を楽しんでいないように見えるミスター・ディットンのことを思った。デイットンがヘッティを見つめていたときの奇妙な視線や、ポリーに対する変になれなれしい態度について、ヘンリーに話そうかとも思ったがやめておいた。別にミスター・ディットンのことなどポリーには関係ないのだから。

「あなたが」ヘンリー卿はもの憂げな微笑を浮かべ、ポリーのほうに向き直った。「潮騒の館での夜の出来事のショックから回復しているといいのだが。なんともいやな体験だったろうからね」

「暗い寝室に忍び込んできたミスター・ディットンを見つけたときには、本当にぞっとしたわ」ポリーはきつい口調で言った。「でも、あの夜はほかにも同じくらい不快なことがあったの！」

ヘンリーの口元がゆがんだ。「本当に！　いったいそれはどんなこと？」

「鍵《かぎ》がかかっていたはずのドアが不思議なことに開いて、また勝手に鍵がかかったの」ポリーは冷ややかに言った。「それから、あなたとレディ・ベリンガムの密会を目撃して、あなたたちはふたりとも密輸に手を染めていると確信したわ！」

しばしの沈黙があり、その間、踊り手たちは音楽にのってふたりの前で弧を描いていった。

「ひと晩に三つも興味深い出来事が起こったわけか」ヘンリーは考え深げに言った。

「ええ。それに、わたしが目撃したのが三つだっただけ。本当はもっといろいろあったのかもしれないわ！」

ヘンリーの目がおもしろがりながらも、感心するように光ったのに、ポリーは気づいた。

「あなたはずっと前からぼくを疑っていたね」彼は

さらりと言った。「密輸業者、不満分子、民衆扇動家、それにおそらくは危険な犯罪者の金持ちのパトロン……まったく次々ととんでもない悪評をたててくれたものだ！　あなたがそれでいて平気でぼくとふたりきりになるのが、不思議でしかたないよ！」

「ふたりきりじゃないわ」ポリーは依然として冷ややかに指摘した。

「ふたりきりだったとも！　ぼくがおとといの夜、小塔の階段を上って、鍵を開け、あなたの寝室へ入ったときには！」

　ポリーは思わず声をあげそうになるのを、唇を噛んでこらえた。ヘンリーを挑発しようとしたものの、まさかこんな答えが返ってくるとは思わなかった。

彼女の褐色の瞳がかっと燃え上がった。「あなたが鍵を持っているのに気づくべきだったわ！　真夜中にレディの寝室へ忍び込むなんて――」

「ああ、ぼくがどれだけあそこにとどまりたかったたか、あなたには想像もつかないだろう」ヘンリーは平然と言った。「あなたはぐっすり眠っていて、枕《まくら》に髪を広げた寝顔がそれはかわいくて、ぼくはできれば――」

「ヘンリー卿！」

「あなたは永遠にぼくの熱烈な夢の邪魔をし続けないと気がすまないのかな、レディ・ポリー？　ああ、現実は空想よりずっと冷たいものだ！」彼はいちだん声を落とした。

　ポリーはここではぐらかされず、なんとか本題へ戻ろうとした。「ヘンリー卿、あなたはわたしに説明する義務があるはずでしょう！　あなたののぼせ上がった想像などではなく、それが話の核心でしょう！」

「そうだな……」ヘンリーは込み合った舞踏会場を見回した。「込み入った説明をするにはここは人が多すぎる。少し一緒に散歩してくれたら、あなたの知りたいことはすべて話すよ。ほとんどすべてかな」彼は奇妙な微笑を浮かべてつけ加えた。

　ポリーは彼に疑惑の目を向けた。「本当に？」

「本当さ！」

「でも、わたしに言えることなの？　いいの？」ポリーは急に不安になった。「ひょっとしたらわたしは知らないほうがいいのかも――」

「もう遅い」ヘンリーは簡潔に言って、ポリーを立ち上がらせた。「あなたはすでに知りすぎているんだよ、レディ・ポリー！　半端な知識は真実の全貌《ぜんぼう》より危険だ！」

　広々とした舞踏会場のドアのひとつは、椰子《やし》の木と羊歯《しだ》の茂るたそがれの温室へと続いていた。ふたりはタイル張りの小道をゆっくりと歩いていった。

「どこから始めようか？」ヘンリーは思いをめぐらせながら言った。「やはり始まりはロンドン、チャップマンが鉄砲鍛冶《かじ》に盗みに入ったところを捕らえられ、その後逃走したところからだろうな。あなたも知ってのとおり、彼は危険な反体制活動家で、この国の最凶悪指名手配犯のひとりだ。彼にはまぎれもない弁舌の才能があって、大衆を暴動や反乱へと扇動することができる。彼は他人の不満を自分の目的のために利用するんだ。多くの平凡な人々の生活の改善に、彼が本当に興味を持っているわけではないからね。彼は数えきれないほどの凶悪な強盗事件を起こしていて、ぼくは例の逃亡以来、彼を追っているんだ」

　ポリーは立ち止まり、鋭く息を吸った。「それじゃあ、つまりあなたは……あなたは当局のために働いているってことね……政府のために？」

　暖かな夜の親密な暗闇《くらやみ》と息をひそめたような静けさの中には、なにか陰謀めいた空気が醸し出されていた。ふたりはふたたびゆっくりと歩き出し、どちらも周囲にはほとんど注意を払わなかった。

「そう、ぼくはこの五年間、政府のために働いてきた。さまざまな名前や身分を使ってね」ヘンリーはありふれた告白でもするように、しごくあっさりと言った。

「つまり、あなたは密偵だったってこと?」ポリーはなんとか冷静な声を保とうとしたが、ヘンリーの淡々とした口調に合わせるのは難しかった。彼に対するイメージや理解が、根本からひっくり返ってしまったのだから。

「そう呼ぶこともできるだろうね」ヘンリーはほほえんではいなかったが、今やその声にはどこかおもしろがっているような響きがあった。「ぼくは言葉など気にしない。その呼び方はちょっと……メロドラマじみていると思うけど。とにかくあらゆる種類の仕事をやってきた。必要なことはなんでもね。最近の戦争では、フランスそのほかの外国でもしばらく過ごしたし、情報の収集も……」彼は少しためらった。「南の海岸沿いの情報源から行った」

ポリーにはヘンリーの言葉の意味がわかっていた。密輸品を持ち込む業者は同時に大陸からの非常に重要な情報も運んでくるのだろう。ただし、彼らの商売は汚く危険だ。ポリーはヘンリーが社交界からすっかり姿を消したときに、彼が不道徳な情事に浸っているとか、財産を賭事《かけごと》に浪費しているとか、いつも噂《うわさ》や憶測が乱れ飛んだことを思い出した。それでも、彼女がヘンリーの中に見た強さ、高潔さは、彼の刹那《せつな》的な生き方と矛盾していて、それがいつも彼女をとまどわせていた。今そこに新たな意味が見えてきたのだ。

「わたしは……」ポリーはためらいがちに言った。「わたしたちみんなが、あなたは単に……おもしろおかしく生きているのかと……」

「別に驚きもしないよ。ぼくはまさにそういう印象を与えようとしてきたんだから」ヘンリーは肩をすくめた。「ぼくが女性と賭事とクラヴァットの結び方ぐらいにしか興味を持っていないと世間に思わせるには、それがいちばんだったからね。ごくわずかの人間だけが真実を知っているんだ。ぼくが完全に信頼できる者だけが」

ヘンリーの言葉の意味を噛みしめ、ポリーの胸に喜びの火が灯《とも》った。「じゃあ、社交シーズンのあいだじゅう、あなたは懸命にチャップマンを追っていたと？」

「そのとおり。ハムステッド・ウェルズでも暴動のときも王立慈善協会のときでさえね！　まったくやつには振り回されどおしだ！　そしていつも、あなたはぼくを卑劣な犯罪者かと疑っていたんだ！」

ポリーは赤くなった。「暴動のときは……今やっと、あなたがなぜピストルを持っていたのかがわかったわ！　でも、あなたはわたしたちを助けるために、追跡を中断したのね。そうするべきじゃなかったのに――」

ヘンリーは厳しい口調になった。「ぼくにあなたを見捨てていくことができたと思うのか？　なぜぼくがあの場へ出ていったと思う？」

ポリーは答えなかった。彼女は今ふたりのあいだに張り詰めている緊張を感じ、この質問は受け流すことにした。それを考えるのはまだ早い気がしたのだ。

「でも、チャップマンはまだ捕まっていなくて、あなたはここウッドブリッジにいる……」ポリーははっとして目を見開いた。「まさか、彼がここにいるわけ！」彼女は凶悪犯が自ら名乗りを上げるのを予期したかのように、ガラス戸の向こうのカップルたちが依然くるくると舞っているダンスフロアへさっと目を向けた。ヘンリーはなだめるように彼女の腕を取った。

「いや、彼はここにはいない。今夜はね。だが、あなたの推理はいつもながら完璧《かんぺき》だ、レディ・ポリー！ チャップマンはすぐ近くにいるし、ぼくが追っているほかのやつらはさらに近くだ。最終的にこの件が片づくまでは、あなたもよくよく用心していないと」

「潮騒の館で真夜中にわたしの寝室へ侵入したのも、この仕事の一環だったのね」ポリーは少し頭がぼうっとしてきて、観賞用の池のそばのクッションつきのベンチに腰を下ろし、冷たい水面に反射するろうそくの炎を眺めた。「潮騒の館のあの寝室の小塔のドアは、地下室から間違いなく海へと続いていて……」

「そう」ヘンリーはベンチのポリーの傍らで少し身じろぎした。「ぼくの仕事にもしっかり報酬がついてきたわけさ！」

「なにをばかな！ わたしがあの部屋で寝ていることなど、まったく関係なかったでしょう！」

「仕事を楽しくしてくれたことは確かだ！」

ポリーはこんなことで話をはぐらかされるのはいやだった。

「なぜわたしにすべてを話してくれたの？」彼女は尋ねた。

ヘンリーは真顔になって、ポリーを見つめた。彼女の瞳はどこまでも澄んで無垢《むく》だ。彼女に嘘《うそ》をつくべきなのはわかっていたが、ヘンリーにはできなかった。これは重要な問題なのだ。

「理由はいろいろあるよ」ヘンリーはできるだけ軽い口調で言った。「これ以上あなたに見下されたままでいるのもいやだったし！ あなたはすでにいろいろ疑っていたから、真実を知ってほしかった。それはぼくにとって重要なことだったんだ」

ヘンリーが偽らぬ本心を語っているのがポリーにも伝わってきた。さっきまでのふざけて茶化すような調子は一切なかった。ポリーに触れてはいないものの、すぐそばに座っている彼の緊張が感じ取れた。彼の顔はまだ影の中にあった。

　ポリーは立ち上がって窓辺に歩み寄り、静かな庭から銀色の月光にきらめく湖を見渡した。彼の正直さがポリーもなにか言わなくてはいけない気持ちにさせた。ずっと彼に言いたかったのに胸に秘めてきたことを。

「あなたはわたしに言ったでしょう。確かレディ・フィリップス邸の仮面舞踏会のときだった。あなたがそんなふうになったのには、わたしもひと役買っているんだって。それでわたし……」ポリーはいったん言葉を切った。「これまで真実がまさかこんなことだとは考えてもみなかったけれど、五年前にわたしがあなたの求婚を断ったことが、やはりあなたの行動に影響を与えたのだと思うわ。あんなふうにあなたを拒絶して、ごめんなさい。本当にごめんなさい。あんなことがなければ、あなたにはまったく違った未来が開けていたかもしれないのに……」ポリーの声はすすり泣きに変わった。

「ぼくがそれをあなたのせいにするとしたら、お門違いもいいところだよ」ヘンリーはすばやく言って、ポリーのすぐ後ろへやってきた。「自分の行動には自分で責任を持たないと。ぼくがこの道を選んだのは、単に五年前にあなたに結婚の申し込みを断られたからじゃない。この決断にはいろいろな要因がかかわっていて、あなたと生きる人生の希望が断ち切られたことは、その要因のひとつにすぎないんだ」

　ポリーはガラスに映るヘンリーの顔をじっと見つめた。彼はすぐ間近にいて、その体の放つぬくもりまで感じられる。それは窓から吹き込む冷たいすきま風とポリーを少し震えさせる思いとは、対照的な温かさだった。

「あなたに一緒に逃げようと言われたとき、わたしはあまりに未熟でどうしていいかわからなかった」

ポリーはゆっくりと言った。「わたしは愛がなにを意味するのか、本当のところは理解できていなかった」彼女は小さくお手上げのしぐさをした。「あなたを愛しているつもりでいたけれど、それはまるで子供じみたロマンティックなあこがれで、あなたについていく力を与えてくれるような深みに欠けていた。わたしはしょっちゅうそのことばかり考えていたの……わたしにあなたの誘いを受け入れる勇気があったら、どうなっていただろうって……もしそうしていたら……そうしていたらどんなに……」

ヘンリーはポリーの腕に手をかけた。「レディ・ポリー、もうよせ。そこまで正直になるのはよくないときもある。ただつらくなるだけで……」

ポリーは振り返ってヘンリーと向き合った。彼女の瞳は熱い思いに輝き、カールした栗色の髪が紅潮した顔を包んでいた。ヘンリーは彼女にキスしたくてたまらなくなった。それも、レディ・フィリップスの舞踏会のときのような計算した誘惑ではなく、あふれ出る情熱は自分でもショックなほどだった。

「今わかった」彼はかすれた声で言った。「あなたは深い感情を抱けない人だと思ったのは誤算だった。ぼくの間違いだった……」

ポリーの唇はヘンリーの唇のすぐ下にあった。彼女の頬へと手を伸ばし、顎を持ち上げれば、簡単にふたりの唇が出合った。最初はおずおずとしたキスも、突然どっと欲望が押し寄せてきて、ふたりをさらっていきそうになる。ふたりのあいだに張り詰めていた感情と緊張が、突然キスの中に解き放たれた。ポリーの唇が驚きに、そしてすぐさま情熱のままに開く。彼女は両腕をヘンリーの首にからませて彼を引き寄せた。ヘンリーも一瞬のためらいののち、分別を捨てた。ポリーはもう疑うことを知らなかった。ただ、ふたりのあいだに満ちてくる感覚、語らずとも伝わる思いと感情、くらくらするような直感と期待を感じていた。彼がポリーに触れると、愛と切望が溶け合って、圧倒的な欲望となった。ポリーがヘンリーにしなやかに身を寄せると、彼も彼女をひしと抱きしめた。

彼が体を引いたときにも、ポリーはまた彼を引き寄せ、髪に指をからませ、ふたたびその唇を自分の唇に重ねた。

ヘンリーはもう一度彼女を離すと、荒い息をしながら彼女の髪にキスした。

「ぼくがこんな間違いをしでかすなんて珍しい」彼の少し震えた声には悔やみつつおもしろがるような響きがあった。「ポリー……」

ヘンリーの胸にしっかりと抱かれ、彼の鼓動を自分の胸に感じながら、ポリーは直感的に彼が抱擁を解くのがどれほど困難かを感じ、あえてそんな彼の手助けをしようとはしなかった。ポリーは彼がどれほど自分を誤解していたかを見せつけたかった。長年の抑圧がいとも簡単に解けてしまったのだ。ポリーはヘンリーの上着の下に両手を滑り込ませ、彼のたくましい体の感触を味わった。そして、彼が押し殺したあえぎ声をあげると、ふたたび彼の唇へと唇を差し出した。

ヘンリーはポリーの体を回して、壁を背にするようにした。薄いシルクのドレス越しに壁の冷たさが伝わってくるはずなのに、ポリーはほとんど気づかずにいた。彼女の意識のすべてがヘンリーとのあいだの官能に集中していた。彼女は官能の波にさらわれたかった。しかし、執拗《しつよう》に求めるキスがしだいにやさしくなっていく。ヘンリーの唇はポリーの唇を離れて柔らかなうなじをたどり、感じやすい肌をくすぐり愛撫《あいぶ》して、彼女が上げた顔にキスの雨を降らせた。

「ポリー……」彼はキスの合間にささやいた。「もう止めないと……無理だよ……時も場所も適切じゃない。この件が片づくまでは、ぼくは自由じゃないから……」

ポリーはしぶしぶ目を開いた。彼女はキスに酔い、欲求のうずきは静まることがなかった。でも、ヘンリーにとっても彼女を離すのが困難だったのはわかる。彼もポリーと同じくらい震えているようだった。それに、彼の最後の言葉の意味もちゃんと受け止めている。彼は時が来ればきちんと周囲にも宣言して、自分に求婚するつもりなのだ。ポリーの瞳が星のように輝いて、ヘンリーはやさしくほほえんだ。

「愛しているよ」彼はそっとつぶやいた。「あなた以外の人にこんなことは言ったことがないんだ。信じてほしい」

# 14

意を決したにもかかわらず、それからヘンリーがポリーを行かせるまでにかなり時間がかかった。彼は自分もできるだけ早くあとを追うから、なるべく目立たないように舞踏会場へ戻るようにと彼女にささやいた。ポリーはキスと幸福感に頭がくらくらして、ほとんど漂うように会場に入り、みんなが即座になにかが違うと気づくだろうと思った。しかし、誰も変だと感じた者はいないようだ。夜食前のダンスが進行中だった。ルシールは依然として会場の一角で家族や友人たちに囲まれていて、ふわふわと通り過ぎていく義妹を一瞬だけちらりと見上げた。ヘッティとピーターはアルコーブに座り、頭をぴたりと寄せてふたりだけの会話とほほえみを交わしている。レディ・ベリンガムとサー・ゴドフリーはまだ踊り続けていた。ふいに背後から腕をつかまれ、ポリーは立ち止まった。

「レディ・ポリー」トリスタン・ディットンが彼女の耳元で言った。「あなたに話しておかなければいけないことがあるんだ。今すぐに！」

ミスター・ディットンの細い陰険な顔を見ると、ポリーの幸福感もしぼんでいった。悪寒をこらえるのが精いっぱいだ。彼はまたしても、なんともぶしつけな値踏みするような視線をポリーに浴びせている。ヘンリーのキスの魅惑に包まれた直後だけに、ディットンの態度はひどく不快だった。

「またの機会にしていただけないかしら」ポリーはできるだけ礼儀正しく言った。「わたしはこれから母と――」

「伯爵未亡人ならしばらく待ってくれるよ」ディットンはねこなで声で言った。「ふたりで話し合わなきゃならない非常に重要な問題なんだ。潮騒《しおさい》の館《やかた》であああいう屈辱的な出来事があって以来いろいろ考えたんだ。わたしの名誉にかけてあなたに求婚するのが義務だと感じてね」

ポリーは思わず声をあげそうになった。ヘンリーの愛の言葉がまだ胸にこだましているだけに、トリスタン・ディットンに求婚されたという事実を受け入れるのが難しかった。だが、彼はしごく真剣なようすだ。夜食室へ向かうカップルに押されたので、ディットンはポリーを脇《わき》に引き寄せ、ふたりはしばし薄暗い廊下に取り残された。

ポリーは非現実感をなんとか振り払おうとした。

「お言葉はうれしいんですけど」彼女は丁重に言った。「そんな必要はありませんわ。みんながあれは事故のようなものだとわかっていて、あなたの身の潔白を心得ていますから」

暗がりの中でディットンが笑ったように見えた。

「あなたはとても品行方正で、自分の評判をそれは大切にするレディだから、わたしを拒絶することはないと思っていたのに！　わたしの思い違いだったのかな？」

ポリーは彼女にも非があるようなあてこすりにかっとした。「わたしの評判はどんな方にも劣らないと自負していますから」彼女は冷ややかに言った。「まるで根も葉もない脅しにひるむ必要などないでしょう！　ありがたいお言葉ですけれど、断らせていただきます」開いた舞踏会場のドアの向こうに、ポ伯爵未亡人が夜食室へと向かう姿が見えたので、ポリーは一歩前に出た。トリスタン・ディットンが彼女の腕をつかんで引き止める。廊下を足早に横切る召使いが、ふたりに好奇の視線を向けた。

ポリーの忍耐もここまでだった。

「いったいどういうつもりなの？　わたしはもうはっきり――」

トリスタン・ディットンは細い顔をポリーの間近に近づけた。

「あなたのように自分の評判を守ることに慎重でない若い娘がいてね、レディ・ポリー！　自分が結婚しようとしている相手の体がすでに汚れていると知ったら、あなたの兄上はどう思うだろうね？　エドマンド・グラントリー卿《きょう》が先に手をつけたと知ったら」

ポリーは嫌悪感に一歩あとずさりし、信じられないといった顔でディットンを見た。「なんていやな人！　よくもそんなひどい中傷を――」

「中傷なんかじゃない」ディットンは満足げに確信を持って言った。「わたしはすっかり聞いたんだ。ふたりきりで宿にやってきて、グラントリーがミス・マーカムの純潔を奪うと自慢していて、宿主が翌日グラントリーが成功したことを確かめたと！

彼女はひと晩じゅう彼と一緒だったんだ！　あなたがわたしとの婚約に応じなければ、レディ・ポリー、わたしは今夜の舞踏会に来た客全員に、ミス・マーカムの恥辱を言いふらしてやる！」

ディットンの目は興奮に燃えていて、ポリーは胸が悪くなった。彼女はすぐさまディットンの言葉を全面的に否定しようとしたが、ヘッティがディリンガム・コートへ到着したときの記憶がそれを思いとどまらせた。ピーターが早く式を挙げたいと言い張り、伯爵未亡人の反対をヘッティがひどく嘆いた場面が、ぞっとするほどはっきり浮かび上がってきた。いつもは生き生きとしたヘッティになぜか不幸の影が感じられることも。ディットンの言葉は本当だろうか？　ピーターは事情を知っていて、婚約者を自分にできる唯一の方法で守ろうとしているのか。兄が自分を犠牲にする覚悟でいるのに、ミスター・ディットンが大勢の人の前で真実を暴露したら……。

さらに恐ろしいことが頭に浮かんで、ポリーは凍りついた。ヘッティのおなかに赤ん坊がいるとしたら？　この前の気絶も、単なる結婚式前の気苦労と疲労というより、納得がいく。もしそうだとしたら、彼女はなんとおぞましい恥辱を背負っていることか！　考えただけで、ポリーはディットンに答える気力を奪われてしまった気がした。

「あなたにはぞっとするわ！　断ればミス・マーカムの秘密を暴露すると脅して、わたしに求婚を承諾させようというの？　頭でもおかしいんじゃなくて？」

「違うね！」トリスタン・ディットンはポリーの腕をきつく握りしめた。「あなたはわたしに言われたとおりにするしかないんだ、レディ・ポリー。ミス・マーカムの恥辱を、兄上の怒りと嫌悪を思ってみたまえ！　おぞましいゴシップに尾ひれがついて、何年かに一度の大スキャンダルになるだろう！　あなたがわたしの求婚を断れるものか！」

「わたしはそんなこと信じてもいないわ！　あなたの間違いか、誰かが嘘《うそ》をついているに決まっている……」そう言いつつもポリーは自分の答えに説得力がないのはわかっていたし、ディットンはにやにや笑っていた。

「あの夜、ミス・マーカムがローズ・アンド・クラウンにいたことを証明できる証人がいるんだ！　わたしがひと言発しただけで、彼女はもうずたずたさ。そして、大勢の前で恥をさらすことになる！」

その恥辱と恐怖を思い、ポリーは息をのんだ。彼女はちゃんと考えることができなくなった。承諾することを考えるだけでも狂気の沙汰《さた》だとわかっていたが、ディットンの指は腕に食い込んでくるし、彼の目はめらめらと彼女を焼き尽くすようだ。ばかげてる！　ヘッティの愚かな行動の尻ぬぐいのために、自分の未来を捨てることなんてできない。だが、ちょうどそのときドアが開いて、ピーターが愛情のこもった笑顔でヘッティを見下ろし、彼女が腕に置いた手に手を重ねるのが見えて……。婚約を破棄したときの兄の不幸なようす、レディ・ボルト相手の愚かな振る舞い、ヘッティがグラントリーと婚約したという嘘の情報を信じて酒に溺《おぼ》れたことなどを、ポリーは思い出した。

「わたしは今すぐ金持ちの妻が必要でね」ディットンはなれなれしく言って、彼の話のおぞましさをさらに高めた。「あなたは金持ちの上に血筋もいい。こんなことでもないと、わたしは伯爵の娘との結婚なんて望めないからな。さあ、おいで。わたしたちは似合いのカップルになるさ。そう思わないか？」

舞踏会に百人もの客が来ていることを思うと、ポリーはぞっとした。ディットンがヘッティの転落を一同に暴露したら、その結果は考えるのも恐ろしい。なんとか時間を稼いで、公表を阻むことはできないものか。なんとかうまく切り抜けて、誰かに相談し、うまい策を……。

ポリーの心にはさまざまな考えやイメージが渦巻いた。ヘンリーの顔が目の前に浮かび、温室でふたりのあいだに起こったことが急に遠く、ほとんど空想の世界のように感じられた。それとも、こちらが非現実なのか。ディットンはまるでばねのように予測不可能で不安定だ。

「わかりました」ポリーが弱々しく言うと、彼が満足の吐息をもらすのが聞こえた。「でも婚約はわたしが家族に話すまでは秘密に――」

これはひとつの賭《かけ》だったが、即座にポリーがいかにディットンを見くびっていたかがはっきりしてしまった。

「秘密！」ディットンは陽気に叫んだ。「まさか！わたしは屋根の上から叫びたいくらいだ」彼はポリーの手をつかみ、夜食室へと引っ張っていった。部屋には食器の触れ合う音、おしゃべりのざわめきが響いている。ポリーは急に怖くなって尻込みした。

「だめよ！　そんなことできない！　わたしはそんなつもりじゃ……お願いだからもう少し待って――」

だが、ディットンは聞く耳を持たない。

「さあ、来るんだ。わたしがあなたに承諾を取り消すチャンスを与えると思うか？　わたしだってばかじゃないんだからな！　きっと大騒ぎになるぞ……まあ、ミス・マーカムの転落を暴露するよりは劣るだろうがな！」

ポリーはかすかなうなり声をあげた。

「なに、怖がらなくてもいい」ディットンは軽い調子で続けた。「あなたが約束を守れば、こっちだって約束は守るさ！　さあ、行こう。いよいよ発表だ！」

ふたりが入っていくと、部屋は奇妙な沈黙に包まれた。いちばん奥の窓へと続く長いテーブルにはごちそうがずらりと並び、席はほとんど埋まっていた。上座の一角をシーグレイブ家の面々が占め、周囲の友人、隣人たちとの会話がはずんでいる。悪いことに、その左側ではマーチナイト公爵夫人、レディ・ローラ、そしてヘンリー卿が食事を楽しんでいた。ヘンリー卿は苺《いちご》の甘さについて語っている母のほうへ首を傾けている。彼はポリーが近づいてくると顔を上げ、一瞬喜びに目を光らせたが、彼女がトリスタン・ディットンに手を引かれて進んでくるのを見ると、その光はかすんでいった。

ディットンは上座まで来て止まり、シーグレイブ伯爵に向かって言った。

「レディ・ポリーがわたしの求婚を受けてくれました」彼は愛想よく満足げに言った。「わたしは世界一の幸せ者です！」

一座は静まり返った。伯爵未亡人はテーブルにワイングラスを乱暴に置いて、デザートスプーンをはじき飛ばした。

「ポリーが？　ミスター・ディットンと婚約？　なにをばかな」

ポリーは傍らのディットンの体がこわばるのを感じた。情緒不安定な彼のことだから、突然さっきポリーに言ったことをここでぶちまけるかもしれない。

ポリーは慌てて言った。

「ばかなことなんかじゃないの、お母様！　わたし確かにミスター・ディットンとの結婚に同意しました。なんといってもわたしたちは物心ついて以来の知り合いだし、わたしは彼を立派な方だと……」ポリーは長兄の顔に嘲笑《ちょうしょう》が浮かぶのを見て、口ごもった。不安に駆られ、大勢の人を前にしながら口から出まかせを言ってしまったことは、自分でもわかっている。それでも、ニコラスはなにも言わない。

彼の傍らでは、ルシールが茫然《ぼうぜん》としていた。

だが、運よくトリスタン・ディットンだけはポリーの言葉に納得した。彼は夜食室に集まった人々に満面の笑みを向けた。

「さあ、わたしの愛の勝利を祝ってください！」

ニコラス・シーグレイブが立ち上がった。兄の褐色の目がほんの一瞬だけ軽蔑《けいべつ》の光を帯びたのを、ポリーは見逃さなかった。彼は客の前で騒ぎを起こすつもりはないが、あとでしっかり決着をつけるという構えだ。

「知らせてくれてありがとう、ディットン」ニコラスは快活に言った。「この件を妹と話し合う機会を楽しみにしているよ。それから……」彼はつかの間ためらった。「妹の後見人のサー・ゴドフリーとも相談しないと」

ディットンの唇に冷笑が浮かんだ。さすがに無神経な彼も、この場に温かな祝福の空気がないことに気づいたようだ。彼はポリーのほうに向き直ると、彼女の腰に手を回し、部屋の中央へと押し出した。

「さあ、愛する人よ」彼はつぶやいた。「わたしたちの甘いロマンスをみなさんに告げるときが来た！ はっきり言ってくれ。そうでないとあなたの兄上があなたは本気じゃないと思うから！ 兄上を説得しなくては！」

ディットンの言葉の裏にある脅しを、ポリーははっきり聞き取っていた。薄いシルクのサマードレス越しに、彼の手は熱くじっとりと湿っている。ポリーは鳥肌が立った。口を開き、とにかくなにか、なんでもいいから口にして、なんとかこの場をしのごうと思うのだが、心の底では絶対無理だとわかっていた。そしてそのとき、ルシールと目が合ったのだ。

シーグレイブ伯爵夫人はかすかに目立ち始めてきたおなかに軽く手を置いていた。もう一方の手は夫の腕にかけていて、そのしぐさはやさしげなのと同時に夫をしっかりと支え、夫と一体となっている風情があった。そして、ポリーに向けられた鮮やかな青い瞳は、真っ向からの挑戦のまなざしを放っている。ポリーは思わず、すすり泣きの声をもらした。ルシールはポリーの望むものすべてを手に入れている。ついにヘンリー・マーチナイト卿と結ばれる日が来たら、ポリーにも手が届くかもしれないと思うものすべてを。しかし、今ここで、始まる前からもう、ポリーは夢を打ち砕かれてしまったのだ。

彼女はヘッティ・マーカムを見つめ、暴露の際まで追い詰められて体が震えた。ヘッティの恥辱はポリーの自由を意味する。だが、ピーターが……ピーターは昔から特に敏感というわけではなかったが、とまどいと心配の入り混じった顔で妹を見つめていた。ピーターがどんなに傷つくかと思うと、ポリーは……。

「ごめんなさい、失礼するわ……暑さで……わたしすごく気分が悪くて……」

しかし、ポリーが一同の容赦のない視線から逃れるより先に、ヘンリーが音高く椅子を引いた。彼が怒りと嫌悪の表情を浮かべ、いまいましげにこちらに背を向け部屋を出ていくのを、ポリーは見つめていた。そして、彼女は気絶した。

鍵《かぎ》のかかったドアの向こうで、伯爵未亡人の声が鐘の響きのように大きくなったり小さくなったりするのが、ポリーの耳に聞こえた。

「狂気よ。わたくしに言わせれば完全に狂気の沙汰だわ！　あの汚らわしい獣《けだもの》に身を捧《ささ》げるなんて……そうでしょ、ゴドフリー！　誰かがあの子と話さないと！　だめよ、ゴドフリー、あなたじゃますます話がややこしくなるわ！　ああ、神様、わたくしたちいったいどうすればいいのかしら？」

サー・ゴドフリーのどら声が響いたが言葉は聞き取れず、次にレディ・ベリンガムがなだめる声がした。「伯爵未亡人、あたくしは一瞬たりともレディ・ポリーがミスター・ディットンとの結婚を望んでいるなんて思ったことはありませんよ。間違いなく問題は、彼女がそうしなきゃいけないと思っている理由ですわ！」

ポリーは息を殺した。彼女はレディ・ベリンガムの洞察力に大いに関心した。

「娘は例の夜のばかげた出来事のせいだって言うの！」伯爵未亡人は涙ながらに語った。「何度も何度もあんなことなんでもないって言い聞かせたんだけれど、あの子は自分の評判は損なわれてしまったって言い張るのよ！　正気を失ってしまっているんだわ。その上、彼を尊敬しているふりをするなんて！　まったくばかげてる！」

廊下でドアの閉まる音がして、ポリーはルシールのやさしく問いかけるような声を聞いた。

「ルシール！」伯爵未亡人はすがるように言った。「あなたがポリーと話してきて。今すぐに！」

ポリーは緊張して、ドアにノックの音が響くのを待った。伯爵未亡人の大仰な口調とは対照的なルシールの短いつぶやきが聞こえ、あとは沈黙が続いた。ポリーは待ったが、ノックはなかった。彼女は心底ほっとして、またどっと泣き出しそうになった。これで少なくとも、ルシールに嘘をつく必要はなくなった。義姉に嘘をつくことだけは耐えられなかったのだ。

あふれる熱い涙で枕《まくら》がぐっしょり濡《ぬ》れたベッドを出て、ポリーは開け放した窓辺へ行った。海からの涼しい夕風が彼女の腫《は》れ上がった顔をやさしく撫《な》でてくれた。彼女は窓ガラスに映る自分の顔を見るのが耐えられなかった。ひどい顔を見るのもいやだったが、それ以上に、自分の瞳の苦悩を突きつけられるショックを避けたかった。

ポリーはひと晩じゅう泣き明かし、翌日も涙が枯れ果てるまで泣いていた。自分のために泣き、図らずも妹をこんな状況に追い込むことになったピーターのために泣き、魅力と地位の虜《とりこ》となったために自らの、そして今やポリーの転落を招いた、無責任なヘッティのために泣いた。しかしなによりも、ポリーはすべての希望が消えてしまったことを思って泣いた。ついきのうの夜、ヘンリーにやさしく抱かれたこと、トリスタン・ディットンが婚約を発表したときのヘンリーの唖然《あぜん》とした顔、ポリーに背を向けて部屋を出ていった姿を思い出した。

ポリーはあまりに愚かで、トリスタン・ディットンを操ることができると思い、ヘッティの評判を守りながら、自分の将来も救えると安易に考えていた。今、彼女は、すべてを説明したとしても、自分とヘンリー・マーチナイトとのあいだにできた溝はもう決して埋めることはできないと悟ったのだ。

ローンボウリング場の芝生はもう影に包まれていた。ついきのうまでは世界が希望に輝いていたなんて、ポリーは信じられない気がした。でも、今は……彼女は心を閉ざした。もうすぐ、彼女はまた、この婚約に不審をつのらせている家族と顔を合わせなくてはならない。ウッドブリッジのジ・エンジェルで舞踏会があるからだ。ポリーは自分が行かなくても、トリスタン・ディットンが約束を守るとは信じきれなかった。

その夜、部屋を出て階段を下りていくポリーは、めったにないほどぐあいが悪そうに見えた。家族の誰ひとり、彼女の身支度のようすを見に来るものはなく、それは彼女の婚約に対する明らかな反対の表明だった。そして、ポリーの青ざめ腫れた顔を見たときのジェシーの憐《あわ》れみの表情だけで、ポリーはまたベッドに戻りたくなった。フリルも裾《すそ》飾りも念入りのおめかしも、なんの効果もなかった。彼女はひどい姿だった。

シーグレイブ家の全員とサー・ゴドフリー、レディ・ベリンガムが玄関ホールに集まってポリーを待っていた。誰もひと言も話さない。ニコラスはポリーがジュリアン・モリッシュの求婚を断ったときと同じくらい怒っているように見えた。いや、それ以上かもしれない。彼の褐色の瞳は輝き、口は真一文字に結ばれていた。伯爵未亡人とサー・ゴドフリーはともに、沈黙を保つのに懸命で今にも破裂しそうだ。一方、ピーターとヘッティはふたりとも悩み、当惑しているように見えた。しかし、ポリーがいちばん警戒しなくてはいけないのは、ルシールとレディ・ベリンガムだった。敏感なふたりなら、少なくともことの事情の一端ぐらいは、すぐに勘づいてしまいそうだ。

一行がウッドブリッジのジ・エンジェルに着くころには、ポリーはすでにもう限界に来ていた。明らかに家族の中では、誰もポリーの婚約のことは口にしないという取り決めになっているらしく、彼女と一緒の馬車に乗ったルシールもニコラスも、婚約や結婚やミスター・ディットンにかかわる話題は一切避けていた。ポリーにはそれがむしろつらかった。皮肉なことに、彼女はこの沈黙、特にルシールの沈黙のせいで、義姉にすべてを告白したくてたまらなくなった。しかし、ニコラスの褐色の瞳の、怒りに満ちた忍従のまなざしが、ポリーに沈黙を強いた。

思いがけぬ婚約のニュースが、野火さながらすばやくウッドブリッジに広まったのは明らかだった。何十人もの知り合いが急いでシーグレイブ家の面々のもとへ歩み寄り、祝福の言葉を述べた。そして、舞踏会に出席していた人々もまだこの婚約を話題にしていた。シーグレイブ家の一行が舞踏会場へ入るとすぐ、ミス・ディットンがポリーのそばへやってきた。

「お義姉様《ねえ》！」彼女はうっとりと言った。「会えてとってもうれしいわ！　母はまだ有頂天で、もうこの婚約のことばかり話しているのよ！」彼女は少し身をそらし、ポリーの腫れた青白い顔を見て顔をしかめた。「あらまあ、今夜のあなたはなんだか妙よ！　もっと幸せそうだと思っていたのに！」

ポリーは毎日ミス・ディットンに意地の悪いことを言われる生活を思うとみじめでたまらず、その母親の喜ぶ顔を直視できなかった。ミセス・ディットンは鉢植えの椰子《やし》の木の傍らに座って、笑顔を振りまいている。気取った息子は得意満面の笑みを浮かべ、母の椅子の背にもたれて、通り過ぎるすべての人から祝福の言葉を受けていた。彼を見るなり、ポリーは胸が悪くなった。彼が発している悪のオーラに、ほかの誰もが気づかないのが不思議だった。

しかし、ポリーの苦痛はまだ始まったばかりだった。トリスタン・ディットンは彼女に最初のダンスのパートナーになることを要求し、さらに続いてワルツの相手も強要してきた。ポリーが踊りたくないと抵抗してもむだだった。彼はポリーの言葉に耳を貸さなかった。

「なにをばかな！」トリスタンが陽気に言うと、彼の母親は息子の熱烈さに目を細め、伯爵未亡人のほうはうんざり顔だ。「踊るのが当然じゃないか！　わたしのいとしいポリー、大切な大切なポリー、あなたはもうわたしのもので、わたしがあなたを独占し、いろいろせがんだりかわいがったりするんだ！　なんと楽しいことか！　なんと喜ばしいことか！」

「やはりワルツを踊るのが筋でしょう」伯爵未亡人はこれさえがまんすれば娘が解放されると思ったのか、ある種の諦念《ていねん》をこめて言った。

ミスター・ディットンはしっかりポリーを引き寄せた。彼の骨張った両手が彼女をわしづかみにし、なんとも不快な形で体を密着させる。そして、彼女が体を引こうともがくと、自分の薄い胸に強く抱き寄せ、耳元できつくささやいた。「もうわたしの言いなりになるしかないことを忘れたのか、レディ・ポリー？　わたしの口からひと言もらせば、ミス・マーカムの評判は永遠に汚辱にまみれる。あなたの兄上の幸福もな！　さあ、ほほえむんだ！」

ふと昔の思い出がポリーの胸によみがえってきた。みんなまだ子供だったころのことだ。トリスタンはいつも、森の池で見つけた蛙《かえる》をいじめるのを楽しんでいて、木の枝で突いたり、ときにはもっとひどいことをした。巣から落ち、トリスタンの残酷な手の中で必死ではばたく小鳥の雛《ひな》を見て、ポリーが放してやってと金切り声をあげたこともあった。そして今、彼はポリーを責めさいなみ、その過程をたっぷり楽しんでいる。ポリーはトリスタンに激しい嫌悪を感じた。喉に酸っぱいものがこみ上げてきて、目の前に赤い靄《もや》がかかる。ポリーが生き延びる唯一の方法はすべての感覚を鈍らせることだった。

トリスタン・ディットンはその夜はずっとべったりとポリーのそばに張りつき、あれこれと婚約者の世話を焼く恋人を徹底して演じた。舞踏会の途中でマーチナイト家も到着し、ポリーの胸はどきりとしたが、すぐにヘンリーは完全に彼女を無視するつもりなのだとわかった。ディットンのポリー独占を破ろうとした紳士はただひとり、ウッドブリッジの兵舎に駐屯する第二十一竜騎兵連隊の将校だった。たくさんの軍人が舞踏会に出席していて、彼らの赤の制服が地味な黒の正装の中に鮮やかな斑点《はんてん》を散らしていた。若い大尉はポリーとのカントリーダンスに熱中していたのだが、途中でディットンがやってきて彼に立ち去るように告げた。ポリーはとまどい怒った大尉が立ち去る姿を見送りながら、ディットンの不作法な態度を恥ずかしく思った。彼女自身の家族も彼女に関心を示さなかった。まるでみんな彼女を見捨て、完全にディットン家に押しつけてしまったみたいだ。ポリーがこんなに孤独を感じたのは生まれて初めてだった。

「ポリー、あなたはまるで祝宴の幽霊みたいよ」ミスター・ディットンの注意がつかの間、妹に向けられているあいだに、ルシールが義妹の傍らにちょっと立ち止まり小声で言った。ミス・ディットンは今夜はレディ・ローラ・マーチナイトの血色がかなり悪くないかと、兄に同意を求めている。ルシールの澄んだ目が忍び笑いをしている兄と妹にがっかりした視線を向けたのち、ポリーのほうに戻ってきた。

「ああ、ポリー、わたしニコラスになにも言わないって約束したんだけれど、先週あなたがいちばん先に求婚してきた男性と結婚するって言ったとき、まさかこんなことになるとは……」

ポリーが説明したいとルシールに言おうとしたとき、ミスター・ディットンが戻ってきてチャンスがなくなってしまった。

「夜食前のダンスだ！」ポリーを責めさいなむ興奮に、ミスター・ディットンの目は依然として不快な輝きを放って燃えていた。「いとしいレディ・ポリー、ぜひわたしと……」

食べ物を口にすることなど、ポリーにはまったく無理だった。ジ・エンジェルの料理は田舎にしてはたいへんおいしかったが、トリスタン・ディットンの存在と、ヘンリー卿のこれ見よがしの無視に苦しめられたポリーは、みじめな顔で皿の苺を見つめ、ただスプーンをもてあそんでいた。そしてついに、食堂を出た。さすがのトリスタン・ディットンも婦人用洗面室まではついてくるとは言わなかった。

ポリーはまったく気のないようすで鏡に映る自分の顔を見て、力ない手でおくれ毛をコロネットにたくし込んだ。永遠にここにいたいという思いは圧倒的だった。ルシールに打ち明けないと。もう耐えられない……。鏡に影が落ちた。ろうそくの炎が揺らめいた。ポリーは喉に手を当て、さっと振り返った。

まさかそんなはずはないと思ったが、考えてみればいつも、ポリーはヘンリー・マーチナイト卿を甘く見ていた。彼は慣習を破ることなどなんとも思わず、どこへでも行きたいところへ行くのだ。たとえそれが婦人用洗面室でも。ポリーが見つめる中、彼はそっとドアを閉め、彼女に近づいてきた。

「こんばんは、レディ・ポリー」ヘンリー卿は氷のように冷たい挨拶《あいさつ》をした。「あなたと話がしたい」

## 15

今までは夢の中をさまよっていたかのように、ポリーのすべての感情は、一瞬のうちにはっきりと目覚めた。ヘンリーはポリーから少し離れたところに立っていたものの、彼女はヘンリーの体から放たれる怒りを感じ、その目に敵意を見た。彼と話して、自分が抱えている恐ろしいジレンマを説明する機会を得たというのに、彼の憤怒《ふんぬ》を見る前にもうポリーの中でなにかが萎《な》えていた。

ポリーは片手をヘンリーのほうへ差し出した。

「ヘンリー！　ああ、よかった！　わかって……あなたの思っているようなこととは違うの……」

「違う？　いったいどう違うのかな？」今やヘンリ

ーの声にはやさしさのかけらもない。彼は一歩前に出ると、ポリーの両腕の肘の上あたりをつかんだ。「ぼくには自由にできないなにかをディットンが差し出したのか？　奇妙だ。あなたは結婚と引き換えになにかを得ようとするような女性ではないと思っていたのに！　だいたい、もっとましな相手がいくらでもいたじゃないか！　モリッシュだのベラーズだのが！」彼は軽くポリーを揺すった。「では、ディットンみたいなタイプが好みだったってことか？　いや、それはあり得ない！　彼の愛の技巧がぼくより巧みだったのか？」

ポリーはヘンリーの腕の中で打ちひしがれた。「ああ、やめて」彼の苦悩のまなざしに耐えられず、ポリーはささやいた。そして、片手で彼の頬に触れた。「ハリー、そういうことじゃないの！　わたしにはほかにどうしようも……」

一瞬、洗面室の中がしんと静まり返った。ヘンリーの目にはまだ怒りの炎が燃えていたが、それもしだいにおさまって、彼はポリーの腕をつかんだ両手を滑らせ、彼女の冷たい手を握った。

「ポリー、なにがあったのかを話してくれないと。ぼくは無性に腹が立って……すまなかった……」彼は言葉を切った。「今夜あなたを見て、なにかとんでもないことがあったんだとわかった。話してくれ」ヘンリーはポリーの両手を握る手に力をこめた。「ぼくを信頼してくれないと……」

ポリーの目に涙がこみ上げてきて、喉が締めつけられた。ヘンリーが怒ったままで、彼女をあしざまに罵《ののし》っていたら、彼女は石の沈黙で彼の敵意に耐えただろう。しかし、このやさしさは彼女の意思をほとんど挫《くじ》いてしまった。

「ああ、ハリー、言えないわ……」涙に息が詰まる。ポリーはもう耐えられなかった。

ヘンリーはまだ、しっかりと彼女の手を握っていた。「ディットンがあなたにこのおぞましい猿芝居を強要したんだね？　しかし……」彼は顔をしかめた。「いったいどうしてこんなことに……」

「言えないの」ポリーはヘンリーと目を合わすことができないまま繰り返した。「ああ、ハリー、お願いだからきかないで……」

「潮騒《しおさい》の館《やかた》の夜のばかげた出来事のせいのはずはない」ヘンリーの口調はしだいに厳しくなっていった。「それはあり得ない。じゃあ、いったいなんなんだ、ポリー？　脅迫かなにかなのか？」

ヘンリーの声につられてポリーは目を上げ、彼と視線を合わせた。そこには固い決意が、怒りととまどいと真実を突き止める意思があった。ポリーの心は揺れた。しかし、これはルシールに打ち明けるのとはわけが違う。ヘンリーはなんらかの行動を起こさなくてはならない義務を感じるだろうし、ヘッティの恥を彼にもらすのは将来の義姉に対してとても悪い気がした。ポリーが沈黙を破って、ヘッティの転落を暴露するわけにはいかなかった。

「打ち明けなくてはならないのはわたしの秘密ではないの」ポリーは哀れな声で言った。「わたしの行いのせいで、ミスター・ディットンの言いなりにならなければならなくなったわけではないのよ」

ヘンリーは顔をしかめた。「じゃあいったい……」

「ヘッティのことなの！」ポリーはどっと泣き崩れた。

「ミス・マーカム？」ヘンリーは驚いたようすだ。「ポリー、話してくれなくちゃ。ぼくを信頼して……」

ポリーはやるせない顔でヘンリーを見つめた。彼女がどれほど打ち明けたいか、きっとヘンリーにもわかるはずだ。彼女はこの世の誰よりもヘンリーを信頼している。しかし……。

ヘンリーはこれまでポリーのさまざまな過ちを許

してくれた。彼への初恋を摘んでしまった、ポリーの若さゆえの未熟さも、愚かにも彼の行動を疑ったことも。しかし今、彼は家族を思う気持ちがポリーに沈黙を強いていることを理解せず、彼女は自分を信頼していないから打ち明けてくれないのだと思っている。彼の目を見れば、ポリーが恐れていたとおり、彼が心を閉ざしていくのがわかった。そしてその瞬間、ポリーは悟ったのだ。いちばん大切なのはヘッティの秘密を守ることではなく、それをヘンリーにゆだねることだと。しかし、彼女が口を開きかけたとき、別の声が割って入った。

「誰から聞いても、あなたは他人の池の魚を釣るのが好きらしいな、マーチナイト！」トリスタン・デイットンが戸口であざわらった。「なかなかせつない光景だが、あなたにそこにいる権利はない！　わたしの将来の妻に二度と近づくな！」

ヘンリーの顔から一切の表情が消えた。彼はディットンのほうへ向き直った。ヘンリーが近づいたわけでもないのに、一瞬ディットンがひるんだように見えた。

「彼女を未亡人にしないように気をつけることだな、ディットン」ヘンリーの口調は穏やかだったが、その言葉のとげにポリーはふいにおののいた。「彼女がそうなるように、ぼくは最大の努力を払うつもりだから」

「ミスター・ディットン！」ヘンリー卿《きょう》がディットンのそばを通り過ぎていってすぐ、レディ・ベリンガムが通路のディットンの背後に立ち、いかにも不快げに言った。「あなたはここが婦人用洗面室だってことをわかってらっしゃるの？　はっきり言っておきますけど、レディがここへ避難したときに、あなたはいちばん顔を合わせたくない人物よ！　さっさと出ていってくださいな！」

ミスター・ディットンは顔を真っ赤にして廊下を去っていった。

「敗走ね！」レディ・ベリンガムはしごく満足そうに言って、後ろ手にドアを閉め、洞察力に富んだ視線をポリーに向けた。

「まあまあ、なんて悲しげな顔をしているの！　ヘンリー卿と話す機会は持てた？　できるだけ早く、ここへ彼をよこしたんだけど、あのいやなディットンってやつに邪魔をされたようね！　本当にいけ好かないやつだわ！」

ポリーは笑っていいのか泣いていいのかわからなかった。レディ・ベリンガムの実際的な良識にはどこかとてもすがすがしいところがあって、事態の深刻さをやわらげてくれた。

「ちょうどわたしがヘンリー卿に告白しようとしたときに、ミスター・ディットンが入ってきて」ポリーは認めた。「やっとわたしが真実を話す勇気を出したときに、ミスター・ディットンに見つかってしまったんです。ああ、どうしよう！　ヘンリー卿はきっと、わたしが彼を信頼していないと思って……」

「そのとおりよ。彼に理解してもらうことがなにより大切だわ！」レディ・ベリンガムは力をこめて言った。「ヘンリー卿はそれはもうあなたを愛しているから、この偽りの婚約騒動でずいぶん苦しんでいると思うの。あなたが早く行動を起こさないと、さすがの彼も許してくれないかもしれないわ！」

「努力はしたんです」ポリーは意気消沈して言った。「でも、時間が足りなくて……」

「きっと彼があなたを非難している時間もあったでしょうしね」レディ・ベリンガムは悲しげに首を振った。「まったく男性のすることはみんな同じ。でも、あたくしはヘンリー卿の知性と理解力に大きな望みを持っているわ。彼ならきっと、あなたが脅迫されていることに気づいたんじゃなくて?」

「ええ。でも、わたしにはきちんと説明する機会が……」ポリーは口ごもった。「いったいどうしてそれを知っているんですか、レディ・ベリンガム?」

「まあ、それは……」レディ・ベリンガムは大きく手を広げた。「それ以外にあなたがあのおぞましい小男との結婚を承諾するなんてあり得る? 最初はあの男があなたのどんな弱みを握っているのかわからなかったんだけれど、そのうち気づいたのよ。それはきっとあなた自身には関係のないことで――」

「まさか知っているわけじゃ――」

「いいえ」レディ・ベリンガムは穏やかに言った。「正確なところはわからないわ。あたくしにわかっているのは、あなたが善意から誰かをかばっているっていうこと」彼女はポリーの両手を取った。「だけど、ぜひ考え直すよう勧めるわ。ひょっとしたら、あなたは事実からずいぶんかけ離れたことを聞かされたのかもしれないし……」

ポリーはレディ・ベリンガムをじっと見つめた。「そう思えればいいんですけど」彼女は悲しげに言った。「すべてつじつまが合うんです。そうでなかったら、わたしだって婚約など承知しません。ああ、いったいどうすればいいのか――」

そのとき洗面室のドアが開き、若いレディが少しいぶかしげに中をのぞき込んだ。レディ・ベリンガムはポリーの腕を取り、廊下へと促した。

「さあ、ヘンリー卿を捜してみましょう。正直言って、あたくしも真実を知りたくてたまらないけれど、やはり最初に聞くのはヘンリー卿でないとね! 彼に打ち明けなきゃだめよ。それも今すぐ。必要なら、あたくしがあのいけ好かないディットンを、引き止めておいてあげる。あたくしが彼のことをどう思っているか、はっきり言ってやるわ。それで彼の注意をそらすことができるでしょう! 実際、一度は面と向かって言ってやりたかったのよ！」

しかし、レディ・ベリンガムの思惑どおりにはいかなかった。ふたりが舞踏会場に戻ったときには、ヘンリー・マーチナイト卿もトリスタン・ディットンも姿を消していたのだ。

周囲を見回し、ポリーは急激に人が減っているのに気づいた。第二十一竜騎兵連隊の将校たちの姿ももう見当たらなかった。

「ああ、この催しはたまらなく退屈ね！」ミス・ディットンがあくびをした。「お母様、わたしたちも帰りましょう！　トリスタンはどこへ行ったのかしら？」彼女はいらだたしげに周囲を見回した。「わたしたちが馬車を使っても、お兄様が文句を言わないといいけど。肝心のエスコートが必要なときに姿を消すなんて、いったいなにを考えているのかしら！」

ポリーは、ディットンには永遠に消えていてもらいたかった。彼女は〝お義姉《ねえ》様〟と呼びかけられるのに辟易《へきえき》しつつ、ミス・ディットンのわざとらしい愛情のこもった別れの抱擁の演技に耐え、ほっとしてルシールの傍らに戻った。ディリンガム・コートへ戻りしだいすぐ、義姉とふたりで話す機会を作るのだと、ポリーはもう心に決めていた。これ以上、彼女ひとりでヘッティの恥辱の秘密を抱えているのは無理だった。

馬車の帰り道も行きと同じくらい憂鬱《ゆううつ》だった。ポリーは真実を吐露したくてたまらないのに、ルシールとニコラスも、じっと黙っていた。別の憂鬱な思いもまた、ポリーの心を占めていた。もう少し時間があればヘンリーにすべてを打ち明けることができたのに、今や彼はポリーが自分を信頼していないから打ち明けてくれなかったと思っている。実際、そのとおりだ……迷いがあったからこそ、ポリーは手遅れになるまで沈黙を守っていたのだから。

馬車がウッドブリッジからディリンガムへと暗い道を進んでいくのも、ポリーの意識にはなかった。突然、道の真ん中で馬車が止まって初めて、彼女は驚いて顔を上げた。ニコラスが窓を開け、頭を突き出した。海から冷たい霧が流れてきて、木立のあいだを抜け、馬車の中に忍び込んでくる。ポリーは身震いした。外の景色に注意していなかったので自分たちがどこにいるのかもわからず、ただいかにもサフォークらしい冷たく寂しい夜が広がっていた。

「ジョン、いったいどうしたんだ？」ニコラスが尋ねた。

「道にバリケードが築かれているんです、旦那様《だんな》」御者が答えた。「軍が作ったようですが。今、人が説明に――」

「なにがあったのかな、中尉？」ニコラスはポリーからは見えないところにいる誰かに尋ねた。「どうしてぼくたちはここで止まらないといけないんだ？」

ぼそぼそと話し声がして、赤い制服を霧の暗闇《くらやみ》の中に鮮やかに浮き立たせ、その兵士が馬車の側面に回ってきた。彼の満面の笑みが少し不安になっていたポリーとルシールの緊張をやわらげてくれた。

「ああ、あなたでしたか、伯爵！　馬車をお止めしたことをお許し下さい。単に用心のためなんです。ただ、干潟のほうではひと騒動ありまして……」彼は急に堅苦しい態度を捨てて、にやにやした。「喜んでください。作戦が成功して、計画どおり両方の賊を捕まえ――」

「ニコラス？　なにがあったの？」別の馬車に乗っている伯爵未亡人の威厳のある声が響いた。「どうしてわたくしたちはこんな寂しい場所で止まらなくてはいけないの？」

若い中尉は急いで振り返って謝った。「もうすぐ出発できますので……」

「船も押さえたのか？」ニコラスが尋ねた。

「そうなんです！　ラリビーは一日の大半、港の外をうろうろしていたんですが、密輸監視艇が追いかけると、さっさと逃げてしまって！　暗くなってから、船はまた港に近づいてきて、入り江の入り口にボートを出しました。でも、やつらが集結する前にこちらが待ち伏せしていたんです！　船の乗組員は無実だと言い張りましたが、船倉内にかなりの量のブランデーがありました。取り引きが行われ、男がひとり出てきて船荷が下ろされ、そして海岸にいた男たちのあいだでけんかが始まり、その物音と闇に乗じて――」

道に足音が響き、中尉は言葉を切った。身を乗り出して暗闇をのぞき込んだポリーは、悲鳴をあげそうになるのをなんとか抑えた。泥まみれに汚れた兵士の一団がふたりの男を鎖につないで引き立て、馬車の横を行進していった。ひとりはポリーのまったく知らない顔だったが、もうひとりは――。

「トリスタン・ディットン！」伯爵未亡人の驚きの声が空気を切り裂いた。「トリスタン・ディットンを逮捕したのね！　いったいなにが――」

「馬車のドアを閉めてください、母上」ニコラスが急いで言った。「もう出発しないと。質問は暖かい家へ戻ってからにしてください」そして彼も、馬車の中へ体を戻した。馬車はまた動き出したが、ポリーの驚きに見開いた目は、ミスター・ディットンの異様な形相を隅々までとらえていた。いつものめかし込んだ、にやにや笑いの男は消えて、自分を縛る鎖を闇雲に振り回し、怒鳴り散らす怪物がいる。引き立てられていく前に一瞬、彼の興奮した目がポリーをとらえ、怒りのまなざしで釘《くぎ》づけにした。ポリーは激しく震え、馬車が速度を増すと、できるだけしっかり膝掛けにくるまって、なんとか少しでも暖まろうとした。

「トリスタン・ディットン！」ディリンガム・コートの玄関ホールに入ってもまだ、伯爵未亡人は大きな声で言っていた。「自分の目で見ていなかったら、信じていたかどうか！　ところであなたは……」彼女はさっと振り返って長男に非難の目を向けた。

「なにもかも知っていたようじゃないの！」

ニコラスは満面の笑みを浮かべた。「いやいや、これはハリー・マーチナイトの事件で、ぼくのじゃない！　ぼくは彼に頼まれたときに手助けをしただけです！　説明はハリーから聞いてもらわないと！」

「ハリー・マーチナイト！」伯爵未亡人はなんだか鸚鵡《おうむ》のように同じ言葉を繰り返してばかりいる。

「いったいハリー・マーチナイトがこの件とどうかかわっているというの？　確かにわたくしはハリーが誰よりも好きだし、彼は最高に魅力的な男性で、ロンドンでは危ないところを救ってもらって……」

伯爵未亡人はふいに言葉を切った。「あなたもよ、ポリー！　あなたはなにを知っていたわけ？　トリスタン・ディットンと婚約するなんて……」

ポリーは母の叫びなど聞いていなかった。彼女はぞっとするような恐怖と憤りとともに、突然悟ったのだ。兄がディットンの犯罪行為を知りながら、なにも言わず、妹を彼との婚約の茶番から救おうとしなかったことを。さらに悪いことにはつい前夜、ヘンリー・マーチナイトはポリーにすべてを話すと誓い、実際告白したのに、いちばん重要な部分、真の悪党はトリスタン・ディットンだということを伏せていた。

「ひどいわ」ルシールが伯爵未亡人になにか語りかけていたが、ポリーの言葉がそれを切り裂いた。

「お兄様とヘンリー・マーチナイトでゲームを楽しんでいたなんて。わたしを救うこともできたのに。

お兄様からのたったひと言で、わたしにもわかったのに……」ポリーはすすり泣いた。

「それは無理だったんだ。わかってくれるだろう、ポリー」ニコラスは妹に歩み寄り、その肩を抱こうとしたが、ポリーは怒りにまかせて兄を押しのけた。

「非常に微妙な状況で、もしディットンがちょっとでもなにかおかしいと気づいたら、ぼくたちが罠《わな》にかける前に彼は逃げてしまったかも――」

ポリーは兄の言葉など聞きたくなかった。彼女はよろめきながら階段を上って自分の部屋に入り、鍵《かぎ》をかけると、またしても胸の張り裂ける思いで泣き明かした。

## 16

ディリンガム・コートに夜明けの光が差し始めるころには、何度も繰り返し状況を考えたポリーは、ニコラスが正しいと認めざるを得なくなった。彼女がトリスタン・ディットンとチャップマンのつながりを知っていて、トリスタンは犯罪者だと聞かされていたら、彼女はいつもと同じ、冷ややかだが礼儀正しい態度で彼と接することは決してできなかっただろう。彼の前で普通に振る舞うことも不可能だっただろう。とはいえ、ヘンリーの態度は腹立たしかった。彼に対する信頼が欠けていたと自分を叱《しか》ってきたポリーだけに、彼だってこちらを信頼してくれていなかったではないかと、思わずにはいられなかった。

ヘッティの秘密に関しては、ディットンが捕まった以上、黙っているのがいちばんだろうとポリーは考えた。彼が本当のことを言っていたのかどうか確かめる術《すべ》もない以上、ことわざにもあるように、口数は少ないほどいい。ルシールとレディ・ベリンガムの洞察力に富んだ質問を避けるのが難しいのはわかっているし、母はもっと単刀直入にきいてくるだろうが、あとわずか五週間で結婚式なのだから、ポリーは沈黙を守ると決意した。もうディットンに脅されることもないのに、あんないやな話を明かす意味はない。唯一ヘンリーにはヘッティのことで脅されていると打ち明けていたが、彼とはもう二度とふたりきりになることもないだろうから、その件を追及されることもあるまい、とポリーは思った。彼女はあまりに疲れ、もはやあきらめきっていたので、ヘンリーとの関係が変わらずにいるなどと自分をごまかす気にもならなかった。つかの間、すべては完《かん》璧《ぺき》だったのに、今はもう修復不可能なほどなにもかも台なしになってしまったのだ。

ポリーは断続的な眠りに落ちたあと、朝遅くなってから目覚め、意を決し平気な顔を装って朝食をとるために下りていった。みんなはすでに食事を終え、部屋には誰もいなかったおかげで、少しは勇気がわいてきた。しかし、朝食室から出てきたところで、ヘンリー・マーチナイトが客間へ案内されていくのを見て、彼女は最初の階段でつまずきそうになった。伯爵未亡人が階段を駆け上がろうとする娘を見つけ、しっかりその腕をつかんで客間へ連れてきた。

「さあさあ、ポリー！　ヘンリー卿《きょう》がミスター・ディットンの行状のすべてを話しに来てくださったのよ。みんな聞きたくてうずうずしているはずでしょう！」伯爵未亡人は非難めいた目で娘を見た。

「まあ、この子ったら十二月の朝みたいに青白い顔をして！　一連の騒動のショックのせいね！　メドリン、お茶を持ってきてちょうだい！」

「お母様ったら！」ポリーは苦しげにささやいたが、伯爵未亡人は急に耳が遠くなってしまったふりをして取り合わない。彼女はソファに腰を下ろし、ポリーを隣に座らせた。家族全員が集まっていて、ピーターとヘッティは窓下の腰掛けに、ルシールとニコラス、ヘンリーは丸く並べられた肘掛け椅子に座っていた。

ふたりの召使いがお茶を運んできて、伯爵未亡人の前に置くまでに少し間があった。ポリーは緊張のあまり窒息しそうだった。その上腹立たしいことに、母に言われる前から自分がひどい顔をしているのはわかっていた。近ごろはヘンリー卿と会うたびに彼女は青白くやつれていて、彼のさりげない優雅さとは大違いだった。

「トリスタン・ディットンがチャップマンの庇護者《ひご》だったなんて！」伯爵未亡人は沈黙を破り、声を大にして言うと、ヘンリーに陶器のカップの濃い紅茶を手渡した。「まったく信じられない思いだわ！　確かに昔からいやな人だとは思っていたけれど、まさか……ニコラス！」彼女は長男に問いかけた。「あなたはトリスタン・ディットンが犯罪者かもしれないなんて思ったことはあった？　もちろん、実際にそうだと知る前によ！」

「いいえ、母上」ニコラスはやさしく言った。「恥ずかしながら、まったく考えもしなかった！　昔からまったくいやなやつだとは思っていたが、まさかあいつに犯罪組織を操る能力があるとはね！」

「とんでもない話だわ！」伯爵未亡人が言った。

「ディットンは愚か者を装うだけの知恵は十分持っていたわけです」ヘンリーがさらりと言った。「ただ、自制心が足りず、自分が成し遂げたことを自慢せずにはいられなかった。ぼくが最初に怪しいと思ったのは、ロンドンで彼がチャップマンのことをほくそえむようにして興奮気味に語り、あの男には金持ちの保護者がいるとしきりに主張していたときだった。彼が自分の正体は絶対見破られないと思っているのはすぐにわかりました。だが、彼のうぬぼれが転落の元となったわけです」彼はやれやれと首を振った。「ディットンのサフォークの領地が、チャップマンにとっての完璧な逃走路になりました。ディットンは何年も前から、金が必要なときにちょくちょく密輪に手を出していて、軍の鼻先を自分の馬車で密輪品を運んでいったことさえあったんです！そして当然のことながら、例の愚かな気取った物腰で、ただのしゃれ者と世間から見られるように仕向けた」

「あなたがそれを見破るのに不思議はないわね。自分だって同じことをしていたんだから！」ポリーが少しとげとげしい口調で言った。ヘンリーが考え深げな視線を彼女に移すと、彼女もまっすぐヘンリーを見返した。憤りをのみ込んで、礼儀正しく彼の話を聞いているのは、ポリーにはとても無理だった。彼女はひどく腹を立てていた。

みんなが自分を見ているようなので、ポリーは注意をそらそうとカップをいじり、お茶をこぼしてさらにまた注目を集めてしまった。伯爵未亡人は唇をとがらせ、娘にもう一杯紅茶を注《つ》いでやった。

「ディットンがチャップマンを国外へ逃がそうとしているのはどうしてわかったの、ヘンリー？」お茶の騒ぎがおさまると、ルシールが興味津々で尋ねた。

ヘンリーは椅子の中で少し身じろぎした。「チャップマンが誰かの手を借りて国外へ逃亡しようとしているという情報が入って、こっちの状況とぴたりとつじつまが合ったんだ。ディットンはしょっちゅうサフォークに滞在していたんだ。ここには密輪に理想的な海岸線がある。物にせよ、人にせよ、自由に出入りさせられる」彼は肩をすくめた。「人けのない海岸や干潟、入り江がたくさんあるからね。ディットンにとっては簡単な仕事のはずだったんだが、ぼくが常に彼を見張っていて、やつもついに尻尾《しっぽ》を出した。仲間といさかいを起こし、竜騎兵に一網打尽にされてしまったんだ！」

「潮騒《しおさい》の館《やかた》での夜も……」ポリーもつい引き込まれて口を開いた。

「そう……」ヘンリーは少しほほえんだ。「ディットンは間違いなく、あの夜はこそこそうろつき回っていた。ボートを寄せるのにいい潮の夜だったんだが、結局天候が変わってだめになった。あの夜、潮騒の館に閉じ込められたのはディットンの不運で、彼のすぐそばにいられたのはぼくの幸運だった！ぼくと同じように、彼も地下室から海へつながる通路があると知って、捜してみようとしたんだろう」

彼はポリーに意味深長なまなざしを向けた。「あなたの部屋のらせん階段が直接地下室へつながっているんだ。ディットンもその話をどこかで聞いたんだろうな。それで捜しているうちにあなたの寝室へ入り込み、寝室用汚物入れと直接対決となったわけだ！」

みんなから笑い声が起こった。ポリーは意識してほほえむまいとした。こんなに簡単にヘンリーを許したくない。でも、自分の中の防御の壁が揺らいでいるのも感じていた。彼のぬくもりがポリーの敵意を溶かしていくのは、なんとも簡単なのだ。

ルシールは少し震えて、急に真顔になった。「気の毒なミセス・ディットン……気の毒なサライア！ふたりに同情してしまうわ！」

「ルシール！あの意地悪なミス・ディットンに！」ヘッティが眉をつり上げた。「どうしてあんな人に同情できるの？」

ルシールは少し悲しげにほほえんだ。「あの人たちが今どんな気持ちでいるか考えてみて、ヘッティ！ ミセス・ディットンは昔から子供たちをそれは自慢にしていたのに、今ではもう誇れるものはほとんどない！ 息子は牢獄《ろうごく》で、娘は間違いなく婚約者に捨てられるでしょう！ 今後あの人たちは汚れた家名を隠すため、ずっといろんな土地をさまよい続け、振り返っては誰かが自分たちの恥ずかしい秘密をもらしているのではないかと怯《おび》えるのよ。トリスタンのせいでそんなことになったのを、わたしは気の毒に思うわ」

「そしてヘンリー卿は最初から、トリスタン・ディットンが犯罪者だと知っていたわけよ！」ポリーがとげのある声で言って、みんながまた彼女を見た。思ったより大きな声になってしまったが、腹立ちのあまりどうしても抑えられなかったのだ。あなたはあなたの行動についての真実の大半をわたしに打ち明けてくれたわね、ヘンリー卿」ポリーは冷ややかに言った。彼女はみんなが聞いているのは意識していたが、ヘンリー卿ひとりに話しかけていた。「あの舞踏会の夜に。でも、いちばん重要な部分はあえて無視して――」

「あなたもね」ヘンリーはポリーを見つめてやさしく言った。「ディットンがどうやってあなたに婚約を承知させたのか、わたしが追及したときに。今はもう脅される危険はなくなったのだから、みんなに明かしてくれないか？」

ポリーは息をのんだ。思わずヘッティを見てしまい、すぐ視線をそらした。みんなの前で話すわけにはいかない。

「ひょっとして、あなたはまだあの婚約に縛られていると思っているのかな？」ヘンリーはどう見ても、本当にそうかもしれないと思っているようだった。

ポリーは彼のしつこさに対する困惑と不快感で赤くなった。「とんでもないわ！」彼女はぴしゃりと言った。「でも、もうその件はどうでも——」

「ばかを言わないで、ポリー!」伯爵未亡人が声をあげた。「もう隠す必要はないでしょう! みんな知りたくてうずうずしているんだから。はっきりするまでは落ち着かないわ!」

ヘンリーの挑戦的なまなざしから目をそらせなくなっていたポリーは、無理に母のほうへ顔を向けた。

「いいえ、お母様、そんなことを話しても——」

「話すべきだと思うわ、ポリー」驚いたことに、穏やかに、だがきっぱりとそう言ったのはルシールだった。「あなたが信じていること、あなたが聞かされたことは真実ではないかもしれない。少なくとも、どのみちもはや真実を隠しておくことはできないと思うし」

ポリーはじっと義姉を見つめた。「ルシール? どうしてあなたにそれがわかるの?」

「話して」ルシールは断固とした口調で繰り返した。

ポリーは向かい側のソファに座っているピーターとヘッティにあえて目を向けた。ピーターはどことなくとまどったようすだが、ヘッティの顔はこれから起こることを察したかのように、すでにほんのり紅潮し始めていた。ポリーは深いため息をついた。

「わかったわ。どうしてもと言うのなら。あの舞踏会の夜、ミスター・ディットンがわたしのところへやってきたの。最初彼は、潮騒の館の夜に自分がわたしの寝室にいたことから起こるスキャンダルからわたしの名を守るため、わたしたちは婚約すべきだって言ったの。わたしはばかな話だと思って彼にそう言った。すると彼は愛や尊敬のそぶりをかなぐり捨てた」ポリーはまたちらりとヘッティを見た。「うまく話すのはとても難しい」

みんなが黙り込み、ポリーが言葉を続けるのを待っていた。ルシールは同情と決意の入り混じった目で、義妹を促した。

「ミスター・ディットンはわたしに言ったの」ポリーははっきりと語った。「彼はヘッティの評判を傷つける情報を持っていて、わたしが即座に彼との婚約に応じなければ、それを公表する、舞踏会で暴露するって」

「まあ！」ヘッティはポリーが言い終える前にもう片手を口に当て、あえぐような声をあげた。彼女の頰は真っ赤に染まり、目は恐怖に大きく見開かれていた。

「あなたに婚約を承知させるために、ミスター・ディットンはどんな情報だか言ったに違いないわ」ルシールは冷静に指摘した。「そして、それはきっと説得力のある話だったんでしょう。そうでなかったらあなたは信じなかったはずだから」

ポリーはさっとルシールを見た。「ええ、確かに、でも……ルシール、やっぱり無理だわ」彼女はもう一度、ピーターの肩に顔をうずめているヘッティを見た。「ヘッティ、本当にごめんなさい！　わたしは言いたくなかったんだけれど——」

ピーターの表情も険しかった。「ディットンの話を最後まで言うべきだ、ポリー！」

「どうしてわたしにそれが言えるの？」ポリーはみんなに訴えた。目の前の光景に胸が痛んだ。ヘッティは傷ついた蝶《ちょう》のようで、顔をすっかり隠し、カールした髪がピーターの肩で揺れていた。真実を知ったとき、ピーターが彼女を押しのけ拒絶する恐ろしい場面が、ポリーの目に浮かんだ。しかし、実際にはピーターはそっとやさしくヘッティを抱き、慰めの言葉をささやいている。まるですべてを知っているように……。

「お兄様は知っているのね！」ポリーはほとんどとがめるように言った。

「真実は知っている」ピーターは鋭い口調で言った。

「でも、ディットンはなんて言ったんだ？」

驚いたことに、言葉を探しているポリーに代わって答えたのはヘンリーだった。「ぼくの推測では、ディットンはレディ・ポリーに、ミス・マーカムが男とふたりきりで宿で一夜を過ごし、その相手はエドマンド・グラントリーだと言ったんだと思う」

今度あえいだのはポリーだった。彼女は唖然《あぜん》としてヘンリーを見つめた。「なぜわかったの……？」

ポリーの向かいの椅子に座るヘンリーは、苦い口調で言った。「さらに推測すると、レディ・ポリーは将来の義理の姉の名誉が奪われるのにも耐えられなかっただろうが、なによりも、きみが傷つき幻滅する姿を見るに忍びなかったんだと思うよ、ピーター。おそらく彼女は、きみがすでに事実を知っていて、結婚を申し込むことでミス・マーカムを守ろうとしたと考えたんだろう。いずれにせよ、きみが心からミス・マーカムを愛していて、この暴露によって深く傷つくことがレディ・ポリーにはわかっていた。見当違いな思いやりが彼女に沈黙を守らせ、彼女を婚約へと追いやったんだ」

ポリーは口を開くことができなかった。ヘッティはピーターの腕の中で静かに泣いていて、ポリーもできることならあとに続きたかった。母の顔はショックと恐怖にこわばり、ニコラスは弟と同じくらい険しい顔をしている。衣《きぬ》ずれの音をたててポリーに歩み寄り、肩を抱いてくれたのはルシールだった。

「わたしは正しいと思ったことをしたのよ！」ポリーは言った。ひどく大きな声になってしまい、みんなが顔をしかめた気がした。

「もちろんそうよ」ルシールがなだめるように言って、しっかりとポリーを抱きしめた。「ただ、ミスター・ディットンが言ったことは真実ではなかったの。ああ、あなたが誰かに打ち明けてくれてさえいたら……」今はそんな非難をするときではないと気づいて、彼女は唇を噛《か》んだ。

ヘッティがすすり泣く姿を心配と疑惑の入り混じった目で見ていた伯爵未亡人は、すっきりした顔でルシールを振り返った。

「真実じゃないって言ったわね？　ディットンの作り話だってこと？　でも――」

ニコラスが少し身じろぎした。「ピーター」彼は重い口調で言った。「真実を話すしかないだろう」

ヘッティが小さくべそをかいた。「ああ、本当に話さなくてはいけないの？　わたし、とても耐えられそうも――」

「いや、大丈夫さ」

ピーターは少しだけ彼女の体を自分から離し、愛とぬくもりに満ちた励ましの笑顔を見せた。ポリーの胸に熱いものがこみ上げた。これは彼女が暴露のあとに展開するものと確信していた、糾弾と恐怖の場面とはまるで違っていた。

「エドマンド・グラントリーが」ピーターは渋い口調で言った。「ヘッティをファーンフォースのローズ・アンド・クラウンへ連れ込み、一室に閉じ込めたのは本当だ。彼のねらいはもちろん、彼女を誘惑することだった。その日の午後、彼はヘッティを馬車に乗せ、家からあまり遠くまで来たので彼女は不安になった。馬車がファーンフォースの宿の庭に入ったときにはすでに暗くなっていて、すぐにヘッティにも彼のねらいがはっきりした」

ピーターは今もしっかり彼にくっついて、目を伏せているヘッティを見下ろした。さっきまで真っ赤だった彼女の顔は、今は蒼白《そうはく》だった。

「彼はヘッティを数時間一室に閉じ込め、自分は下で酒を飲んでいたんだ」ピーターはいまいましげに続けた。「数人の者が、酔ったグラントリーが熟れた小鳥が上で彼を待っていると自慢するのを聞いた。その夜、ぼくがファーンフォースに泊まらなかったら、すべて彼のねらいどおりになっていたんだろう」

「あなたが！」伯爵未亡人の驚きの声は、すでに話の残りを彼女が理解していることを伝えていた。

ピーターは少し体を起こし、もう一度ヘッティの手を取った。彼女はまだひどく青ざめていたが、その目には光が燃えていた。彼女を見ていて、ポリーは理解した。ピーターがなによりもヘッティを愛し、彼の愛が決して揺るがないと知って、ヘッティは安心したのだ。彼が世間の非難に負けてヘッティを捨てることはないだろう。

「その夜キングズマートンまで旅するには遅すぎたし、ちょうど道の途中にファーンフォースの村があったんだ」ピーターは母の視線をしっかりと受け止めた。「ヘッティは到着のざわめきを聞きつけ、馬丁と話している声を聞いて、着いたのがぼくだとわかった」彼は恋人を見下ろし、ほほえんだ。「彼女は窓ガラスを割り、ぼくに向かって助けを求めた。グラントリーはまだ下にいたんだが、ぼくがなんとか立ち去らせた。かなり手を焼いたけれど」ピーターの渋い声にちょっとおもしろがるような調子が混じった。「それからヘッティのところへ行ったんだ。彼女はひどく取り乱し、怯えていた」

そこで間があって、残りはそれぞれが推測した。助けられたヘッティがどれほどほっとし、すさまじい恐怖の緊張が一挙に解けたか、ピーターがどれほど彼女の身を案じ、無傷だとわかってどんな思いだったか、ポリーには想像がついた。あらがいようのない情熱がふたりをさらっていったのだろう。道徳的には過ちでも、気持ちはとてもよくわかる。目を上げると、ヘンリー・マーチナイトがポリーを見つめていた。彼の視線はポリーの思いの逐一を正確に読み取り、興味津々のようすだ。ポリーは赤くなって目をそらした。

「みんなはもうよくわかっていると思う」ピーター

はやさしく言った。「ぼくがどれほどヘッティを愛していて、彼女がぼくの妻になってくれることをどれほど誇りに思っているか。それはまったく変わらないし、できることならあすにでも彼女と結婚したいんだ！　彼女の評判を危険にさらすようなことを、一切しなければよかったと心底思いはするけれど……」彼は肩をすくめた。「ときにこういうことは起こるし、それを否定しても意味はない。ヘッティはかわいそうに後悔し自責の念に苦しんでいるけれど、ぼくは彼女は人に恥じるようなことはなにもしていないと感じている。とにかくぼくに言えるのは、心から彼女を愛してるってことだけだ」

「とにかく結婚がすぐでよかったわ！」来年の春、ハノーヴァー広場の聖ジョージ教会での結婚式をなによりも楽しみにしていたくせに、伯爵未亡人は皮肉たっぷりに言った。「でも、これはスキャンダルよ、ピーター！　ヘッティがひと晩帰ってこなかったとき、ミセス・マーカムはいったいどう思われたのかしら？」

「母はひどく心配していました」ヘッティがなんとか気恥ずかしさを乗り越え、初めて口を開いた。「運よく、おばといとこは家を離れていて、この件についてはなにも知らないんです。母もわたしを助けてくれたのがピーターで、それでわたしたちが……」彼女は赤くなった。「もう一度婚約したと知ると、やっと安心しました」

伯爵未亡人はふんと鼻を鳴らした。「立派な守り神だこと。実際、人の弱みにつけ込んで……」これ以上言ってはまずいと、彼女は言葉を切った。そして、反抗的に母を見返している下の息子に目を向け、少し視線をやわらげた。「やれやれ」〝まあ、被害はなしね！〟とでも言いそうに見えたのに、急に気が変わったようだった。

「わたしに理解できないのは」ルシールが額に皺《しわ》を

寄せて言った。「どうしてトリスタン・ディットンがこの件を知ったかだわ。少なくとも、あれだけひどい話をでっち上げるだけの材料は持っていたわけでしょう」

今度はヘンリーがとまどいを見せる番だった。

「全部話してしまわないとあなたも納得がいかないだろうから、レディ・シーグレイブ、できるだけ手短に言うと……」彼は全員の、わけがわからないといった顔を前にして、言いよどみ、重いため息をついた。「宿での一件をディットンに話したのは、レディ・ボルトなんだ」

「レディ・ボルト！」何人かがいっせいに声をあげた。

「彼女がひどいゴシップを広めても、わたくしは驚かないけれど」伯爵未亡人が言った。

「でも、ピーターがファーンフォースにいたとき、彼女はあなたとウェラーデンの館にいたんじゃない！」ポリーが思わず叫んで、またしてもみんなが彼女を見た。ヘンリーが冷やかすように眉をつり上げ、彼女は真っ赤になった。「わたしが言いたいのは……つまりレディ・ボルトが……あなたと……」

ヘンリーの微笑はポリーを嘲《あざけ》っていた。「リッチモンドでぼくがレディ・ボルトと逢引《あいびき》をしたと、あなたが勝手に思い込んでいるのとまた同じことだな。見かけとはまったく裏腹に、単なる仕事なんだがね！　確かに、短い期間、レディ・ボルトもぼくもウェラーデンのハウスパーティーに参加していた。もっともいかなる意味でも一緒にはいなかったが」彼はさらりとつけ加えた。「実際のところ、レディ・ボルトもピーターが発《た》ってからほんの一日、二日で館をあとにしたんだ。きっとニューマーケットのレース場でガーストン公爵と合流するつもりだったんだろう。その途中でファーンフォースを通ったらしく、ピーターたちが泊まった翌日の夜に、彼女もローズ・アンド・クラウンに泊まったことがわかっている。宿の女主人はレディ・ボルトと知り合いで、彼女とマーカム家のつながりも知っていた。だから、すぐさまこの極上のゴシップを提供して、情報料をせしめたに違いない」

「それでミスター・ディットンは？」伯爵未亡人が促した。

ヘンリーは皮肉な笑みを浮かべた。「この部分はミスター・ディットンとレディ・ボルトの行状がここまでひどくなければ、笑えたかもしれません。ご存じかもしれないが、ふたりは古くからの……」彼は咳払《せきばら》いした。「つき合いで。でも、最近は違うつき合い方を始めた。レディ・ボルトはディットンにかなりの額の金を貸していたこともあって、彼と一緒にさまざまな非合法のいかさま賭博《とばく》に手を出し、さらには、彼とチャップマンの犯罪行為からも分け前を得ていたようなのです。どの程度まで関与していたのか、彼女は今尋問を受けているところです。彼女はけさ逮捕されました」彼はルシールを振り返った。「このニュースであなたを苦しめることになったのなら、申し訳ない、レディ・シーグレイブ」

「なんとか耐えないと」ルシールは表情も変えずに言った。「それより本題に戻りましょう。じゃあ、レディ・ボルトがディットンに情報を与えたと？」

ヘンリーはうなずいた。「ええ。彼女は即座にディットンに手紙を書いた。彼のスキャンダル好きはわかっていたし、彼が将来いつかこの情報をうまく使えると確信してもいた。実際、彼女の思ったとおりになったわけだ」彼がちらりとポリーを見ると、彼女は目をそらした。「おもしろいのはレディ・ボルトが単刀直入な書き方をしなかったことだ。彼女はほのめかしや思わせぶりが好みで、紳士とは名ばかりのディットンにはっきりしたことはなにも言っていない。彼はミス・マーカムがずっとグラントリーに言い寄られていたことを知っていたから、当然の憶測をしたわけだ。実はその手紙を見て破棄したから知っているんだ。きのうの夜、ディットンが手紙を持っていたのでね」

「じゃあ、あなたはそれも知っていたのね！」ポリーは怒りのあまり体が破裂しそうな気がした。「わたしがなぜ婚約に同意したかを知りながら、知らないふりをしていたんだわ！」

「ぼくが手紙のことを知ったのは、ディットンが逮捕されてからだ」ヘンリーは冷静に言った。「それに、それがあなたに結婚を強いた手段だとも確信できなかった。ほかにも方法があったかもしれないんだから！」

ポリーの怒りはまだおさまらなかった。「あなたの言うことなんて信じない！　なにもかも残酷な策略だらけ！　ああ、あなたって本当に卑劣な――」

「ポリー！」伯爵未亡人の声に、もっと抑制されたルシールの叱責《しっせき》の声が重なった。ヘンリーはさして怒っているようすでもない。むしろ、ほとんどほほえんでいるような表情で、ポリーはもっと近くにいたらひっぱたいてやるのにと思った。

「お茶が冷めてしまったわ」ルシールは差し障りのないことを言って、場の空気をやわらげようとした。「ニコラス、ベルを鳴らしてお代わりを頼んで。ヘンリー、まだゆっくりしてらっしゃるでしょう？」

ヘンリー・マーチナイトは立ち上がった。「ありがとう。でも仕事があるんで。サフォークへ」彼はちらっとポリーの顔を見た。「戻ってくるかどうかわからないな」

「でも、結婚式には来てくださらないと！」ヘッティが期待をこめて言った。おぞましい真実が明るみに出ても、誰も、伯爵未亡人でさえ彼女を堕落した女と非難したりはしなかったので、ほぼすっかり元気を回復したようだ。

ヘンリーはほほえんだ。「できればぜひ。ふたりともお幸せに！」

ニコラスがヘンリーを馬車まで見送りに行ったあとは、しばしぎこちない沈黙が続いた。伯爵未亡人が天気についてなにか言って、過去十五分間の話題が今や巧みに封印されたことを示した。ヘッティが結婚式の準備のことを口にし、ほどなくみんなが教会に飾るのはオレンジの花か温室咲きの百合《ゆり》かで、それぞれの利点を挙げ合っていた。たちまちのうちにもう、さっきの話はなかったことになったようだとポリーは思った。家族の最大の秘密がすばやく帳消しになるのに、彼女はただ唖然《あぜん》としていた。

# 17

「今やあなたがわたくしの唯一の望みよ、ポリー！」伯爵未亡人は娘に悲劇的なまなざしを向けた。「ヘッティとピーターがロンドンで結婚式を挙げるのをそれは楽しみにしていたけれど、今はもうそんなの問題外！　これまでの人生でこれほどのショックを受けたことはないわ！　ヘッティは立派な家柄の娘だというのに！　きっと彼女のしつけには悲しいかな、なにかが欠けていたんでしょうね。たぶん、あのおぞましい性悪女の悪影響もあったんだわ」伯爵未亡人は考え深げにつけ加え、もっともらしい解釈に顔を輝かせた。

「お母様、わたしは責めるのならピーターを責めるべきだと思うけれど」ポリーはきっぱりと言った。「結局のところ、お兄様が誘惑したんだから！」

「そうよ。あんなむさくるしいところで」

もっと健全な場所を選んでいたら、ピーターの行動も許されるのかと、ポリーは苦笑しそうになった。

「ヘッティは少しは遠慮を見せるべきじゃなくて」伯爵未亡人は続けた。「まるで何事もなかったみたいな態度じゃないの！　やはりどこか性格に問題があるんだわ」

ヘッティがはしゃいでいるのは、なにかの感情が欠けているというよりほっとしたからだとポリーは思った。「ヘッティはちゃんとしたいい子よ」彼女は言った。「ただまだとても若いし、結婚式を前に興奮するのはわかるでしょう。それで、わたしが唯一の望みっていうのは、いったいどういうこと？」

「もちろん、華やかな結婚式のよ！」伯爵未亡人は話題が変わってうれしそうだった。「最初にニコラスとルシールがなんだか地味な式を挙げて、今度はピーターがこれでしょう……でも、あなたはわたくしをがっかりさせないってわかってるの！　亡くなったお父様もきっと盛大な式を――」

ポリーはとまどい顔だ。「でも、お母様、わたしに結婚の予定はないし――」

「予定がない！」伯爵未亡人はヘッティの結婚プレゼントにと、たたんでいたリネンを脇《わき》へ置いた。「だってもう決まったも同然でしょう。わたくしはてっきり、ヘンリー卿《きょう》はトリスタン・ディットンのいやな事件の後始末がつくまで待っているだけだと思っていたわ！　きっと彼は――」

「それは思い違いよ、お母様」ポリーはさっと立ち上がった。ヘンリー・マーチナイト卿がサフォークを去って以来五週間、彼女はこれまでの出来事をたっぷりと時間をかけて振り返り、彼との結婚がなぜ不可能になったのか母に説明するのは無理だという結論に達していた。「ヘンリー卿とわたしのあいだにそんな約束は一切ないし……」ポリーは身を硬くして、ふたりの心がぴったりひとつになったつかの間の思い出に耐えた。「彼が来週の結婚式にディリンガムへ戻ってくるとさえ思いません!」彼女は言い終えてほっとした。

伯爵未亡人は褐色の眉をつり上げた。「あら、見当違いもいいところね!」母は勝ち誇ったように言った。「わたくしはヘンリー卿から、結婚式と朝食会に参加するという、うれしいお手紙をもらっているの! お母様と妹さんをエスコートしてらっしゃるのよ。ああ、それにヴェリー夫妻もロンドンからいらっしゃるの! すてきじゃない?」彼女は顔を輝かせた。「社交界での式にほとんど劣らぬ式になるでしょう!」

ヘンリー卿は結婚式にやってこなかった。上品な紫のドレス姿のマーチナイト公爵夫人はヴェリー夫妻に伴われ、息子は仕事で来られないが、できれば午後の結婚パーティーには出席したいと言っていると、愛想よく告げた。ポリーはひどくがっかりした。

幸福に輝くヘッティがニコラスの腕につかまって漂うように通路を進み、彼の弟との神聖な結婚生活へ歩み出すのも、ポリーは努力していないと見過ごしてしまいそうだった。

式は滞りなく進んだ。伯爵未亡人はレースの縁取りの大きなハンカチーフを手に品よく涙を見せ、ミセス・マーカムはその向かい側の信徒席で、あまり優雅ではない様子ではなをすすり上げていた。ヘッティが今度は夫の腕につかまって、やはり漂うように通路を下ってきたときには、当人も伯爵未亡人もかすかな安堵《あんど》の表情を浮かべていた。スキャンダルになったかもしれない出来事が幸福な結末を迎えたのだと、ポリーはほほえみながら思った。正式に結婚した以上、ヘッティはもうピーターの名前に守られ、不幸な出来事はそっくり過去へと葬られるのだ。

ディリンガム・コートでの結婚式の朝食会は、果てしなく続くように思えた。ヘンリーがいたらポリーは緊張でぴりぴりしていたのだろうが、今はがっかりして打ちひしがれた気分だ。やっとみんな席を立ち、シーグレイブ家の小作人と村人たちのためのダンスと食事の夕べまで、休息をとることになった。ポリーは気分が悪かった。みじめな思いをまぎらわそうと食べすぎた料理が胃にもたれていた。彼女は涼しい自室で横になり、うつらうつらした。

外の砂利道に響く蹄《ひづめ》の音と挨拶《あいさつ》の声に目が覚め、急いで窓辺に駆け寄ったポリーは、ヘンリー・マーチナイトが手綱を厩番《うまやばん》のひとりに渡し、ニコラスと握手を交わして、彼に導かれて館《やかた》への階段を上っていくのを見ることができた。これで夕方のパーティーの様相が一変した。ポリーはさっきまでの無気力を忘れ、勢いよくベルを鳴らしてジェシーを呼んだ。

ポリーの用意が整うまでに、ロング・バーンではもうダンスが始まっていた。ピーターは威勢のいいカントリーダンスで新婦をくるくると回し、酒とおいしい料理で陽気になった村人たちから喝采《かっさい》を浴びていた。年配の者たちは喧騒《けんそう》を避けてすでに下がっていたが、ヴェリー夫妻は残っていたし、レディ・ローラ・マーチナイトもなんとか公爵夫人を説得して、残ることを許してもらっていた。ポリーはたちまち、サイモン・ヴェリーにダンスフロアへと誘い出された。

ヘンリーはテレーズ・ヴェリーと踊っていて、ポリーはダンスの複雑なステップを踏みつつ彼の顔を見ようとするという、離れ業を試みた。しかし、彼はまったくの無表情で、そこには和解の希望も好意も興味も読み取れない。彼はポリーのほうを見ようともしなかった。ポリーは内心ため息をついた。ふたりはまた数カ月前のように、同じ催しに出ても離れ離れで、見知らぬ他人のように振る舞うのかもしれない。ポリーには耐えられないことだが、慣れるしかないのだろう。

サイモン・ヴェリーはポリーをフロアのヘンリーのほうへと導いて言った。「ヘンリー卿と踊ってやってください、レディ・ポリー。彼は長い道のりをそのためにだけやってきたのだから！」

ヘンリーは親友におどけた笑みを向けた。

「まったくいい友だちだよ、サイモン。人の秘密をすっかりばらしてしまって！」

ヴェリーは平気な顔で妻の傍らへと戻り、ヘンリーはうやうやしくポリーの手を取った。

「踊ってもらえるかな、レディ・ポリー？　あんな紹介のあとでは礼儀上、断れないでしょう！」

「別に強制など必要ありません」ポリーはひるまぬ灰色の瞳を見上げ、軽いめまいを感じた。希望と恐れが彼女の中で闘っていた。もう一度チャンスはあるのだろうか。

ふたりは無言のまま踊った。こうした田舎の集まりで好まれるカントリー・ジグやフィギュアダンスでは、話をしている暇はほとんどない。ふたりのまわりでは話し声や笑い声が寄せては返し、エールの大ジョッキがからになってはまた満たされたが、ポリーはただひたすら、ダンスの動きの中で自分を追うヘンリーの目と、つかの間触れ合う彼の手の感触だけに意識を集中していた。

「踊ってくれてありがとう、レディ・ポリー」音楽がやむと、ヘンリー卿が言った。「次はふたりだけで話ができないかな？　あなたと話し合っておかなくてはならないことが――」

「ヘンリー卿！」幸福に輝き、目をきらきらさせたヘッティが、彼のすぐそばに立っていた。「ああ、来てくださって本当にうれしいわ！」

彼女が爪先立ちになり、ヘンリーは身をかがめてその頬にキスし、祝福した。ポリーはつかの間、ヘッティはいつの間にこんな気楽な友情を彼と築いたのだろうと考えた。そこへルシールもヘンリーを見つけてやってきて、親しげに魅力的に話しかける。なんだかそういう親密さを醸し出せないのはポリーだけで、それはひたすら彼女がヘンリーの強力な磁力にとらえられて逃れられないからなのだ。ヘンリーが数カ月前に言ったように、ふたりは互いに対して決して気楽にはなれないのだった。

「きっとわたしにお腹立ちでしょうけれど」ヘッティが甘い声で続けた。「ヘンリー卿、わたし、ポリーを連れに来たんです。彼女は今夜、わたしの付き添いをすると約束してくれて、わたしの新しいお母様が……」彼女は伯爵未亡人のほうを見てうなずいた。「新婦はもう下がったほうがいいっておっしゃるの！　残念だけれど……」ヘッティはしばし、浮かれ騒ぐ人たちを少し羨《うらや》ましそうに見た。「せっかくのパーティーなのに！」

ヘンリーは一歩後ろに下がり、軽くお辞儀をした。

「では、話はまたあとで、レディ・ポリー」

ポリーは激しい落胆が顔に出ていませんようにと祈った。

彼女がまたパーティーに戻れたのは、ずっとあとになってからだった。ヘッティは花嫁らしくしとやかにベッドに入り、母親ふたりが婚礼の夜の覚悟を語らなければと思ったときに一瞬だけ気まずい空気になった。ふたりとも、その必要がほとんどないことに思い至ったからだ。唯一の雛鳥《ひなどり》を嫁がせたミセス・マーカムはかなり涙もろくなっていて、書斎の気付け薬用代わりのブランデーの力を借りなくてはならなかった。ルシールは疲れて夜更かしは無理なので、ミセス・マーカムがとりとめもなくヘッティの子供時代のことを語るのを忍耐強く聞くのは、ポリーの役目になった。やっとミセス・マーカムが立ち上がり、ちょっと危うい足取りでベッドへと向かうと、ポリーはまだシャンデリアの灯《とも》が灯っている人けのない舞踏会場を横切り、温室を抜けていった。

テラスはとても暗かった。木立のあいだを抜けてロング・バーンのほうから、まだ音楽と笑い声が聞こえてきたし、たいまつの火もかすかに輝いている。ポリーが後ろ手に温室のドアを閉めると、ほっそりした人影がテラス沿いに足早にやってきて、危うく彼女とぶつかりそうになった。くぐもった声をあげ、外套《がいとう》のフードを脱いだその人影は、レディ・ローラ・マーチナイトだった。

「まあ、レディ・ポリー！」ローラはあえぐように言った。「びっくりしたわ！　あなたがそこにいるのに気づかなくて！」彼女はさっと周囲を見回した。「わたしには会わなかったことにしてくださる？　実際、とっても重要なことなの。わたし駆け落ちするから！」

ローラはある種自慢げにその言葉を口にし、月光に照らされた彼女の瞳は興奮に輝いていた。

「ミスター・ファラントと――」ポリーが言いかけた。

「彼はライムの並木道の先に、馬車を用意して待っているの！」レディ・ローラは上ずった声で先に言った。「彼のほうはあまり乗り気じゃなかったんだけれど、わたしが説得したの！　母はわたしを絶対にノーサンバーランドへやるつもりで、そうなったらもう、いとしいチャールズにずっと会えないんですもの！　ああ、レディ・ポリー、わたしを裏切らないと言って！」彼女はポリーの両手を必死で握りしめた。

「もちろんよ」ポリーは急いで言って、ローラを安心させようとその手を握り返した。「でも、本当にこれでいいの？　駆け落ち結婚なんて、家族の方はきっとひどく腹を立てて――」

「チャールズの妻になれれば、わたしはそれで幸せなの」ローラは瞳を星のように輝かせ、自信たっぷりに言った。「家族の期待を裏切るのは悲しいけれど、自分にとっていちばん大切なものを失うわけにはいかないわ！　わたしの成功を祈って！」彼女はポリーに体を寄せ、すばやくキスした。「わたしとっても幸せなの！」

「とびきりの幸運を祈っているわ」まぎれもない幸福を前にして、ポリーの胸は熱くなった。「さあ、人に見つからないうちに行ったほうがいいわ！」

ローラは階段の前で立ち止まり、外套の大きなポケットを手探りした。「ああ、もう少しで忘れるところだった！　これを召使いに預けるつもりだったんだけれど、あなたにお願いしたほうが……ヘンリー宛《あて》なんです。でも、夜がふけるまでは渡さないで。兄に心配をかけるのも心苦しいけれど、それ以上につかまえに来られては困るから」

ポリーはローラの影が足早に柱廊沿いに消えていくのを見守った。暗がりの中にどれくらいひとりでたたずんでいただろう。とにかく、馬車の明かりが木立のあいだにかすんでいくのは見届けた。

〝夜がふけるまでは渡さないで……〟ポリーはローラとの約束を破りたくなかったが、ヘンリーに嘘《うそ》をついたり隠し事をするわけにはいかない。彼女は手紙をドレスの胸元に押し込み、丸石の庭をゆっくりと納屋へと向かった。ダンスは小休止で、客たちは夜食をとっている。ポリーはすぐにヘンリーを見つけた。彼はニコラスとなにか熱心に話し込んでいた。彼女が近づくのをためらっていると、ヘンリーが顔を上げ、ふたりの目が合った。ニコラスがなにか言って、ぶらぶらと納屋を出ていき、ヘンリーをひとりにした。

「実は、お話ししなくてはいけないことがあるの……とても緊急の用件で……」自分が息を切らし、声も震えているのに、ポリーは驚いた。「あなたの妹さんのことで……」

ヘンリーの目つきが鋭くなる。彼はポリーの両手を強く握った。

「ローラのこと？　なんなんだ？　あなたは震えているじゃないか、レディ・ポリー！　いったいなにがあったんだ？」

ポリーは反射的に周囲を見回した。客の大半は飲み食いに夢中になっているが、何人かこちらに目を向けている者もいる。

「ここでは言えないわ」ポリーはそっとつぶやいた。「あなたへの手紙を預かっているの。ちょっと困ったことが……」

ヘンリーはうなずき、ポリーに腕を差し出した。「夜食の前に、あなたの父上の彫刻のコレクションを見せていただけるかな？　かねがねすばらしいものだと聞いているので」

外は暗かったし、いつ立ち聞きされるともしれない。ふたりは急いでまた庭を横切って、図書室へ入った。図書室も一本きりのろうそくが美しい彫刻に光を投げかけているだけで、外とさほど変わらず暗い。ポリーはさらに何本かのろうそくに火をつけた。暗闇《くらやみ》の中ではヘンリーは妹の手紙を読むことができないからだ。彼女は少し手を震わせながら火を灯し、ヘンリーのそばへ戻ってきた。彼はドアに背を向けて立っていて、ポリーはまたしても彼がいるといつも起こる鼓動の乱れを感じていた。

「これよ」ポリーはドレスの胸元から、まだ肌のぬくもりが残る手紙を取り出した。「きっとひとり静かに読みたいでしょうから――」

しかし、ポリーはそう簡単には逃がしてもらえなかった。

「ちょっと待って……」ヘンリー卿は手紙に心を奪われているようすだ。彼はすでに手紙を開き、短い文章に目を通していたが、ポリーを見上げたとき、その視線は鋭かった。「ローラはいつこれをあなたに?」

ポリーは時計を見た。「まだ十五分とたっていないと思うけれど」

「じゃあ妹はなぜ、ぼくがこれを今から数時間後に読んでいると思っているんだ?」彼は指で軽く手紙を叩《たた》いた。「妹ははっきりと、出発して数時間になると書いているが、あなたはほんの十五分前だと言う! その気になれば、ぼくは簡単に追いつけるじゃないか!」

「そうよ」ポリーはもっと早く図書室を出ていればよかったと思いつつ、少し身じろぎした。「つまり……彼女はわたしにしばらくたってから手紙をあなたに渡すように頼んだのだけれど……」彼女は口ごもった。「わたしはすぐあなたに知らせるべきだと思って……」彼女はまた口ごもった。こんな言い方では真意はまるで伝わらず、ヘンリーは顔をしかめて彼女を見つめている。

「なぜだ?」彼は尋ねた。「なぜあなたはぼくがこれを止めるべきだと、そんなに確信してるんだ? ぼくはあなたが駆け落ちをいやがったことを忘れていないがね!」

「ひどい!」ポリーは傷ついた。「そのことをまた持ち出すなんてずるいわ! わたしはレディ・ローラの幸運を心から祈っている。でも、あなたへの手紙を数時間持っていて、それから召使いにあなたに渡すように頼み、自分は関係なかったみたいなふりをするなんてできなかったのよ! わたしはただ、あなたが正しい決断をしてくれることを願って……

本当よ」彼女は少しいらだって言った。「あなたに判断をゆだねるのが最善だと思ったの」

「いや」ヘンリーはきっぱりと否定した。「ぼくにはそうは思えない」彼はニコラスの美しい象眼模様の胡桃《くるみ》材の机に寄りかかり、依然、顔をしかめていた。「ここにわたしが解き明かさなくては気がすまない謎《なぞ》がある。ローラはあなたに手紙を託し、自分たちが安全に出発できるよう、それを数時間後にぼくに渡してくれと頼んだ。あなたは妹たちによかれと思っていると言い、実際そうに違いない。なぜかと言えばここに……」彼は机に置いた手紙を軽く叩いた。「あなたは親切にも妹に、自分の心に従えと忠告してくれたと書いてあるからね」彼がポリーに向けた視線は嘲笑《ちょうしょう》的だった。「あなたがこんな表裏のある行動をとるなんて信じられないよ、レディ・ポリー。妹には駆け落ちを勧めておいて、それから即座に告げ口するとは。願わくば、そこへ座ってきちんと説明してほしい！」

ポリーはドアを見た。逃げたほうがずっと楽だが、ヘンリーはきっと追いかけてきてポリーを連れ戻し、それがまた噂《うわさ》の種になるだろう。彼の顔に深まる笑みは、彼がポリーの考えていることなど、すべてお見通しだと告げている。ポリーは優雅な金めっきを施したソファのひとつに腰を下ろし、考えを整理しようとした。

「レディ・ローラがミスター・ファラントへの思いをわたしに打ち明けたのは本当よ」ポリーは認めた。「わたしは彼女の家族がこの縁組に反対することにも気づいていた。あなたとも十分話し合ったし！　あなたの妹がこの件で、わたしにどういう役割を振り当てたのかはわからないけれど、わたしの彼女に対する忠告は、自分が正しいと思うことをしなさいという意味だった。彼女はわたしが彼女の年齢だったときよりずっと決意が固くて、自分がなにを求めているかわかっているから、今それを手に入れた。わたしは彼女の選択が幸運に恵まれますようにと祈るだけだわ！」

「じゃあ、どうしてあなたはこんなに早くぼくに手紙を渡したんだ？」ヘンリーが尋ねた。「ぼくがその気になればふたりを止められることは、あなたもわかっているはずだ」彼はずっとポリーを見据えたまま、机を回って彼女の正面の椅子に座った。ポリーは自分の顔に考え深げに注がれた彼の鋭いまなざしを、強く意識していた。部屋が暗すぎて彼にこちらの表情が読み取れないようにと祈る。これからがいちばん難しいところだった。

「わたしはあなたをだましたくなかった」ポリーは率直に言った。「あなたの妹さんの成功と幸せを祈っているけれど、わたしにとってはあなたが彼女の行動を知って、どうすべきか判断を下すことのほうが大切だった。あなたがふたりを追うと決めたら、わたしはとても残念に思うけれど、あとからでなく今あなたに手紙をゆだねたことはやはり正しかったと思うわ」

しばしの沈黙があった。容赦のない詮索《せんさく》の視線にさらされ、ポリーの顔はほてってきた。「互いの信頼を語り合うには、少々時刻が遅すぎるな」ヘンリーはそっけなく言った。「悪いけれどレディ・ポリー、あなたがやっとぼくを信頼し、ぼくなら正しい判断を下すと信じて情報をゆだねたと言っても、にわかには受け入れがたいよ。間違いなくもっと重要な別のときには、そんなふうにぼくを信頼してはくれなかったのだから！」

ポリーは両手をきつく握りしめた。「わたしとミスター・ディットンとの婚約のことを言っているのなら、あなたが正しいと認めるしかないわ。でも、非難合戦になれば、あなただって弱みがないわけじゃないでしょう！」

ヘンリーは少しほほえんだ。「そのとおりだ、レディ・ポリー！　でも、少々違うのは、ぼくはあなたをディットンから救うためならなんだってしたってことだよ」

「ほとんどなんでもね」ポリーはさらりと言った。「過去を蒸し返すのはやめましょう。けんかになるだけだもの！　あなたはわたしの信頼の欠如が許せず、わたしはあなたが全部打ち明けてくれなかったことを恨んでいる。ふたりとも信頼されず信頼できない人間なのよ！　ところであなたはローラのあとを追うつもり？」

ヘンリーはゆっくりと首を振った。

「いや、追わない。そもそも、ぼくはふたりの結婚に反対しているわけじゃない。それが大きな問題を引き起こすことは否定できないけれどね。でも……」彼はため息をついた。「ぼくはローラの幸せを壊そうとはしないよ！」

ポリーは長く震える吐息をついた。「ああ、ありがとう！」

「それに」ヘンリーはかすかな微笑を浮かべてつけ加えた。「ぼくたちふたりともが十五分後には駆け落ちを知っていたことを認めなければ、別に非難されることもない！」

つかの間、ふたりは危うい同盟関係を結んだわけだ。ポリーは希望と絶望がせめぎ合うのを感じた。これからもずっとこうなのだろうか。ヘンリーはポリーの信頼の欠如を許せないことをはっきりと示し、彼女のほうも彼が話の半分しか教えてくれなかったことを依然責めていると明かしたのに、それでも彼女は永遠により多くを求め、より多くを期待してしまう。

それではつらすぎる。

「もう行かないと」ポリーは少し不安げに言った。「母が心配するし、まだ夜食も食べていないの……」

ヘンリーは椅子の上で少し身じろぎした。「じゃあ、お別れだ、レディ・ポリー。ぼくはあすロンドンへ帰る。リトル・シーズンにはあなたもロンドンへ?」

「たぶん」ポリーはもの憂げに答えた。彼女は石のように心が沈んでいくのを感じていた。リトル・シーズンがあって、翌年の社交シーズンが始まり、そしてまた翌年と、永遠にヘンリー卿と顔を合わせつつ、永遠に離れ離れで、夏はブライトンかバースかディリンガムで過ごし、オールドミスになり、永遠に失恋を嘆いて……。ポリーは懸命に涙をこらえた。

「おやすみなさい」彼女は言った。

# *18*

翌日のディリンガム・コートは妙に静まり返っていた。ルシールと伯爵未亡人はともにベッドでやすんでいたが、ポリーはなんだかそわそわして落ち着かず、しかたなく外へ出かけることにした。朝食をすませると、彼女は水彩画の道具を持って湖へ行き、あずまやに座って絵を描《か》こうとした。しかし、なぜか美しい田園風景を紙の上に写し取ることができず、癇癪《かんしゃく》の発作を起こして描きかけの絵を破いてしまった。絵を描くことで傷心を慰めるのは無理なようだった。

初秋の青空の下、湖はとても穏やかだが、空気は暖かく空は雨の予感をはらんでいる。光のぐあいが独特で、ポリーはそれを紙の上に伝えられないのにいらいらした。

彼女は絵筆を置き、手すりに肘をついて、遠くから雲がこちらへ流れてくるのを眺めていた。ため息をつき、絵の具を傍らへ押しのけた。静かな散歩はいつも楽しい。きょうは雨に遭わないように注意しなくてはいけないけれど。

ポリーは湖の周囲の道をたどり、ゆっくりとデブン川へと下っていった。草の中でそよ風がやさしくささやき、木の葉を揺らしていた。なんだか不自然なほど静かだった。川の流れは速く、小さな渦がぬかるんだ土手に打ち寄せて、ポリーの靴底を洗った。川辺をもう少し下ったところに釣り用の離れ家の屋根が見えてきて、彼女はそちらへと向かっていった。シングル・ストリートのあの日とほとんど同じように、突然空が割れたように土砂降りの雨が降り出した。離れ家に着くころには、もうびしょ濡《ぬ》れだった。

ドアは片手で押しただけで簡単に開き、彼女は前のときと同じように薄暗い家の中へ入っていった。

この前とは違って、プールには誰もいなかった。人魚の像たちがうつろな目でポリーを見ていた。完全な沈黙が周囲を包んでいる。ポリーは立ち止まった。まったくばかげた考えが頭に取りついた。去年の夏、母と一緒にブライトンに海水浴に行って、冷たい水の感覚を楽しんだ。もちろん、プールと海は違うけれど、きっと気持ちがいいだろうし、どうせもう濡れてしまっている。

それ以上深く考えず、ポリーはドレスを脱いでシュミーズ一枚になり、プールに体を沈めた。水の冷たさに思わず息をのんだが、慣れてくるとなんとも爽快《そうかい》だ。彼女は目を閉じ、あおむけになって、頭上の木製の屋根を叩《たた》く雨の音に耳を澄ました。そして、土砂降りのあいだじゅう、水の中に身を浸している奇妙な感覚を楽しんだ。ピンがはずれて髪が広がっていくのを感じ、声をあげて笑いそうになった。抑圧を解かれ、思う存分感覚に身をゆだねるのは、なんと喜ばしいことか。彼女はほとんど幸福に近い気分だった。

ところが目を開けると、いきなりあえいで大量の水を飲み、咳《せ》き込みそうになった。ヘンリー・マーチナイト卿《きょう》がプールのそばに立ち、笑顔で見下ろしているのが、濡れた目でもはっきりと見えた。ポリーが息をつこうともがいていると、彼はプールの縁にしゃがみ、彼女の片腕をつかんで水から引き上げた。

「おやおや、レディ・ポリー」ヘンリー卿は穏やかに言った。「このあいだと違って、きょうはあなたに驚かされることは絶対ない、とちょうど考えていたところだったんだ。それがびっくり仰天させられるとはね！」

ポリーがほっとしたことに、ヘンリー卿は完璧《かんぺき》に騎士道精神にのっとって行動した。彼女の下着姿についてはなにも言わず、大きな柔らかい毛布を見つけてきて、恥ずかしくないようすっぽり包んでくれた。だがそれから、せっかくの親切を台なしにするようなことを言った。

「なかなか有能なメイドぶりだろう」ヘンリーはにやりとした。「ぼくはこういうことには慣れているから！」

ポリーは頬を真っ赤に染め、毛布をきつく体に巻きつけた。「それは間違いないでしょうね！」彼女はぴしゃりと言った。

ヘンリーは反省の色もなくにやにやしながら、ポリーの乱れた髪やピンクに染まった顔を眺めている。「とても魅力的だよ、レディ・ポリー！　ぼくと一緒にバルコニーへ来て、体を乾かしたらどうかな？」

こっそり逃げ出す間も与えず、ヘンリーは彼女を抱き上げるとはしごを上って、バルコニーへと運んだ。板張りの床にはもう一枚の毛布とクッションがふたつ、それにヘンリーの朝食の残りらしきものが並んでいた。

長いあいだ、ふたりは軒下に並んで座り、雨が川に注ぐのを眺めていた。ふたりとも口を開こうとしなかった。ポリーは不思議ととても穏やかな気持ちになり、この魔法がいつまでも続いてほしいと思った。ついに雨が上がり、淡い青空のきざしがまた現れた。ポリーは身じろぎした。

「あなたはいったいここでなにをしているの、ハリー？　わたしはあなたはもう行ってしまったと……」

ヘンリーは、バルコニーの縁から垂れ下がっている釣《つ》り竿《ざお》と糸を手で示した。「魚釣りをしていたのさ。あなたがぼくの隠遁《いんとん》の静けさを破りに来るまでは！」彼はためらった。「本当のことを言うと、考えていたんだ……」彼はちらりとポリーを見た。「あとであなたに会いに行こうと。でも、先を越されてしまった」

ふいに太陽が出て、暗い川の水の上にきらめき、ふたりの目をくらませた。

ポリーは急に、ヘンリーと目を合わせられなくなってしまった。

「来て、わたしとなにを話すつもりだったの？」彼女は指で床のほこりの上に模様を描きながら、恐る恐る尋ねた。「きのうの夜のあなたは、もうなにも言うことはないとほのめかしているみたいだったのに」

ヘンリーは少し体をずらし、壁にもたれた。「ああ、ぼくが悪かったんだ。今あなたを失うことは、自分の一部を切り離すにも等しい。お願いだ……」突然、彼の声に生々しい感情があふれた。「誤解も苦悩も水に流して、ぼくと結婚すると言ってくれないか」

ポリーはやっとヘンリーと目を合わせることができたが、それはただひたすら驚きからだった。

「でも、わたしにはまだ説明する機会もないのよ。なぜ、わたしがあなたに打ち明けなかったのか……」

「説明なんていいんだ」ヘンリーはポリーの手を取り、引き寄せた。「きのうの夜、あなたがぼくを信頼して、いちばんに秘密を明かしてくれるとわかった。それでもう十分なんだ。ぼくがあなたを愛するのと同じだけ、きっとあなたもぼくを愛していてくれると知ったから」

「ハリー……」ポリーの声がとぎれた。「あなたってあまりに寛大すぎるわ……」

ヘンリーのこわばった顔がほほえみにほころんだ。「トリスタン・ディットンとのことで、ぼくがあなたを非難すべきだって思うのかい？　この数カ月であなたとの距離が縮まってきたと感じていたのに、ディットンの件ではぼくは気持ちを挫《くじ》かれてしまった」彼は顔をしかめた。「理解できなかったし……正直言って、今でもわからないんだ。ぼくが情報を暴露してミス・マーカムに恥をかかせるようなことをするわけがないのは、あなたもわかってくれていたはずなのに、あなたはぼくを信じてくれず……」

ヘンリーの苦悩の声に、ポリーはついに目を上げた。「わたしも打ち明けたかったの」彼女はためらいがちに言った。「あの夜、まさに打ち明けようとしたときに、トリスタンがやってきてわたしたちの会話を断ち切った。もっとあなたを信頼すべきだったのはわかっているわ。わたしはずっとあなたを疑ってばかり。愚かにも密輪や、ロンドンでの行動を勘ぐったり……本当にばかな女だと思ったでしょうね！」彼女は言いよどんだ。「自分でもなぜなのかわからないのよ、ハリー……あなたを信頼できそうになるのに、また引いてしまう。あまりに長いあいだあなたを愛してきたから、最後の危険を冒して賭《かけ》に出て、すべてを失うのが怖いのかもしれない！　五年前にあなたを拒絶した自分を許すことが、とても難しいの！」

ヘンリーはポリーの肩に腕を回して引き寄せ、その頭が自分の肩に居心地よくもたれるようにした。

「ぼくだって悪かった」彼はとてもやさしく言った。「あれだけろくでもない放蕩者《ほうとうもの》だという印象を振りまいていれば、上流階級のレディがぼくを頼りにできるはずがない！　あなたが誰にも言わないことはわかっていたし、ディットンの件を警告しておくこともできたんだが、彼が犯罪者だとわかったら、あなたは彼の前で自然に振る舞えなくなるんじゃないかと心配でね。今、決断を迫られたとしても、やはり同じ答えを出すしかなかったんじゃないかと……」

「わかるわ」ポリーはそっとつぶやいた。ヘンリーがあんまりしょんぼりしているので、彼女はその頬に触れた。「あなたは正しいことをしたのよ。きのうの夜、ずっと考えていたんだけれど、ロンドンでの暴動のときにわたしを救うために、あなたがすべての努力が水の泡になるほどの危険を冒したのを思い出したの。それだけのことをするのは、よほどわたしのことを思ってくれているからに違いないと……」

ふたりは長いあいだ、黙って座っていた。ヘンリーの腕はポリーを温かく包み、彼女の滑らかな頬にざらざらした頬が重なっていた。

「ポリー」彼女の髪に向かって声をくぐもらせながら、ヘンリーがついに言った。「あなたはまだぼくとの結婚を承諾してくれていないよ」

「まあ！」ポリーが彼を見上げると、ふたりの唇が直感的に甘くひとつに重なった。

「ぼくが思うに」しばらくしてからヘンリーが言った。「これが承諾の印だね。どのみち断るなんて許さないが！」

ポリーは彼に体をすり寄せた。「わたしたちどれだけ多くの時間をむだにしたことか！　いつ結婚できるの、ハリー？」

「失った時間を埋め合わせるために」ヘンリーは真剣に言った。「結婚式はなるべく早く挙げないと。あしたでどうかな？」

ポリーは体を起こし、混乱した目で彼を見た。「あした？　でもどうやって……」

「ぼくと駆け落ちしてくれないかなと思って」

ポリーは長いあいだじっとヘンリーを見つめていた。「つまり……今すぐあなたと一緒に行くってこと？」彼女は少し息を切らして尋ねた。「でも……」

ヘンリーの瞳がかすかに陰ったのに、ポリーは気づいた。「あなたがいやなら無理にとは――」

「いやじゃないわ！」ポリーはさっと片手を伸ばしてヘンリーに触れた。「ヘンリー、聞いてちょうだい。わたしは喜んであなたと一緒に行きます。あなたの行くところならどこへでもついていくし、あなたに言われればなんでもするわ」彼女の目に涙があふれた。「ああ、あなたと駆け落ちができるなんて、わたしはとてもとても幸せよ！」

ふいにふたりとも子供のように声をあげて笑って、もう一度互いの腕の中に倒れ込んだ。

「駆け落ちで有名なグレトナへ行くつもりはないんだ」また何度もキスを繰り返してから、ヘンリーが言った。「ぼくの館《やかた》までならここから一日で行けるし、ぼくは特別の許可書を持っていて、大喜びでマーチナイト家の子供をもうひとり結婚させてくれる司祭もいる。実際、彼はぼくの式を挙げるのは特にうれしいと思うな。この年になっても独身なのを嘆いていたから！」

ポリーは立ち上がった。「じゃあ、わたしは館へ戻って荷物をまとめないと。あら！」彼女はまだ体に巻いている毛布を見下ろした。「ドレスをプールのそばに置いたままなのを忘れていたわ！　こんな格好で帰ったら、お母様が憂鬱症《ゆううつ》になるのを避けるために、さらにもっと早く結婚しなきゃならないかも！」彼女は急に恥ずかしそうに言った。「はしごを下りるのに手を貸してくださる、ハリー？」

ヘンリーは立ち上がった。「もちろん。ただ、毛布がずり落ちないよう気をつけてね！」

彼は気をきかせてポリーがドレスを着るあいだは外へ出ていて、彼女が日差しの中へ出てくると、厳しい目で点検した。

「悪くはないけど、見る人が見ればわかってしまうな！　もちろんそのときは、常に真実を明かせばいいんだが！」

ポリーはヘンリーに歩み寄った。「ルシールとニコラスにどこへ行くのか言えたらいいんだけど」彼女は少しためらった。「妙に思うでしょうけど……」

ヘンリーは彼女に短いキスをした。「あなたがそうしたいのなら、すればいい。ふたりがぼくたちを止めないという自信もあるし」

ポリーは最後にもうひとつだけ質問した。「ハリー……」彼女は目を伏せ、ヘンリーと視線を合わせないままだった。「あす結婚するなら、わたしたち今夜はどうするの？」

やっとポリーが目を上げ、ヘンリーの顔を見たとき、そこには思惑と楽しみの入り混じった表情が浮かんでいて、彼女は改めてまた真っ赤になった。

「あなたはどう思う？」彼は言った。

それから一時間あまりのち、ディリンガム・コートの玄関のドアを大股に入ってきたシーグレイブ伯爵は、自分の母の強烈なヒステリーの発作の声に驚いた。急いで客間に入ると、伯爵未亡人はソファに横になり、ルシールは気付け薬の瓶を持って右往左往している。伯爵未亡人のメイドはなんとか女主人をなだめようとするがうまくいかず、ピーターとヘッティはなす術《すべ》もなく立ち尽くしていた。

「ニコラス！」長男の姿を見ると、伯爵未亡人は即座に回復して体を起こした。「なんとかして！　あなたの妹がヘンリー・マーチナイト卿と駆け落ちしたのよ！　わたくしがこの目で見たんだから。馬車は五分ほど前に出ていったわ！」

ニコラス・シーグレイブはテーブルに歩み寄り、自分用にワインを一杯注《つ》いだ。「でも、母上、あなたはヘンリー卿がお好きだと思っていましたよ！　この何カ月か、ずっと彼のことをほめそやしていたじゃありませんか！」

ルシールが思わず吹き出して、慌てて笑いをこらえた。ピーターは唇を噛《か》み、ヘッティは笑いを咳《せき》でごまかしている。

伯爵未亡人はひどく憤慨しているようすだ。「彼が好きですって！　もちろん、わたくしは彼が好きよ！　彼こそまさに、わたくしがポリーの結婚相手にと願う人だわ！　でも、これはいったいなんなの？　あの子はハノーヴァー広場の聖ジョージ教会で結婚式を挙げるはずだったのに！　わたくしがなにもかも計画していたのに！」伯爵未亡人は両手を握りしめた。「あの愚かな娘はふたりで逃げるだなんて言って。わたくしがそんな必要まるでないでしょうって言ったら、山ほどあるって答えるのよ！　あの子がどういう意味で言っているのか、わたくしには見当もつかないわ！」

ニコラスはルシールと目を合わせ、共謀者の微笑を交わした。

「なんとかしてよ、ニコラス！」伯爵未亡人はまた嘆願した。

ニコラスは母の傍らへ行き、手を取った。「でも、母上、これ以上ぼくにできることなんてありませんよ。さっき門のところでふたりに会って、ぼくの旅行用の馬車を使っていいって言っておいたし！　ハリーは今夜遅くには館に着くから、あすの午前中に結婚するって言っていました！」

伯爵未亡人はくぐもった悲鳴をあげた。「今夜！　ポリーには付き添いもいないのよ！　ふたりがあす結婚するとしても、今夜はどうなるの？」

短い沈黙があった。ピーターとヘッティは互いに努めて目を合わせないようにした。ニコラスは眉をつり上げた。

「どうなると思います？」彼は言った。


夕方早くにもう、ふたりはヘンリーの館に着いていた。旅の途中からヘンリーの肩に頭をのせて眠っていたポリーは、ちょうど馬車が館の前に止まったときに目を覚ました。美しい石と木材が組み合わさった建物に目を奪われているうちに、ヘンリーに促されて階段を上り、玄関ホールで家政婦のミセス・オーエンに引き渡されて、部屋へ案内された。食事は小さいけれど趣味のいい食堂でヘンリーとふたりきりでとり、食後は夕闇《ゆうやみ》が迫る中、テラス沿いに館を一周した。遠く西の空に雲が集まっていて、かすかな雷鳴にポリーは身震いした。

「ベッカム牧師に話したら、大喜びであすの朝、式を挙げてくれるそうだ」ヘンリーはくつろいだようすで言った。「なんだかとても静かだね、ポリー。まさか……」彼はポリーの冷たい手を自分の温かい手で包んだ。「気が変わったわけじゃないだろうね！」

ヘンリーの手のぬくもりがポリーを安心させてくれた。「なんだかとても奇妙な気がするだけよ」彼女は弁解するように言った。「それに思ってもみなかった展開でしょう。この五年間ずっと、わたしはあなたと結婚したいと思ってきた。それが突然、わたしたちふたりきりになって……」

「そうだね」ヘンリーは元気づけるように彼女の手を自分の腕にはさんだ。「最初は少し妙な気がするだろうね。客間に引っ込んで、ぼくは新聞を読み、あなたは刺繍《ししゅう》でもしてみたら、長年結婚生活を送っているカップルみたいな気持ちになるかもしれない！」

ポリーは笑った。「あなたにとって結婚がそんな退屈なものだとは思ってもみなかったわ！　やっぱり考え直したほうがいいのかも……」

「遅すぎるね」ヘンリーは陽気に言った。「あなたの名前には取り返しのつかない傷がついてしまったし、それに……」彼はポリーを抱き寄せた。「ぼくは間違いなく、すっかりあなたを誘惑したと、大喜びで公言するから！」

「ヘッティとピーターはどんないきさつだと……？」ポリーは頬を薔薇《ばら》色に染めて、口ごもった。「こんなこと憶測すべきじゃないんでしょうけれど……」

「真実を知ってショックだった？」

ポリーはちょっと考えた。「ショックというのとは違うわ。少なくとも、ふたりのしたことに対しては。それは……理解できる気がした。でも、やはり驚いたし、おそらく少しは……」

「羨《うらや》ましかった？」ヘンリーの灰色の瞳がいたずらっぽく光った。「じゃあ、残念だね。ぼくたちはあした正式に結婚してしまうんだから！」

「今夜があるわ」ポリーはヘンリーに思わせぶりな目を向けた。

しばらくのあいだ、ふたりは息を殺して見つめ合っていたが、ヘンリーがしぶしぶ首を振った。

「人生に一度くらいは、ぼくも品行方正に振る舞うと決心したんだ！」彼は言った。

しかしヘンリーの良心は、徹底したおやすみのキスをすることは妨げなかったようだ。ふたりはゆっくりと館へ戻り、腕を組みながら幅の広い木の階段を上っていった。

「すばらしく慎み深い召使いをそろえているのね、ハリー」ポリーが言った。「あなたが妻じゃない女性を連れてくると、ただちに姿を消すことに慣れているに違いないわ！」

「生意気言って！」ヘンリーはポリーを抱き寄せた。「みんなあすになればあなたはレディ・ポリー・マーチナイトだって気づいているよ！」

ヘンリーはやさしくいとおしげにポリーにキスした。でもそれは、ポリーの求めるキスではなかった。彼女はヘンリーの唇の下で唇を開き、甘いキスが官能の要求に変わるのを喜んだ。悪名高き放蕩者のヘンリーは、ポリーに対しては無限の自制心を発揮している。ポリーはそんな彼の抑制を解くのだと決意していた。

「わたし、異議を申し立てるわ」ポリーは彼の唇にささやいた。「あなたの評判は不当だって。ハリー、あなたは放蕩者なんかじゃなく――」

答えの代わりに、ヘンリーは唇と両手で激しくポリーを求め、なにも考えられなくさせてしまった。やっと彼が体を離したとき、ポリーはドアにもたれなくては立っていられなかった。ヘンリーはわざと彼女から離れて立っていた。

「もう十分だ！　行かないと――」

ポリーはドアの取っ手に手をかけた。ドアはすでに半分開いていた。ヘンリーが立ち去ろうとすると、彼女はとてもゆっくり言った。「ヘンリー、わたし雷が怖いの。ひとりにしないで……」

彼はためらい、そしてほほえむと、彼女の腕を取って部屋へと入り、後ろ手にしっかりドアを閉めた。

館を襲った雷鳴はふたりの耳には届かなかった。部屋の中の嵐《あらし》に夢中だったからだ。夜のあいだにいつの間にか雷が静まり、ヘンリーは片肘をついて体を起こした。

「嵐は通り過ぎた」彼はやさしく言った。「もう怖くないから、ぼくに出ていってほしいかな？」

その声だけでヘンリーがほほえんでいるのがわかった。ポリーは手を伸ばし、ヘンリーを引き寄せた。

「今まで言ってなかったけれど、実はわたし暗闇も怖いの。だから、朝まで一緒にいてくれなくちゃ！」

新しい一日の始まりの光の中で、ポリーはふたたび目を覚まし、眠そうに言った。

「ヘンリー、まだわたしと結婚したい？」

ヘンリーは体を伸ばしてポリーにキスした。「これまで以上にね！　結婚がこんなに楽しいものだなんて、誰が思っただろう！」

ポリーは時計を見た。ふたりはベッドのまわりのカーテンを開けないままでいた。

「結婚式は何時から？」

「十時。きちんと準備を整えた上でできる、いちばん早い時間をと思って……」ヘンリーのキスはどんどん熱く刺激的になっていく。ポリーは彼を押しのけた。

「十時って、今から三十分前の十時？」

ヘンリーはさっと起き上がった。「なんてことだ！　まさかもう十時半ってことはないだろう？」

彼は両手で頭を抱えた。「将来の妻とベッドに入っていた結果、自分の結婚式に欠席するなんてあり得るか？　ベッカム牧師はわたしのためにきっと神に許しを請うているよ！」

ポリーは体を伸ばしてヘンリーに慰めのキスをし

て、こう言った。「あなたのことをとてもよく知っている牧師様なんだから、これぐらいのことでは驚かないわよ」

作者の横顔

**ニコラ・コーニック** イギリスのヨークシャー生まれ。詩人の祖父の影響を受け、幼いころ歴史小説を読みふけり、入学したロンドン大学でも歴史を専攻した。卒業後、いくつかの大学で管理者として働いたあと、本格的に執筆活動を始める。現在は、夫と二匹の猫とともに暮らしている。

後悔と真実
2004年4月5日発行

| | |
|---|---|
| 著　者 | ニコラ・コーニック |
| 訳　者 | 鈴木たえ子（すずき　たえこ） |
| 発 行 人 | スティーブン・マイルス |
| 発 行 所 | 株式会社ハーレクイン<br>東京都千代田区内神田 1-14-6<br>電話 03-3292-8091（営業）<br>03-3292-8457（読者サービス係） |
| 印刷・製本 | 凸版印刷株式会社<br>東京都板橋区志村 1-11-1 |
| 編集協力 | 有限会社イルマ出版企画 |



ISBN4-596-32181-7 C0297

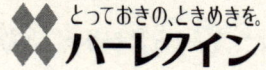